公元787年，唐封疆大吏马总集诸子精华，编著成《意林》一书6卷，流传至今
意林：始于公元787年，距今1200余年

轻小说 青春最美，梦想出发
中国式优质轻小说第一品牌

福小福/著

郡主驾到·壹

吉林摄影出版社
·长春·

意林轻小说 出品

图书在版编目（CIP）数据

郡主驾到.1 / 福小福著. -- 长春：吉林摄影出版社，2014.9
（意林·轻小说.绘梦古风系列）
ISBN 978-7-5498-2080-1

Ⅰ.①郡… Ⅱ.①福… Ⅲ.①长篇小说-中国-当代 Ⅳ.①I247.5

中国版本图书馆CIP数据核字(2014)第197710号

郡主驾到·壹
Junzhu Jiadao · Yi

著　　者	福小福
出 版 人	孙洪军
顾　　问	杜　务
总 策 划	安　雅　张　星
责任编辑	朱薏楠
图书统筹	流　木
特约编辑	李佳勍
绘　　图	akano　程　莹
书籍装帧	胡静梅
美术编辑	刘　静
开　　本	700mm×1000mm　1/16
字　　数	300千字
印　　张	16
版　　次	2014年9月第1版
印　　次	2014年9月第1次印刷

出　　版	吉林摄影出版社
发　　行	吉林摄影出版社
地　　址	长春市泰来街1825号
	邮编：130062
电　　话	总编办：0431-86012616
	发行科：0431-86012602
网　　址	www.jlsycbs.net
经　　销	全国各地新华书店
印　　刷	北京市兆成印刷有限责任公司
书　　号	ISBN 978-7-5498-2080-1　　定价：24.00元

版权所有　　侵权必究
如发现印装质量问题，请与印务部联系退换，电话：010-51908584

目录

章节	标题	页码
第一章	册封	001
第二章	威逼	007
第三章	强取	013
第四章	浣衣	019
第五章	因由	025
第六章	玉佩	031
第七章	公主	039
第八章	错怪	045
第九章	动摇	053
第十章	真心	059
第十一章	迷雾	065

◆目录◆

第十二章	灵儿	081
第十三章	月色	091
第十四章	最痛	123
第十五章	决裂	137
第十六章	子嗣	145
第十七章	姐妹	159
第十八章	宫闱	173
第十九章	友谊	189
第二十章	姑娘	203
第二十一章	盛宠	213
第二十二章	惊变	233

册封

第一章

五斗金橱上，紫金龙凤香炉上飘着点点残烟，清浅的香气完全遮不住屋内麝香的味道。

藕荷般的手挑起纱帘，露出一张年近四十，却因保养得宜而依旧妩媚万分的脸，赫然正是当今太后赵雅！

"王爷，方才与你谈的事，你到底考虑得怎样了？"丹凤眼微微上挑，闪过一丝精光。

顾明渊闭着眸，声线懒散沙哑透着迷人："哦？什么事？本王记不大起来了——"

明显的推搪。

赵雅眼中闪过一丝忍耐，转瞬又笑得更加灿烂："就是牧儿亲政的事呀。他如今也十六岁了，是时候管些政务，为你分担了……"

顾明渊终于睁开了双眼，一双漆黑的眸暗如深潭，似笑非笑："牧儿才十六岁，不急吧！还是说，雅认为本王眼下将这国家治理得不好？"

赵雅痴痴地望着顾明渊完美英挺的侧脸，仿佛带着无限哀怨地说："哀家怎会有这种意思？只不过牧儿一天不亲政，哀家这个太后总有些名不正言不顺，在宫里的日子也不舒坦……"

"这么说，是有人给雅心烦了？"顾明渊披好外衣，回过头来，缓缓收了笑，一字字道，"卿不必烦恼，若有人敢给你心烦，尽管告诉本王便是，本王帮你——剜了他的心。"

说完，他展颜，朗声大笑着迈出安泰殿。

在他的身后，赵雅静静看着男人昂首离去的背影，五根青葱般的玉指缓缓攥紧了被子，绞紧，绞紧，再绞紧——终于，"咔吧"一声，悉心保护的长指甲断了开，鲜血从指缝里流了出来。

据记载：丰启八年春，赵太后在殿上再提牧帝亲政之事，摄政王反驳。

长平宫外。

云罗站在门边，看着身边一个又一个满面绯红的秀女莲足轻移，各色裙摆随着她们优雅的动作轻摇，扇出阵阵醉人的香风。

她们对着龙座上的皇帝屈膝行礼，神情或娇羞或明媚，但眼底全都拥有同样的期待，盼望获得年轻君王的刹那凝视，片刻垂怜，从此长伴君侧，立于天下女子之巅。

只是她们都注定失望。

明白内情的云罗轻笑一下，这场新帝登基以来的首次大规模选秀，其实不过是一场皇家在走投无路下演出的闹剧，既不值得期待，于那些秀女亦无半分好处，可是天下偏偏不缺这些扑火的飞蛾。

"淳化县县令之女，秦氏云罗觐见！"

太监尖厉的唱名惊醒云罗的思绪，她连忙收敛心神，迈着中规中矩的宫步款款迈出队列。步履移动间，头上的喜鹊登梅簪垂下的两缕紫色璎珞几乎连动也没动一下。

她甩了下帕子，手虚虚按在膝盖上，蹲身问安："云罗给皇上请安，给太后请安，给王爷请安。"

大殿里久久没有响起喊她起身的声音，似乎时间已因她刚才的话凝住。

云罗心中忐忑，忍不住抬起眼睑，余光中是一只熟悉的男人手掌，五指修长，却又骨节分明，仿佛下一秒就能暴起，扼断敌人的咽喉。

一个翠绿的薄胎青瓷茶盏被慢慢放下，茶杯与琉璃底托轻碰，清脆的响声在过分静默的大殿中异常突兀，听得人心都惶惶的，好几个秀女的腿都在发着抖。

"你，抬起头来。"

他的声线明显沉了几分，站在他身后的两个小太监忍不住将垂着的头又低了低。

云罗感觉自己的心跳快了些。她深吸一口气，轻敛藕丝琵琶上裳，微微笑着抬起头来。

飞云斜髻下是一张十分清丽的脸，不能说难看，但在一众花团锦簇的秀女中间，委实算不得出彩。可是顾明渊却死死地盯着这张脸，目不转睛。半晌，忽然冷笑出来。

"好、好、好。"他连道了三个"好"字，眉宇间却如千山暮雪一般，让人望之生寒。怪不得赵雅在他驳斥了让牧帝亲政的提议后，都没有丝毫怨言，原来是在这里给他准备了一份大礼！

大殿里一时安静了下来，云罗抬首，与赵太后的视线略略一碰，又移开，回望向顾明渊，脆生生答道："谢王爷夸奖。"说着站直身体，轻移莲步上前，伸手接过了太监手中的茶壶，亲自为摄政王续了茶。

"王爷请用茶。"她微微弯腰递过去，袖口翻起，露出一截雪白的皓腕。美目顾盼间，象征着戎狄人血统的浅褐色眼珠散发出细碎的光芒。

九龙宝座上的小皇帝李牧注意到了她的眸子，不禁困惑地眨了下眼，秀女中按理说应该无异族女子呀。

他才要出声询问，却听到身边一声轻咳，是太后，他只得暂时压下疑问坐直。

顾明渊面无表情地瞧着身前的女子，薄唇抿成了一条直线，转瞬间似有雪白犀利的电光延上眼角。一别五年，她的胆子真是大得惊人。

云罗与他对视了一眼，那种从沙场的刀枪剑戟中凝练出的铁血气势，几乎叫人无法直视，她的手控制不住地一抖，杯子眼看就要摔到地上，可也没见顾明渊是怎么动作的，那薄胎青瓷茶盏眨眼间就到了他的手里。

　　顾明渊扣住茶盏，端坐着，意味不明地笑道："有礼。"

　　云罗勉强笑了笑，垂首退回原位。

　　两个人这一番动作自然逃不过上座两个人的眼睛。

　　现今皇帝无后，坐在凤椅上的自然是太后。二十五年前，她也曾站在长平宫大殿里，与现在这些年轻稚嫩的秀女一样，睁着懵懂的眼睛被审视，被挑选。然而，这么多年过去，当初那些与她一起站在这里，拥有纯真双眼的女子，大多在深不见底的后宫中化成了血，化成了泥。无数的血和泥，浇灌出了一个她，一个满目精光的女子。

　　十载后宫争宠，十年垂帘听政，她注定属于这里。

　　赵雅将后背又挺直了些，向旁边递过一个眼风，李牧马上按照她事先的教导装模作样问："不知摄政王以为，这一位比之宰相家的千金如何？"

　　言下之意很清楚了。你若不同意我纳右相千金为后，我就收了这云罗。

　　顾明渊猛地看向李牧，眸底骤然泛出如利剑般的冷光，那眼神仿佛挟着战场上的血腥之气一般，毫不保留地射向龙座上的人。

　　李牧吓得浑身一个激灵，仓皇地看了眼赵雅，方才的神气顿时蔫了。赵雅忙安抚地握紧儿子的手。

　　顾明渊看着小皇帝的怂样，却缓缓收回视线，微微挑起的唇角里透着轻蔑，一个还未断奶似的娃娃罢了。他字字铿锵道："陛下，微臣刚才就已经说过了，丞相千金身体虚寒，非后位上选。"

　　瞟了眼云罗，他又起身对太后抱拳道："至于这位姑娘，但凭太后定夺。"

　　他就不信了，他顾明渊要的，小皇帝和赵雅敢来争！

　　"你——"李牧虽然年少又不掌权，但毕竟被放在这个位置上许多年了。如今当着满朝文武，还有满殿秀女的面，被摄政王驳斥，他的脸怎么也挂不住了。

　　"大……大胆！"他一拍身侧的九爪黄金扶手，高声喝道。当然，如果能去掉话语间不由自主的颤音的话，那威慑效果会更好。

　　"哎，皇帝，少安毋躁。"赵太后及时劝道，温和的笑容中隐隐透着狰狞。

　　她目光晦暗地看着顾明渊，不再提及丞相之女，而是退一步问道："王爷，这届秀女中，当真无一人适合为后？"

　　她的语速极慢，仿若带着莫大的威胁，也有不少的蛊惑。顾明渊却不吃她这一套，

只见他起身对上首深鞠一礼，便算默认了。

想大婚、亲政？那也得他肯点头才行！

赵太后的脸色出现了一瞬间的扭曲，可马上便又变回了那副慈悲的观音样。

她缓缓起身，步下高台，花纹繁复的裙摆曳地，随着步伐的移动，金丝银线麒绣暗纹皆在日光下折射出耀眼的光芒。

赵太后在低垂着头的云罗面前站定，围着她走了一圈，嘴里啧啧称赞，一边的几位太妃彼此对视了一眼后，也跟着附和起来。

话倒都是好话，可顾明渊却不知怎的，突然感觉心里一沉。

电光石火间，赵太后就已牵着云罗走到了大殿中央，朗声宣布道："哀家与这秦氏一见投缘，决定封其为郡主，赏公主俸……"

她顿了顿，眼里闪过一抹恶毒的快意，说："并赐予摄政王为义妹，入王府宗谱！"

"微臣恭喜王爷，云罗郡主千岁千岁千千岁……"下方那些不明就里的近臣先是一愣，面面相觑，随即也不知是谁带头，马上响起一片山呼般的叩拜声。

"哈哈哈，众卿有心了。"赵太后头一次笑得这么畅快，眉眼全都舒展开了，略显尖刻的笑音在空旷的大殿里源源不断地回响。既然顾明渊不肯让他们母子好过，那她又怎能容忍他肆意快活？

拍拍云罗的手，她笑道："好孩子，还不快去给你义兄请安。"

云罗还未从方才那片山呼般的问安声中回过神来，听到赵太后的话，下意识地看向顾明渊。却见顾明渊的眼神阴郁，周身都环绕着几欲冻死人的冷冽气息，叫人打从心里发抖。

此刻，她真恨不得有多远躲多远，奈何赵太后的一双手就如鹰爪一般，紧紧地钳在她的手肘处，迫着她不得不走向顾明渊。

硬着头皮，她盈盈下拜道："云罗请王兄金安。"

静默，静默，压抑到了极致的静默。

也不知过了多久，就在云罗以为顾明渊已经拂袖而去之时，却听到了那个男人低沉的答语。

"既如此，臣就多谢太后恩典了——"他攥紧她的手说，一字一句，缓而慢，带着睥睨天下的傲然，重重地在大殿中荡开。

威逼

第二章

按丰启律例，云罗既已被册封为郡主，就需在宫中接受命妇德言容功方面的训诫，然后由太后或者皇后亲自颁下郡主宝印，内务府划分郡主府邸及随扈奴仆，如此一来，方算是真正的皇亲国戚。

云罗静坐于太后的安泰殿中，等待命妇的到来，不过眼见已经过了一炷香的时间，还没有人进来，她的心思未免活络了起来。

"不知这位姐姐怎么称呼？"她提起裙摆，慢步走到门口，对一位守门的宫女柔声问道。

宫女没有料到忽然走过来，吓了一跳，回身跪倒在地道："奴婢听兰，不敢当姑娘一声姐姐，请问姑娘需要什么吗？"

听字辈，那该是三等宫女了，不高不低，正好。云罗暗暗计较，笑容越发和气，俯身轻握住她的手，"听兰姐姐快起来，其实我是有事要麻烦你。刚刚在长平宫里，我似乎落了一枚耳坠子，不知可否劳驾姐姐帮我寻回来？"

"这……"听兰犹豫。她是太后宫中女婢，按理说无上级吩咐，不可擅离职守。

云罗见她踟蹰，手下力道略微加大，带了丝恳求道，"麻烦你了，那耳坠子是临行前我娘亲所赠，对我很重要……"

"好吧，我这就去。"听兰终于一咬牙道，福身离开。

云罗看着她走远，唇边露出一点儿笑。也就在这时，回廊那边响起一声太监的传喝："青离夫人到——"

太后竟劳动了右相的继室夫人为她训诫？云罗微微吃惊，蹙眉，头已然垂下去，行礼道："夫人金安。"

青离今年也不过二十余岁，对着云罗却是一副长辈般慈爱的面容。她疾走两步过来，挡住她后面半礼，牵着她走向屋里道，"好标致的丫头，竟还这么懂礼，太后娘娘当真有眼光极了。"

云罗配合着羞涩一笑。

后面的训导不过是常例，青离谆谆教诲，云罗温顺娴静，很快便进行完了。送青离夫人出门的时候，正好遇到听兰气喘吁吁地回来道："姑娘，对不起，奴婢找遍了长平宫也没发现您的耳坠子。"

青离夫人眸子一闪，笑问："什么耳坠子？"

云罗忙上前回话说："都是云罗粗心大意，丢了饰物，这才请婢子去寻的。"

青离无话，点点头走了。

云罗眼看她走远了，才忙回身扶起听兰，歉然道："真是对不住，我的耳坠找到

了,原来是挂在衣裳里了,还烦你跑了一趟。"

听兰舒了口气,额头上还有几点汗水,笑得灿烂道:"没什么,找到就好,那奴婢先退下了。"

"哎,"看她要走,云罗忙拦住,执起她的左手,见只有小拇指上戴了枚素银戒,便从自己手上褪下一枚蓝宝石戒指,硬塞过去道,"不论怎样,总是让你累了一遭,收下吧。"

"不不,姑娘,奴婢不能收的——"听兰坚决辞了,跪下道,"这些都是奴婢的本分,若是收了,恐怕会被姑姑责骂。"

云罗见她这么坚持,也只好罢了。其实丢耳坠是假,想自然而然地送出份礼才是真。太后宫向来守得严密,云罗这次难得进来,自然希望趁机搭上一位宫婢。

听兰虽然没收她的首饰,但后面的问话一概恭谨答了,也算个好的开始。就这么过了一刻钟,便听到太后传召,云罗起身,在听兰的搀扶下一步步走进正殿,宫鞋踏在金砖上,发出咔咔的清脆声响。

她在距离阶梯五步远的位置停住,肃容,徐徐跪下道:"秦氏云罗,给太后娘娘请安。"

赵雅眼看着她叩完首,方仪态端庄抬臂道:"起来吧,好孩子,待正式册封后就是一家人了,何必行此大礼?"

"民女惶恐。"云罗敛袖起身,依旧恭敬。

赵雅佯怒道:"还自称民女?"

云罗朝上首怯怯望了眼,咬咬唇,终是改了称呼答:"臣女谢太后恩赐。"

"好、好,哈哈……"赵雅笑着走下凤位,坐到云罗近前的椅子上,又示意她坐下,不提宝印之事,反倒如一个普通的家中长辈一般,与云罗拉起家常来。

"云罗,你可知冒充秀女是大罪,而我立你为郡主,更有违祖制。"

云罗一听,忙要站起身道:"臣女万死,可顶替秀女实属无奈……"

"哎——别动不动就跪的,哀家既已恕了你的罪,便不会再追究。"赵雅看她还想行礼,伸手扣住她的手,强拉着她坐下,说,"这些虚礼也能免则免吧,哀家不喜欢,只要你们心里有哀家,比什么都好。"

云罗被她覆着手,只觉皮肤被一块冰冷黏腻的东西贴着,万分不舒服,却还不敢甩脱,恭谨地表明心迹道:"太后娘娘慈被天下,对臣女更是恩重如山,臣女对娘娘自然十二万分感念。"

"当真?我将你入摄政王族谱,你也感念在心?"

云罗发髻上的簪子一颤，抬头看向太后，却见太后了然一笑，放开她的手，转而拿起桌边的茶盏，低头轻轻吹了起来，道："不用这么瞧着哀家，你当年在顾王府的事，哀家都一清二楚。刚刚顾王爷来找过哀家，请哀家不必另赐你郡主府，只消与他一起居于王府便好——"太后略略一停，眼看着云罗脸色煞白，不禁满意地笑了，说，"如今哀家想问问你的意思，你可愿住进摄政王府？"

"臣女……臣女……"

"不用急着回答，你可以想想。"

沉寂片刻后，云罗已然"扑通"一声跪了下去，像是豁出去一般大声道："臣女不愿！"她抬起头，眼中却含了泪，唇颤巍巍道，"摄政王爷天纵英明，普天拜服，臣女亦极为倾慕。然……如今兄妹名分已定，为防外间物议，请太后三思呀！"她弯腰伏地，头结结实实地磕下去。

那一声闷响，却着实取悦了赵雅。

"哈哈，好、好。"她站起身，亲自将云罗双手搀扶起来，脸上的笑容和蔼慈祥至极，宽慰道，"哀家果然没看错你，你真真是个识大体的姑娘，起来吧。"

云罗顺着她站起来，就见太后笑着笑着，脸上又显出了忧愁之色，甚至叹了口气。云罗忙擦拭了眼角的湿润，吸着鼻子道："太后，是云罗叫您为难了吗？"

"唉……"赵雅看了她一眼，复又叹息道，"你跟哀家来。"她牵着云罗的手，缓步走到大殿门口，从此处朝下望去，皇城几乎尽在脚下。

云罗一脸懵懂。

赵雅解释道："内宫三千事，表面看起来似乎都由哀家做主，可摄政王如今权势滔天，他要你往东，哀家又如何要你往西？"

云罗眼中又浸了泪，说："太后，那我该怎么办呀……"

"这就要问你自己啦。"赵雅笑得莫测，拍着她的手，温声道，"你只身入京，假做秀女，想要什么难道还没理清吗？若是你没理清，哀家来告诉你——"赵雅握紧她的手，缓慢的音调一停，忽然将她用力推往前方，云罗后背大痛，马上挣扎起来，似是不敢居于太后之前，却被赵雅的手死死钳制住，动弹不得。

"你看看这巍峨皇城，繁花似锦，多少蝼蚁之民一生都在仰望的地方。"赵雅的声音骤然扬高，变得尖锐，云罗呆立在原地，只听她在耳边一字字道，"或有一日，别说区区郡主府邸，你更进一步也未可知呢！"

云罗怔怔地望着脚下黄金一般的世界，锦绣层云堆栈，玳瑁珠翠回响，望着、望着，似是痴了。良久之后，方慢慢跪倒，说："臣女，谨遵太后教诲。"

从安泰殿中出来时，迎风一吹，云罗这才感觉自己的后背都被汗湿透了，额头上也有些黏腻。她微微喘了口气，却不敢放肆地用手去擦，直到坐进轿子里，才终是瘫软了。

赵太后果然狡猾精明，不仅百般试探，还诱以重利，幸好自己详加揣摩小心奏答，总算没出什么纰漏，让那老狐狸放心了。

不过话说回来，也多亏赵雅这次只是利诱，若上来便以残忍手段相威吓，初入皇城的她也不知能不能应付得来。

云罗经过一番思量，此刻真是累极了，才要松口气，轿外便响起一声呼喊："郡主请等等。"

她听出是太后身边一位老嬷嬷的声音，忙打起精神，掀开帘子叫停。

"不知嬷嬷有何贵干啊？"

老嬷嬷几步走了过来，蹲身行礼，两手恭敬地捧起一个食盒，答："回郡主的话，老奴是奉太后娘娘之命，特赐下香糟美人掌一份，请郡主品尝。"

"太后有心了。"云罗弯腰出轿，亲自接了食盒，微笑致意。

老嬷嬷眼睛看着地，两手置于腹部，一板一眼道："太后还有话要交代。她说做人最重要的便是遵守本分，该做的事不可少做，不该做的事多做了也不美，望郡主明白她的一片苦心，莫要行差踏错。"

一堆多呀少呀的话，听得云罗云里雾里，她踟蹰着蹲身福礼道："……臣女谨遵太后懿旨。"

強取 第二章

这一夜，注定难眠。

云罗苍白着一张脸被抬进了摄政王府，那个丰启真正的权力中心。

一别五年，巍峨的王府依然占据着贵戚云集的东街最大的一块地方。门口两只饱经风雨的石狮子张牙舞爪地立在那儿，仿佛象征着主人的无上权威。

在被抬进大门的那一刻她便知道，除非顾明渊同意，否则这辈子大概都难再踏出这里一步。云罗闭上眼，咬紧唇，直到咬得疼痛了，尝到淡淡的血腥味，才慢慢地放松开，平定了紊乱的气息。

稳，一定要稳，哪怕事情做得缓一些，也决不可再牵累无辜。

她本以为，自己会被先送回小时候的住处——清心小筑，却没想到华丽的轿辇压根没在外院多作停留，直接就进了顾明渊的院子。

轿辇落地，她抬头看着这间气派的大房，曾经最熟悉的地方，如今也陌生了，就如这房子的主人顾明渊一样，都陌生了。

"小姐，请随奴婢来沐浴更衣。"一个容貌极秀雅的女子从昂贵的浅粉色绢纱帘子后慢步而出，对云罗福身道。

云罗回神，凝眸看她，只觉她的眉眼似乎分外熟悉。

"……子荷？"她试探着叫了一声。

女子再次蹲了蹲身，却连头都未抬一下，低声道："是，奴婢子荷，伺候姑娘梳洗沐浴。"

原来当初那个小丫头已经成为顾明渊的近身侍婢了啊。云罗擦着她走过去，并没有叙旧的打算，如今自己这个新"姑娘"祸福如何还难以预计，何必平白连累人。

坐到贵妃榻上，云罗出神地望着将将下山的日头，摆手拒绝了湿帕子，轻声道："不必了，来不及了。"

明亮的光线下，她略施粉黛的脸上满是波澜不惊，可声音里分明暗含着一丝苦涩。

几乎是与她的话音同时，竹帘"哗啦"一声被掀了起来。

顾明渊负手站在门边，身后是落日的余光，脸就这么被隐在一片阴影里，喜怒难辨。

子荷见主家进门，默不作声地行了个礼，便退了出去，还识趣地带上了门。

竹帘落下，避光，屋内再度被黑暗笼罩。

云罗有些不安地动了动。可是随着时间的加长，周身浮躁的气息却又慢慢沉淀了下去。

她偏头静静地看着顾明渊。

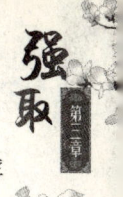

数年没见，这个三十岁的男人已完全退去了青年的锐利锋芒，敛起了一身的喧嚣浮躁，整个人就如同一柄上古的神兵宝剑，散发着内敛却不容忽视的光。

他负手走过来，高大的身影将云罗眼前仅剩的光线完全挡住，沉默地看着她。一瞬间，云罗几乎有点透不过气来。

她别过头，可下一瞬又被他铁钳一样的手硬扳了回来。

顾明渊凑近她，几乎贴着她的脸，彼此间呼吸可闻，轻声道："五年了，五年了……"

他盯着她清澈的眸子，那仿佛不谙世事的纯真。就是这双眼睛，当初几乎骗得他发了狂，简直要与皇室决裂！可今天，她竟是在赵雅的牵引下走到他的面前。好哇，好得很！

漆黑的眸色渐深，他有些控制不住自己的力道，手下的肌肤很快便多了几道清晰的指印。顾明渊的目光在那里停顿了片刻，终于慢慢松开来。反身推开一扇窗户，刺眼的光芒伴着凉风将屋内的闷热吹散了些。

"怎样？在外头待得可快活？"他回身一掀袍子坐下，随手给自己倒了杯茶。平静的声音似乎从很远的地方传来，有些微模糊。

云罗微垂着头，感觉着他那已经给自己定罪的语气，云淡风轻地笑开，说："自然是比这拘在王府四方天地里要快活得多。"她抬手将发丝顺到耳后，视线由始至终只落在身上的藕色裙装上。她实在不想再跟这个男人有一点儿交集，只盼无仇无怨，亦无恩无爱，便最好了。

短暂的沉寂。

"啪"的一声，杯子被重重地掼到桌上，仿佛一道刺目的雷电骤然劈开了凝滞的空气，可是接下来要迎接的却是更为恐怖的疾风骤雨。

顾明渊阴沉着脸，隔空拂开桌上的茶末，面无表情地站起身，冷冷地说："看来，本王就不该给你说话的机会。"

他突兀地抓住了云罗的手，将她的骨肉桎梏到发疼。

云罗浑身一个激灵，尖声叫开："放手！顾明渊你放开我！别忘了，你是我的义兄，你就是这样对待王妹的吗？"

"义兄？"顾明渊冷笑，"没有本王的印玺文书，你又算什么王妹？"

云罗露了哭腔，终于叫出那个已有五年没宣之于口的称呼："顾哥哥！"

顾明渊的手凌空停在半空中，慢慢攥紧，神色忽然变得极为阴冷恐怖，说："我说过，不要再这么叫——"

"可我心里一直是这么认你的！"云罗通红着眼坐直，慢慢退后道，"我将你视为亲人，算我求你，我没求过你什么，就这一次……"

"当当——"寂静中，戌时的打更敲响，在此刻显得分外清晰，像是无边黑夜的延伸。

顾明渊盯着她，神情越来越淡，越来越冷漠，仿佛视线都吝于赐给她。许久之后，他缓缓放开她。

云罗呆了几秒后，意识到自己暂时过关了，狠狠抹了把眼角，正要逃跑，却被顾明渊的一句话阻住："别做多余的事。"

云罗僵住身体，小心地躺在距他一掌的地方，再不敢动。

这一夜，注定难眠。

清晨时分，随着几声清脆的鸟鸣，门外响起了几下轻轻的叩门声，是下人来叫顾明渊上早朝了。

云罗微舒一口气，僵硬的身体在此刻才感觉还是自己的，她屏住呼吸，只待顾明渊走了就可解脱，旁边却响起男人的声音：

"醒了就起来，伺候本王穿衣。"那话的效果简直比屋子四角堆的冰盆降温效果还好。

云罗将眼闭得更紧，本想装作没听见，却听到他又没什么情绪起伏地接着道："再不下来，你就永远留在上面吧。"

云罗胸腔里泛起一阵寒意，抿唇看着他，知道他说到做到，只得强压下胸中抑郁，勉强撑起身体下床，一踩到地，就觉得脚下发软，差点跌倒。

而顾明渊却没露出丝毫怜香惜玉的意思，只是面无表情地抬起双臂，等着她下来为自己系腰带，顺便还摆手挥退了正预备进门的子荷。

子荷朝她谦卑地笑着弯腰，将装着腰带玉牌等物的托盘放到离她较近的位置，便躬身退了出去。

婢女临走的做派让云罗有些难堪，就如她已成了顾明渊的侍妾一般。她垂下眼，慢慢走到檀木架上，拿过给她准备的外衫。云罗的嘴里就像嚼了颗黄连般苦，她一闭眼，将最后一颗扣子飞快扣好，然后沉了沉气，目不斜视地走向顾明渊，为他整理起紫色的朝服。

再次来这泥潭非她所愿，她只盼能安宁度过这段时间，既然他要自己当个婢子，那她便忍下吧。

顾明渊比她高出许多，她踮脚抬起手才能为他整理领子，男人的领口处有着繁复的

暗纹,正面绣着一只盘龙,这种图样是他这个异姓王的独有权力。

手边的托盘里放着必要的配饰,她先拿过一条金玉带,两面的样式手感似乎都一样,不知哪个是正面。云罗略犹豫,干脆随便给他系上了。

盘子正中央是一只通体澄澈的乌玉,沉重大气,想来是个重要物件,一定要戴的,但是该戴到哪里,她却犯了难。仔细观察腰带下缘,有三个镶金线的小圆孔,但这似乎是戴小些玉坠的地方。

她的手伸出去又缩回来,迟迟没有动作,头顶却忽然响起一个不耐烦的声音:"你想磨蹭到几时?"说着,一把抢过她手中的乌玉,红色的络子刮到云罗的小拇指指甲,带来短暂的刺痛。云罗不禁低低地"嘶"了一声。

旁边似乎安静了一下,云罗赶紧捂住手噤声,小心翼翼抬起头时,顾明渊已不理会她,径自对门外道:"来人!给本王更衣。"

她不由得微舒了口气。

子荷推门进屋,一看顾明渊手中的东西就明白了过来。

她伶俐地转身自托盘里拿出一只浅黄色鱼袋,将乌玉放进去,然后半跪下来,为顾明渊系到衣上,之后再不挂对象,只细心抻平朝服下摆。整个动作如行云流水,完成之后,半蹲着福身一礼便退了开。

顾明渊点点头,看了眼静静立在一边的云罗,眉头微蹙,对子荷吩咐道:"下去你教教她。"

子荷恭顺地答道:"是。"

而一直在旁边默不作声的云罗,却忽地站出来,蹲身道:"请恕臣妹笨手笨脚,怕做不来这些精细活计。"

顾明渊脸色骤然一沉,眉梢眼角都仿佛结了霜一样,散发着浓浓的冷意,缓缓问:"你刚刚,自称什么?"

"臣妹说,臣妹粗笨,大概做不了这些贴身差事。"

死寂,唯有心跳的声音。

"臣妹……臣妹……看来,你是铁了心要当郡主了?"顾明渊冷笑数声,面容渐渐变得寡淡,眼神却忽地冷厉道,"那也得看本王肯不肯!"

云罗咬牙:"不论您肯不肯,母亲一直留在王府是事实,我被您教养长大也是事实……"

"这么说,倒是本王庇护得错了?"顾明渊伸出手指,挑起云罗的下巴,指尖与眼神一样凉,沉声道,"当年若不是本王收留,你们母女早就走投无路,但你该很清楚,你若非要与王府扯上什么关系，你可以叫我恩人——"最后几个字被他拖长了声音，仿佛带着无限暗示。

云罗的身体僵了一下，短暂的思索后，再不提名分，而是跪到了地上，头深深触地道："奴婢卑微，不配王爷一提。"

"够了！"顾明渊忽地扬高声音，像一把锋利的刀，阴鸷的眼睛里带着杀意，再次弯腰抬起她的下巴，一字字道，"你到底是真自感卑微，还是别的什么，以为本王不知道？"

云罗闭上眼，仰着头，任他攥着，那姿态就像一只沉默的猎物，认命，亦是无言的抵抗。

那两个人的一问一答，让旁边的子荷听得手脚都打战，跪在地上头都不敢抬。夏日的蝉鸣一阵一阵，枯燥的声音在耳边一遍遍回绕。也不知过了多久，待她的手脚都完全麻木了，才听见门板被风吹了一下，在这寂静的空间里，发出"咔"的一声轻响。子荷偷偷掀起眼帘，这才发现，顾明渊竟早已走了。

高提着的心骤然放下，子荷轻轻喘了几口气，稀泥一样瘫软在地上，过了好一会儿，才缓过劲来轻声道："……姑娘，您以后可别这样了。"

"那我该怎样？"云罗竟在笑。

子荷勉强站起身，开始伺候梳洗，眸子始终都是低垂着的。

"奴婢知道姑娘心中或许不甘，但您既然已经进了王府，此后荣辱便都系于王爷一身。您聪慧过人，过去的事便都忘了吧，过好眼下才是最重要的。"

透过模糊的铜镜，云罗深深地注视了眼前人一会儿，忽然扯了扯嘴角，摆手道："我心里有数，你下去吧。"说罢便站起身，坐回软榻上。

子荷抬起头，看着云罗的背影张了张嘴，可该说的都说了，还能如何？她叹了口气，躬身倒退了出去。

晌午过后，管事嬷嬷过来传话，说书房有个叫云儿的小丫头举止轻浮、做事不得力，现贬为粗使丫头，即日起转去洒扫房干活。

"姑娘小心脚下。"子荷抱着小包袱，在前边引路，看着脚下坑坑洼洼的地面，仿佛是园丁做事到了一半就跑了，不禁微微蹙眉道，"这院我不常过来，没料到下人如此懈怠，脏了姑娘鞋了，等进屋我就帮您换洗。"她回头，对云罗歉然一笑。

云罗摇摇头道："不用，你也有很多事要做。"

私心里她已很喜欢子荷这丫头了。原本她是被顾明渊赶出主院的，作为大丫鬟的子荷是不必来送的，但她应该是怕自己乍来到下人院会受欺负，这才坚持走了一趟。

云罗面上淡然，心里却已将这份情暗记，决定以后找机会回报。

从热闹到清冷，越走越偏，终于跨进属于浣衣房的半月门。地上到处都是水，混着刚刚沾到的土，变成了泥。一个个中年健妇用力地搓洗着布料衣衫，大声谈笑，举止粗鲁；几名明显未嫁人的丫头竟也将袖子高挽到肩膀，露出雪白的胳膊。

子荷平时极少进这种地方，四下一望，脸色便有些难看了。

"姑娘，你看这……"

云罗的脸上却露出笑容，这般不受重视的地方，对其他人来说是煎熬，于她而言没准是福地。"我们先去后屋安顿吧。"说着，率先抬脚迈上台阶。

走进排屋，毕竟是顾明渊的府邸，粗使丫头的房间也没那么阴暗逼仄，只是八九个人一间房，大通铺般连在一起，难免有些怪味。

"杨姑姑，请问院里还有其他空闲的房间吗？"子荷对跟在后面，掌管洒扫的杨氏问道。

杨氏的品级虽说比子荷高，但对着王爷跟前的红人也不敢拿大，欠身客气道："子荷姑娘有所不知，我这里一共五间丫头房，除了此屋外都住满人了，确实无法调换。"

子荷看了眼云罗，叹了口气说："如此，便烦请杨姑姑多多照顾我这妹子了。"说着，递过一个小小的香囊，约摸三两重的样子。

杨氏用手一捏，脸上露出些笑意，看看云罗道："姑娘请放心。"

杨氏将子荷亲自送出去，回来时看到云罗已经收拾好，换上了洗衣丫头的衣服，准备出去干活了，不禁惊异道："这么急做什么？今天你才来，休息一下吧，从明天起负责洗二公子房里的东西。"交代完，便转身出了门。

云罗谢过杨氏，眼看着她走远了，转身悄悄趴到另一侧的窗户上，朝上空看去，手指弯曲着移到唇边，犹豫了一下后，又放下来，收回了窗户，旋身出屋，进了院子。

"各位姐姐，请问二公子的衣物在哪里？"她故意矜持地笑笑，说，"姑姑吩咐我看顾那房的。"

刚刚还一片热闹的院落骤然安静了下来，几个女人停下洗衣，互相看看，又带着些

敌意望望云罗,都不说话。

一个丫头略显尖刻道:"主子爷的衣衫自然在自己屋里洗,你以为轮得到你吗?"

另一丫头紧接着捂嘴笑了,说:"杏梅你可别乱说,云儿可是连王爷都敢招惹的,保不齐哪天就变成咱府二夫人了,到时二公子的衣服还不随她洗?"

一片叽叽喳喳的嘲讽声响起。而在那些讥诮的视线中,唯有角落一个女工,颇为惊讶地看了她一眼,那一下极快,转瞬便又低下头去了。

云罗微微蹙眉,幸亏她方才没有贸然动作。这个地方本不该有人认识她,也就不该对她的任何行为感到奇怪,如果有,那一定是被特别交代,专门来盯她的梢的。

也就在她沉默的时候,又有人挑衅地问话:"喂,想什么呢?该不会真琢磨着怎么去穆松斋结识二公子吧?别怪我没提醒你,管事嬷嬷可一天三趟往那儿跑,让她瞧见准得扒了你的皮——"

"你说什么?"云罗猛地抬起头,本来还在出神。听到那话脑子里骤然空了,唯有三个字在回荡:

穆松斋……

难道他们刚刚说的二公子不是顾明渊的儿子,而是顾明和?

眼前仿佛浮现出一个穿着蓝色长衫面容俊秀的男孩身影……

顾老王爷一共有两个儿子,一个是顾明渊,另一个便是顾明和了。顾明和比顾明渊足足小了十岁,与她年龄相仿,两个人可以算是一起玩到大的。

在老王爷去世后,顾明渊便独自撑起王府,更把弟弟当成儿子养。或许也因为这样,造成他们俩的性格天差地别。一个从少年时便冷清冷性,果决坚韧;一个却内向羞赧,为人善良。从前府中下人但凡有犯错的,不是找她求情,就是去寻顾明和,有他们周旋,通常能让顾明渊消了大半火气。

那般温润的少年,唯一一次与府中人争执,却是为了她……

当时她十三岁,与母亲在王府虽无正经封号,但备受宠爱,被顾明渊的几个侧妃视为眼中钉。

趁着顾明渊去边疆检查防务,已诞有女儿的珍妃便开始折腾她。每日午后,她一吃完饭,就马上被勒令去珍元阁踢毽子,美其名曰:为小格格解闷。她怕母亲担心,再加上自己平白受王府供养多年,便暂时忍下,日日遵从。

几天下来,她整个人都瘦了一圈,顾明和发现后,气得脸色涨红,当即就要去找王妃理论,却被云罗拼命拦住。她还记得自己当时说的话,她说:"不论王爷与你待我多好,我们母女在府里终归是客,若跟主家闹起别扭,你又要我如何自处?"

顾明和静静看了她会儿，终于罢手，只撂下一句："好，我答应你，不让你为难。不过你在府里是客，我却不是，你且等着瞧吧。"

说完那话，他便走了，而后连续几天，依旧早出晚归，照常上课。云罗原先还担心他会闹大，见此也放下心来。而珍妃那边不知何故，竟也安生了下来。她还以为，是珍妃觉得没意思放过自己了，还挺高兴。但某一天，她偶然早起，终于发现各种玄妙。

——一切都拜顾明和的损招所赐。

顾明和是皇家伴读，每天寅时要起床，申时便需进宫上课，往常他吃完早饭便急急上马车，最近却多了一项活动——到珍元阁踢毽子。

寅时哪，天还没亮呢，顾明和便要把珍妃、小格格，并一干老妈子仆役全都吵起来，看他踢毽子。日日如此，珍妃被折腾得头晕眼花，偏偏他是王府正经主子，再加上以兄妹友爱的名义来"亲近"妹妹，她还发作不得。这样一来，自然没力气去找云罗麻烦了。

十五岁的顾明和以自己的行动宣告：即使顾明渊不在府里，云罗也不是可以随意欺负的。

如今，一别多年，府里完全换了一批人，也不知顾明和好不好，还记不记得她……云罗面露怅然。

越是做苦工粗活的地方，越爱给新人一个下马威，而没有接受这种下马威的云罗，很快就受到了众人一致的排挤。

每天倒进她洗衣盆里的水，必然是第一桶从井中打上的最凉的水；分到她手里的皂荚，也一定是最干枯难用的那些；至于洗衣晚了，没人给她留饭之类的，就更是家常便饭了。

杨姑姑早注意到底下的小动作，但云罗也没有来告状，她自然秉着多一事不如少一事的念头，不去理会。

只是有些东西瞒得住，云罗手上的伤口红肿却是瞒不住的。子荷很快便听到了风声，专程来到浣衣房。

杨姑姑毕竟收了银子，一见子荷便有些心虚，慌忙迎上去笑道："哟，哪儿吹的香风把姑娘吹来了，快进里面坐。"

子荷淡淡地看了她一眼，立着不动，说："杨姑姑客气，我就不坐了，今儿主要是奉命给云儿送物件来的。"

"哦，有差事呀。"杨姑姑一听是奉命给云儿送的，心里就"咯噔"一声，干笑着对一小丫头吩咐道，"听到没？还不快把云儿姑娘请进来！"

云罗进门时,手还是湿的,两边脸红彤彤,发髻微乱,偏偏笑得自然,说:"子荷,你来看我?"

子荷走过去,翻着云罗的手看了看,破皮的地方都泛白了,显见有了炎症,不禁叹道:"亏你还笑得出来。"说着,从袖口里掏出个蓝色珐琅小药瓶,塞过去道:"主上体恤,特意赏的药,一天两次,别沾水,很快就好了。"她有意扬高声音。

杨姑姑更加坐立不安,道了句"姑娘慢聊",便出去了。

云罗看门合上了,拉着子荷的手坐下,肃容问:"子荷,这药当真是王爷叫你送来的?"

顾明渊治下甚严,若是子荷为了帮她脱困,打他的招牌行事,一旦穿帮了,可要遭大殃的。

子荷反手握住她的手,只是笑问:"不然呢?你当我有熊心豹子胆?我说是奉命,自然是奉命来的。"

云罗微微蹙眉,她这话好像承认了,又好像什么都没说。正要细问,就被子荷拦住了话。

"姑娘你就别管我了。看你在这边几日工夫,人都不成样子了。听子荷一句劝,回去跟王爷认个错吧。"

云罗沉默了一下,问:"这话也是王爷的意思?"

子荷惊得忙摆手道:"不不,这只是子荷的一点儿浅见……"

"唉。"云罗拉下子荷的手,安抚地拍拍,缓缓靠向椅背,眉宇间十分安宁润和,道,"子荷,我晓得你一再来这儿,定是为了我好。但这几日我真的过得不错,吃得下也睡得着。"这话也不算撒谎,她曾喝过那么多的安神茶,只为求个安稳觉,却不料疲惫辛劳竟是治疗失眠噩梦的最好药物。

云罗垂眸笑开,吸了口气,继续道:"至于顾王爷……我与他的缘分,早在五年前就尽了,如今我们只有主仆之义,再无半分私情。"

"她真这么说?"昏暗的书房内,顾明渊负手而立,只有一个背影模糊的轮廓。

"只有主仆之义,再无半分私情……呵呵。"低低的笑声,连绵不绝,在避光的房间里回荡,叫人几欲战栗。笑过之后,却是一阵剧烈的咳嗽声,仿佛要把心都咳出来了。

子荷看他扶着窗栏,咳得微微晃动的身体,只觉心惊胆战,忍不住道:"王爷您保重啊。姑娘只是年纪小,不懂事,以后……以后一定会明白的。"

"我怕她不懂事吗?我就怕她懂得太多——"咳嗽声终于止了,声音却显得万分沙哑，伴着冷笑，像是一条被拖开的冗长的线，缠缠绕绕。他转过身，苍白的手四下摩挲着，似在寻找依仗物。子荷赶紧站起身想去扶他，却被顾明渊摆手挥退。他就这么摸到了桌边，扶着椅子慢慢坐下，一动不动。

子荷下意识望向窗外，就听到打更声响了起来，果然，戌时到了。

也不知过了多久，终于听到顾明渊再次开口道："她的事暂且不必回报了。"顿了顿，又加上一句冷硬的命令："看好她，别让她离开浣衣房。"

虽然子荷后来没有再去探望，但杨姑姑还是给云罗换了份差事——不再洗衣，只管送衣。

而也因为这份差使，云罗终于有了离开浣衣房眼线的机会。

这一日，她挎着一个篮子，挤在送绣线的小车边拣选，不知不觉便被众丫头挤到了外围。一位面相和善的绣娘走过来，递过一卷丝线，云罗颔首道谢。

擦肩而过的一瞬，一句低语就这么飘散在了风中：

"顾王爷请旨暂停选秀，百官附议。"

顾明渊的理由光明正大：如今黄河水患，民生疾苦，皇家又怎可再为充实后宫，而耗费百姓银钱呢？

不少官员私底下猜测这只是个借口，因为一旦选秀停止，就意味着皇帝无法大婚，亲政也要随之延后，顾明渊的权势就会更盛了。

但不论百官如何腹诽，酸腐文人怎样痛骂，这些对云罗来说都不重要，重要的是，若选秀取消，她希望留在宫中的人，就会被遣送回乡。

这，又怎么可以呢？

云罗捧着绣屏，眼看前面一转弯就是顾明和的院子了，却渐渐有些走不动了。

她这样，算是利用顾明和吗？

若将来他知道了，一定会生气的吧？

只是有些事明知不可为，不该为，却依然不得不做。

云罗深吸一口气，平复了下乱了的心跳，抬手叩响了穆松斋的大门。

"当当当"三声后，门"吱呀"一声开了，云罗的心提到了嗓子眼，脑子乱哄哄地想着第一句话要怎样说才自然。可是，出来的却只是一个普通丫鬟……

"洗好了？"小丫鬟漫不经心地翻了翻，看是自己要的东西，拿过来就要关门。

云罗手里一空，下意识抬臂挡住了门，问："请等等……二公子在吗？"

"胡说什么？"小丫鬟神色一凛，严肃道，"二公子岂是你能随意打听的？"

云罗面容一滞，还没来得及答话，就听到院子里面响起一声问话：

"喂，鬼鬼祟祟做什么呢？"

小丫鬟回头，也不知见到了谁，慌忙将门大拉了开，然后抱着篮子福身，恭敬地回道："春枝姐姐，是浣衣房送绣屏来了。"

"送个绣屏也能说这么久？"春枝的声音近了。

云罗抬头，只见一个鹅蛋形脸蛋的美貌女子甩着帕子走过来，瞧衣裳该是二等丫鬟，她想了想，也跟着福了下身。

春枝细眉皱紧，见云罗一个最低等的丫头，竟还要她走到跟前才行礼，不禁心中不悦。在听到小丫鬟说，是因为云罗探问顾明和下落，这才多讲了几句时，不由得更加生气。

她与亲妹妹柳叶同在王府大夫的推荐下进来伺候，她就端茶倒水，妹妹却成了通房大丫头，这已经够让她不忿了，现在连新来的丫头也开始想接近二爷了？

"你一个浣衣房的下三等人也敢提二公子？简直脏了二公子的名号——"春枝气急，伸出细白的手，用力戳上云罗的额头，说，"像你这种人，也就配个喂马的马夫，挑粪的粗汉，那都是抬举你了！呸！"

云罗不料她忽然动手，被她推得后退一步，脸上已然显出了薄怒，在听到后面那些不干不净的话后，脸上的怒意几乎要压不住了。但最后，还是忍了下来。

她侧身躲开指戳，抿唇看向春枝，眼神微冷，不卑不亢道："春枝姐姐您说笑了，云儿不过是个奴婢，自然明白自己的身份。至于二公子，实在是我们浣衣房的杨姑姑让我代其请安，这才多问了一句。既然脏了春枝姐姐的耳朵，我回去自会向姑姑禀告，让她亲自来跟您赔不是。"

"你——"春枝原本是借题发挥，想让云罗晓得她的厉害，不料云罗伶牙俐齿，口口声声说奴婢讽刺她，最后还搬出了管事杨氏。她一时骑虎难下，气得脸色涨红，偏这时小丫鬟又在后面使劲儿拉她，不禁转头喝道："你找打呀！"

小丫鬟哆嗦了下，小心道："不……不是呀，她说她是云儿……"

"云儿怎么了？我还雨儿呢——"春枝的话蓦地停住，扭头眯眼看向云罗。

"云儿？噢，原来你就是那个恬不知耻去接近王爷，反倒被王爷逐出主院的丫头？"

云罗不料才几日工夫，话已传得这般难听，心一沉，转脸不语。

春枝看她不说话，更加得意道："我说怎么这般看不上我们穆松斋呢，敢情真有高枝等着呢。不过当姐姐的奉劝你一句，高枝也不是那么好攀的，小心一个不注意，就掉下来摔死了。"说完，也怕云罗再提杨姑姑，冷笑一声，"砰"地关上门。

云罗忙后退一步，望着险些碰到自己鼻子的门板愣了愣，片刻过后，低头叹了口气。

她也是，还心担心到顾明和该怎么说，怎么解释这五年的杳无音信呢，也不想想顾明和堂堂王府少爷，又怎会在门口守着？这下好了，非但没见到人，反倒招来一顿臭骂。

她苦笑着摇摇头，心却莫名轻松了，绕过花园就想先回去再作打算，不料才穿过一座假山，身后便响起一个清朗的声音："前面的丫头，等等，给我端盘果子来。"

那么陌生，又那么熟悉……云罗呆住，慢慢转回了身来。

许是阳光太刺眼，绿荫下，那人的相貌竟显得有些模糊，她用力眨眨眸子，才看清了他。

记忆中的少年已经长成了一名俊秀的青年，一袭宝蓝色的长袍显得身姿挺拔。他微低着头，手里拿着一本书，唇边挂着温和的弧度，面如冠玉。这就是当今摄政王最宠爱的胞弟，她儿时的玩伴，顾明和。

"清之哥哥……"张张嘴，她很努力才挤出了一句呼唤，已是沙哑。

顾明和微微一怔，视线从书卷上移开，定在她的脸上。片刻过后，书"啪"的一声落了地。

这一日，穆松斋里所有人都看到，向来云淡风轻的二公子，竟强拉着一个粗使丫头进了房，脸色还很难看。不仅如此，更是大白天就紧锁屋门，不许任何人打扰。

"你今日非给我说清楚不可！"顾明和一进屋便将云罗推到了软榻上，自己端起桌上的茶水，咕嘟嘟咽了下去，然后"咣"的一声将杯子掼到桌上，眼神凶狠地瞪着她。

云罗看着他的样子，却"扑哧"一下笑了出来，笑得眼里都带了泪，只觉整个人从内里欢喜着。久别重逢的感觉，真好。

顾明和看她眼睛红了，明显有些无措，慢慢收回了凶悍的样子。

云罗不忍他担心，抹抹眼角，支起身子坐正，调侃道："二公子你这是要审我呀？"

"可不，就是在审你。"

这人，竟是一点儿都没变……云罗怔怔地望着他俊雅的脸，心里说不出是何滋味。"喂，我一走这么久，你是不是已经纳福晋了？"她揉揉发酸的眼，忙挑起个轻松点的话题。

"还……还没……"蚊子般大小声音的答话。

"那就是有侧福晋了？"云罗真有些感兴趣了，凑过去问。

顾明和尴尬地朝一边挪挪，小声道："也没……"顾明和的话忽然停住，头忽地转过来，严肃地看着她道，"我们是不是反了？该是我问你吧？"

云罗轻咳两声，起身准备坐回软榻，却被顾明和一把拉住手，强按着坐到圆桌边。

"说，你当年为什么一声不吭就走了？连个字都没给我留，你把我当什么了？"

云罗看他真生气了，忙举手告饶说："冤枉啊，少爷，我也是被人强带走的，要是能留字给你，我干吗要走？"

顾明和一惊，道："你是被人劫持了？是谁？"他皱皱眉，仿佛自言自语一般道："对了，你刚不见那段日子，大哥频繁进宫，样子凶得很……"

"你的意思是,那些刺客是皇家派来的?"云罗呆了下,语速缓而慢,虚虚地飘在半空,像是自己也不信。

"我怎么知道?"顾明和见她失魂落魄的样子,虽然不知道为什么,但还是不由得放低了声音道,"他们带走的人是你呀,你没见到幕后主使?"

云罗的身体一僵,又慢慢放松开,垂下视线,轻描淡写道:"我当时,看不到了。"

手心慢慢沁出一层冷汗,关于那一夜的记忆,关于那些她努力想忘记的东西,就在这一刻,伴着无数血腥,倏然冲上脑海……

"有刺客——来人哪!"

刚刚入夜,顾王府内忽然乱作一团!一群黑衣死士从天而降,着地点却不是王府的心脏地带,而是后院一个极偏僻的小院。

"找到人了,走!"

"你们是谁,放开我——啊!"十三岁的女孩被擒住,拼命挣扎,看着周围熟悉的仆役一个个惨死在刺客剑下,不由得浑身颤抖,尖叫起来。贴身侍婢香儿扑过来想救她,却被抓着他的黑衣人一剑刺死。

黑衣人毫不犹豫地拎起她飞上房梁,足尖轻点,三两下便跳出王府。风呼呼地刮在脸上,吹得面皮生疼,她绝望地望着渐渐远去的府邸,只觉整个人都被恐慌包围,渗进皮肤,渗进了骨头里。

"救……救我……"她想喊,却怕得已喊不出声来。

就在这时,黑衣人竟蓦地停下了。

前方,一袭暗紫色朝服的青年男子长身而立,面容冷凝。他静静地看着那黑衣人,目光仿佛在看着一个死人,又仿佛透着一点儿微妙的怜悯。

"放开她。"

云罗热泪盈眶,想扑向他那边;刺客的神情一凛,将她抓得更紧,疾退两步。

顾明渊眉头一皱,抬手,"当啷"一声,银剑出鞘,一个剑花闪过,剑尖直指黑衣刺客!和着风声,那一声长长的剑鸣几乎要震碎人心!

刺客再不敢犹豫,也不知拿了什么东西,照着她的脸当面一拍,然后就将她整个人凌空朝顾明渊扔去!

顾明渊飞身将她抱住,急切地问:"你怎么样了?"

云罗一手捂着眼睛,一手紧紧抓着他的衣领,像是握住最后一根救命稻草,哆嗦着只是哭道:"我不知道,我眼睛看不到了……我什么都看不到了!我是不是失明了?"

"别怕,你不会失明的。"黑暗中,她感觉顾明渊抬手抵在自己的后背,一股真气源源不断入体,眼中的疼痛好像少了些,她微微平静下来,然而下一刻,又剧烈挣扎了起来,只因顾明渊将她交给了一个侍卫。

"你要去哪儿?别走,别丢下我——"

"我去拿解药,很快回来。"从来对她百般迁就的男人,这次却强势拉开了她的手,转身便走。而几乎是同一时间,密林内突地拥出大批刺客,顾明渊见势不对,回头就想将云罗抢回自己怀里,可是,已然来不及了……

两名黑衣人拼死缠住他,只眨眼工夫,云罗便到了他们的钳制下,顾明渊伸手,只来得及扯下了她的一片衣襟,"咔嚓"一声,在这寂静的夜里回荡……

风声鹤唳的夜,黑衣刺客带着她疾走奔行,顾明渊以王爷之尊亲领侍卫紧随其后苦追十三余里,却在象征近郊的普渡河处停了下来。有个侍卫说:"王爷,不能再追了,一旦出了城,恐怕您会有危险。"

然后,后面就真的没有人再跟来了。

当时的她看不见东西,听觉便越发敏锐。那句轻轻的话,就这样顺着风飘到了河对岸,飘进了她的耳中,飘入了她的心里。

她曾在那一刻凄厉地大喊,哀求,呼唤,告饶,直到刺客点了她的穴,直到她终于流干了泪,哭不出来。

巴掌大的脸蛋上,终于只剩下仓皇和茫然,一双眼失去焦距地落在空中虚无的某点。

她想,为什么不追了,假如她有能力,假如被掳走的是顾明渊,她就算再危险也要追上来的。大不了,两个人就死在一起呀,黄泉路上还有个伴。

顾明渊,你为什么不要我了……

为什么……

就在她陷入过去回忆之中不可自拔之时，顾明和始终担忧地看着她的双眼，甚至抬起手，轻轻地摸了摸。

云罗回过神来，皱眉闪开他的手指，问："你做什么？"

"我想看看你的眼睛。"他试着伸手在她面前晃晃，道，"看得到吗？"

云罗忍不住翻了个白眼，说："废话。我不是自己走来你院子的吗？"

顾明和却还在不甘地继续晃。

"哎，真的好了，我后来被人救了，眼睛是一位老大夫治的。"云罗无奈地拉下他的手。

顾明和总算信了，却有了新的问题："那你怎么不马上来找我？还有你母亲怎样了？你们这些年都在哪儿生活……"

"行了行了。"云罗慌忙打断他的问话，说，"你还真要审我呀？这五年发生的事可多了，难道要我一口气说完，不说完不许吃饭？"她故意玩笑着岔开这个话题。

顾明和问的，竟是她不能答的，这几年的波折太多，曾经她以为自己会记恨一辈子的事，如今想来也不过如此。可同时，也有些东西随着时间的延长却越发深刻，深到淡了，深到表面上已看不出来，然而只有自己知道，那些东西已融入骨血，变成了一种本能，成了午夜梦回坐起身时的第一个念头。

"好吧，"许是看出她情绪不高，顾明和勉强道，"那我就问最后一个问题。你怎么变成王府的粗使丫头的？"说着，不高兴地拽拽她腰间的粗布带子，显见对她的衣服很不满。

"我……我在外面遇到你大哥，又惹恼了他，就变成这样了。"

顾明和定定地看了她一会儿，也不知想到了什么，竟呼地站了起来，吓了她一跳。只见他发誓一般道："你放心，不管怎样，我不会再让你受委屈了。大哥那边，晚上他回来我自会替你解释。"

然后，顾明和转身出门，叫下人给她换装。

绫罗绸缎被一盘盘端进来，云罗看得眼花缭乱，眼见丫鬟们还在进出，不知后面还有多少，她终是忍不住起来拦道："够了，不要再端了，这些我也穿不了哇，等下还要回浣衣房，再好的衣裳也要弄脏。"

"回什么浣衣房？从今天起，你唯一要做的事就是多吃些，多睡些，再把自己打扮得漂漂亮亮的，出去跟那些大家小姐游园赏花。"顾明和没好气地斜了她一眼，将她硬推进了里间。

云罗啼笑皆非，到底不忍辜负他一番好意，依言换了衣服。

粗衣换下，取而代之的是淡黄色的轻纱裙。顾明和围着她转了两圈，脸上露出了满意的神色。

"对了，水呢？快伺候姑娘净面上妆。"他吩咐道。

他连着喊了两声，才见到一个穿着粉色衣裳的小丫头，捧着脸盆，躲躲闪闪地走过来，头都恨不得低到水里去了。云罗定睛一看，竟是春枝。

刚刚还嚣张跋扈的女子，这会儿却瑟缩成一团，云罗摇头失笑，忍不住打趣道："穆松斋真是人杰地灵，尤其高枝多呀。"

春枝一惊，"咣当"一声打翻了水盆，跪在地上哭道："姑娘饶命，奴婢该死。"

云罗不想她这么大反应，赶紧过去扶住她道："哎，你先起来，我不过是开个玩笑。"

顾明和看着地上的水沾湿了云罗的鞋袜，忍不住生了气，过去将云罗拽到一边，对春枝斥责道："你是第一天进府吗？这么毛手毛脚的。"

春枝更是连连磕头告饶。

说来也是赶巧。因为顾明渊怕自己弟弟太好性子，会被下人懈怠，故特别吩咐内宅管事嬷嬷每天要来穆松斋探查一番。今日许嬷嬷才一进门，便见屋里一团乱，她冷眼一扫，就叫众人安静了下来。

她先向顾明和恭敬行礼，在问完发生的事后，便说由自己带春枝下去处罚。

这句话，简直叫春枝三魂吓走七魄。谁都知道，管事嬷嬷手段最是干脆，犯错的奴婢常常直接发回人牙子手里，到时候山高水远，不定被卖到什么腌臜地方了。

眼见两个下人过来拽自己，春枝又怕又恨，后背抖得如筛糠一般，没命地朝顾明和跪爬过去恳求道："主子恕罪，您饶了我这一次，您救救我！妹妹，你帮我求求爷呀。"她哭得满脸泪水，对站在顾明和身边的柳叶小声道。

柳叶是她的亲妹妹，又是顾明渊的通房丫头，极有脸面，此时只能指望她救自己了。

不料柳叶眼见她的惨状竟一声不吭，怯怯低头，一副全凭顾明和做主的样子。

春枝霎时心凉。

"行了，都别再哭闹了，让人看到还以为怎么着了呢——"顾明和叹了口气，转身对嬷嬷客气道，"春枝鲁莽，但总归没有大错，不如就将她发落到院里做粗活，以观后效，嬷嬷以为如何？"

管事嬷嬷像是早料到顾明和会这么做，脸上无奈中又带着点长辈对晚辈的慈爱纵容，说："二公子仁厚，就依您吧。"说完，她转头又对众人威严道："都小心伺候着。"然后，便退了出去。

看她走了，顾明和倒有些怜悯地看看春枝，见她还惊魂未定，便对柳叶道："陪你姐姐下去吧，开导她一下。"

柳叶柔柔弱弱地谢了恩，声音倒真是婉转好听。

顾明和想了想，又补了一句："你刚才很识大体，以后屋里的事便统由你管了。"

柳叶惊喜地仰起脸，这次却是真切地开心。

弹指之间，姐妹俩一升一降，天上地下。云罗坐在一边不动，便已看了一出王府内宅大戏。

等下人们都出去了，她开口问："那嬷嬷眼生得很，是这两年进来的？居然还管你房里的事。"

"没有，只是大哥交代她多看顾我这一房罢了。"

以顾明和的好性格，的确需要这种安排，云罗不由得笑了。只不过看他对某人的态度，已不是好性子那么简单了。

她不禁打趣道："当然要多多看着了，不然我们二公子的魂儿被勾走了可怎么办？"

"你指柳叶？"也不知她说错了什么，顾明和的神色仿佛变了，幽深的眸直看向她，眼神莫名叫人不安。

云罗不由得往后动了动。也就在这时，顾明和已转头望向窗外，"你不觉得，这么看，她跟你很像吗？"

云罗下意识跟着望出去，就见柳叶柔顺地低着头，站在檐下。

顾明和带着淡淡的怅然道："当初珍妃逼迫你时，你也是这么安静地站在一边，好像什么都忍得，什么都听得。"

云罗愣住，忽然不知该说什么。当年她忍着听着，是为了顾明渊，而如今，顾明和如此偏宠这样一个柳叶，又是为了谁？

久久的沉默过后，顾明和像是意识到两个人间的尴尬，起身轻咳两声："我去京郊寻专看眼疾的王御医，虽然你说好了，总要他瞧瞧我才放心。你且在我这里歇着吧。"

"哦，好——"

"对了，我得给你样东西，万一有人为难你，你就把这个拿出来。"他正要走，又停下，在身上四下摸了摸，竟别无他物，干脆把怀里的玉佩掏出来，放到桌上。

那玉是少见的乌色，通体莹润，一望便知很名贵。这也就罢了，云罗记得顾明渊也有一块一模一样的乌玉，应是有重要意义的，她马上推拒："不行不行，这东西太贵重了。我在你屋里，怎会有人敢为难我？"

"旁的人自然不敢，但……"顾明和停住话，将玉用力往她那儿一塞，"总之，你拿着。"

"哎，好吧。"云罗推辞不过，又怕再这样争下去会摔了玉，只好先收下。

待顾明和走后，柳叶进来伺候，就见云罗站起身，背对着她，将一个什么东西放进了桌上的小盒子里，然后便要转身出门。

她忙跟了上来："小姐您去哪儿？公子交代要您得留在此处的。"

云罗微微一笑："我回我房里收拾些东西，马上就过来。"

"那奴婢服侍您去吧？"

"不用了，你先回屋吧。"云罗朝屋里指指，提醒道，"你们主子将玉佩落里面了，小心看着，可别失了碰了。"

柳叶犹豫了下，福身答应着去了。

正午时分，浣衣房里静悄悄的，女工们大多都在午睡，云罗也被阳光晒得微醺，宁静的脸庞仿佛已入眠。

就在这时，一阵骚乱突然从外面传来，将众人惊醒。

"快点！就在这屋！"那躁嚷眨眼便到了门外，然后"砰"的一声，门便被人一脚踢了开！

"啊——"屋里有穿着内衫的女工，一见这么多男人闯进来，全都抱着被子尖叫起来。

云罗也跟着急坐起身，只见一个小厮站出来，指着自己对侍卫道："就是她，那个最里面床的女子，她下午去过穆松斋。"

侍卫冷冷看了她一眼，抬手，利落的一个字："搜！"

"慢着！你们是谁？想做什么？"云罗欲过去阻止，却马上被人抓住。

当她见到一个男人从她的小橱里捧出乌色玉佩时，她呆住，看着那玉，脸上满是不可思议。

侍卫头领看人赃俱获，挥手命令道："押下这个贼，去穆松斋！"

穆松斋内——

云罗被按着跪在地上，上首的座位却一个人都没有，只有管事嬷嬷和刚升为一等丫头的柳叶站在两边。

这样的审问未免荒唐，却也没办法。顾明渊被叫进宫里谈政事，顾明和外出未归，王妃去寺里进香，侧妃又没有资格管二房的事，于是，便成了眼下的局面。

管事嬷嬷率先开口："是不是你偷了二公子的玉佩？"

"不是。"云罗想都不用想便答道。

"那玉佩为何会在你柜子里出现？"

云罗在屋里四下一望，眼睛定在角落的春枝身上，她已换了末等丫头服饰，正仇视地盯着自己。于是，云罗笑开，指过去道："这就要问她了。"

众人顺着她的目光怀疑地看向春枝，春枝惊惧地忙摆手："不关我的事呀！"

她几步冲上前，一巴掌打上云罗的脸，骂道："死到临头了还想冤枉人？"

"你敢说，这玉佩不是你放到我柜子里的？"云罗被打得歪倒在地，慢慢爬起来，神色微冷道。

"废话！我中午一直跟众姐妹在屋里刺绣，从未离开，如何去浣衣房栽赃你？"随着她的话，几个丫头都出来点头做证。

春枝见自己嫌疑被洗脱，越加气愤，对上首两个人福身道："嬷嬷您德高望重，柳叶妹妹也是聪明人。早上这云儿是最后一个离开公子房间的人，而玉佩又在她房里出现，再加上这云儿素来品行不端，谁是贼岂不一目了然？"

春枝这话倒让管事嬷嬷想起来，这云儿不就是顾明渊吩咐赶到浣衣房那个？那今日怎么又跟二公子牵扯不清了？她不禁寒了脸，拍桌喝道："好个没羞的丫头，看来不给你点苦头，你是不会说实话了。来人，把她绑到外面的树上抽篾条，抽到她肯招为止！"

"慢着！"云罗见她们竟要对自己动粗，却也顾不得了，甩开桎梏站起身，"这玉佩是顾明和送给我的，你们谁敢动手？"

那一声喝，铿锵有力，她仰着头的样子，自有一股凛然不可侵犯的气势。下人们你看我我看你，竟一时没人敢动了。

云罗缓了口气继续道："嬷嬷，早上二公子为我发落下人的时候您也在，您想想，我若真喜欢他什么东西，需要去偷吗？"

管事嬷嬷更加犹豫。

静悄悄的，也不知是谁低声说了句："那玉不是先皇赐给王爷和二爷的吗？能随意赏人吗？"

这一声，却是炸开了锅！

管事嬷嬷浑身一激灵，"啪"地拍在桌上，怒道："竟还在胡说！来人，堵上她的嘴，给我打！"

云罗也惊住，怎么也没想到这玉竟是御赐，脸色顿时煞白。此刻才真真是骑虎难下了——认罪，便是私盗先皇物品，纵皇亲国戚也要入罪；若不认，那就是顾明和与她私相授受，蔑视先皇，同样是大罪。

一犹豫间，已没了说话机会，那些人将她五花大绑，嘴里更塞入布团，她咬紧牙关，唯有先扛过去再说了。

"啪、啪、啪……"一声又一声，云罗初时还觉得某个地方疼得很，到后来，整个人都痛，却已觉不出哪里痛。满脑子只有一个念头，不能说话，不能连累顾明和。

鞭打还在继续。

此时刚过未时，正是一天之中最热的时候，正午的暑气全都积累下来，太阳又没落山。热汗加上疼痛而生的冷汗，流到伤口上，便更叫那痛增到了十分。

云罗嗓子里干涩，双脚直发软，她抬起头看着刺目的太阳，光圈慢慢晕开，几乎要陷入黑暗……

"你认不认罪？"兜头一盆凉水却将她泼醒了，疼痛再次席卷神志。

刑责暂停，有人拿来了一张认罪的签书，云罗只模糊地看了一眼便合上了眸。王府下人为主子开脱无可厚非，她却不愿这样枉送性命。刚刚她强撑着往周围一瞧，顾明渊安插进浣衣房的人已经不在了，而子荷也趁着没人注意离开了，她们想必都是去通知顾家两兄弟了。所以，她一定得撑住，忍一忍就过去了。

当时，云罗以为或许只是一个时辰，甚或半个时辰就可以了。只是那昏迷，泼水，昏迷，再泼水的过程，竟从未时一直持续到了太阳下山！

云罗只觉自己都要痛死了，这辈子好像都没这么痛过，仿佛千万根密密麻麻的小针扎在了皮肉里，而且在源源不断地继续扎进去。

管事嬷嬷看云罗实在撑不住了，一时也不敢将她打死，只得暂时将她关进地窖，等顾明渊回来发落。

阴暗潮湿的地窖内，云罗趴在地上微微喘着气，发丝黏着汗液贴在额头上，整张脸苍白如纸。刚刚身体还冷得发抖，这会儿却已开始冒汗了，云罗明白，自己八成是发热了。

她本身也算医者，很明白自己的身体，若这样待到明早，她恐怕没福气再见一次日落了。

难道，真是天要亡她？

不，她不想死，不能死。

云罗眼里沁了泪水，强忍着疼，手按着粗糙的泥地面，努力想撑起身子，可下一瞬，就力所不支地倒了下去，痛得她险些晕死过去！

眼泪落了下来，她忽地怀念起小时候，那个每次她生病都会紧紧抱住她的温暖臂弯。懦弱与脆弱在这一刻被无限放大，她几乎就要喃喃地念出那个已在口边的名字……

就在这时，"咣当"一声，铁门洞开——

云罗眼前骤然一亮，期冀地朝前看去，下一瞬，心却重重一沉。

柳叶泪水涟涟地站在门口，在无月的夜晚，神情更显得凄楚可怜：

"云儿姑娘，对不起……我不想害你的，可是姐姐说得对，你若不死，有事的就是爷，我不能看着爷入狱呀！"

公主

第七章

黑，黑，四处都是一片黑。仿佛陷进了无边的深潭里，让人别想吸进一口气。

云罗苍白着脸躺在榻上，头不断地微微晃动着，神色痛苦，昨夜柳叶领着几个小厮进来，给了她一顿棒打，几乎要了她的命。

幸好最后关头，子荷带着一个男人赶到了。

是谁……

是顾明渊还是顾明和……

她努力想睁开眼，想看看站在自己旁边的人是谁，但无论如何也做不到。对话声却在此时渐渐清晰了起来。

"秦大夫，你倒是说话呀，你开药哇！我们顾家二十年来一直靠你照顾，你的医术我信得过！请你一定要救救她——"是顾明和愤怒的声音……

云罗的小指尖微微一动，又缓缓松开。

一位老者叹道："二公子少安毋躁，实在不是我不救，而是无法可救。这姑娘先是受了鞭刑，然后又被小厮用重棍拷打，这么重的伤莫说是女儿家，男人也撑不住哇。"

"你……你的意思是……"顾明和几乎绝望，跌坐在椅子上，却听到秦医师话锋一转：

"不过，倒也不是完全无法可想，只是需要一味很贵重的药材。"

"请秦大夫明示！"顾明和噌地站了起来，眼睛通红，手支在桌上倾身道，"只要能救人，莫说是一味药，十味我也找来！"

"这……好吧。老朽听闻大内刚刚进贡一株长白山千年老参，若得此参，或可起死回生……"

秦大夫的话还没说完，顾明和就已转身撩袍大步往门外走去。

云罗拼命撑起眼皮，只见到顾明和一闪而过的背影，她竭力发声想叫住他，然而话出口的声音，连自己都听不到。

这个傻子，怎么那么傻？为这庸医的一句话，就要去闯皇宫？他赠她先帝御品已经犯错了，这会儿躲皇室的人还来不及，竟然还敢往前凑！云罗又急又难过，可是根本没办法阻止，最后唯有喘着气瞪向那个所谓的秦大夫。自己明明受了严重的外伤，该先敷伤药阻止伤口恶化才对，他却叫顾明和去找什么千年人参，到底居心何在？

云罗拼命想引起秦大夫的注意，然而秦大夫背对着她收拾了药箱，根本没再看她一眼，就那么收拾了东西，迈出了门。

守在门口的丫头是春枝，她对秦大夫福身行礼，秦大夫伸手托了她起来，两个人手相碰的刹那，云罗清楚瞧见他们传递了什么东西。

春枝……她眼睛猛地睁大,又忙闭紧了,心里渐渐冷了下来。想到昨日柳叶进门拷打她之前,似乎也提到了是受"姐姐"提醒。

难道这一切真是她从中作梗?

她嫉妒柳叶能当顾明和的通房,也嫉恨自己受到顾明和的善待,所以这次准备一箭双雕,同时除去她们两个?

可春枝一个普通丫鬟,真就敢为了前途利禄下如此黑手吗?真就如此泯灭人性,将别人性命视如草芥?

可能吗?

可能吗……

云罗心神俱疲,想着想着,又慢慢进入了昏睡。

同一时间,丰启皇宫。

顾明和闯进朝华殿,"扑通"一声跪倒在地,对上首的皇帝赵牧重重叩头,哽咽道:"请皇上念在顾家世代忠心的分上,赐草民长白山人参!"

顾明渊坐在下首,脸色铁青,眼神阴郁地望着弟弟,并不说话。

太后冷笑着瞥了眼顾明渊,随即重重地拍了下凤椅上的五爪金凤,喝道:"大胆!顾明和你私赠先帝御赐之物在先,未经皇上传召擅闯禁宫在后,已是对两朝皇帝大大不敬了!不想着如何保自己的命,竟还敢跟哀家讨药去救什么姑娘!你真以为这天下都姓顾了吗?"她一甩宽大的太后朝服,倏然站起,暗红色的凤凰绣纹随之摆动,暗沉似血,手指指向顾明和,"来人哪!把他给我押入大理寺听候发落!"

禁卫军是太后亲信,早就候命在旁,一听这话,全都如狼似虎朝顾明和扑去!

"慢着!"顾明渊面沉似水,两手在身边一拍,整个人便已飞身跃到顾明和跟前,他正面对着禁卫军,一手背在身后,一手平举在侧,眉宇之间如封住了皑皑冰雪,叫人望之生寒,"有本王在,谁敢妄动?"

寂静片刻。

赵太后大笑,笑容中隐隐显出几分狰狞:"摄政王这是要包庇亲弟,犯上作乱吗?"

顾明渊脸色平静地慢慢回转过身,正视着赵雅,巍然不动。

空气仿佛凝滞了,禁卫军中已有人慢慢抽出了刀,大滴大滴的汗从头上落下,眼睛眨也不眨地盯住顾明渊。像是只待顾明渊妄动一下,便要来场殊死搏斗。

顾明渊却看也不看那些已亮出兵刃的军士,只是忽地,一掀袍子,单膝跪地!

所有人都惊住,赵雅猛地后退一步,瞪大双眼:"你这是……"

顾明渊拱手，朗声道："一切都怪微臣没事先禀明。那块乌玉其实并非臣的弟弟所赠，而是微臣送出。先帝当初赐顾家嫡系玉佩时曾有言，此玉可传顾家后嗣，所以微臣才大胆将玉传承。"

"简直一派胡言！"赵雅咬牙打断，"顾明和刚刚分明说了，他将玉赠给了一个姑娘，难道那姑娘是王妃亲生？"

"虽不是，却也不远。"顾明渊放下手，垂眸笑，"明和，你告诉太后，那姑娘姓甚名谁？"

顾明和茫然四顾，像是已经糊涂了，迟疑着答道："她……她是云罗呀。"

赵太后微微一怔，脸色由青转红，由红转白，已不能用难看来形容。

顾明渊复又笑，用无比真挚的语气道："太后您恩旨令云罗入顾家族谱，在微臣心中，她就是顾氏嫡系。为表示对太后的感激之情，微臣这才将先帝玉佩赠予爱妹云罗，想必先帝与您夫妻一心，定能体谅。至于擅闯禁宫之罪，顾家更加担当不起，臣那傻弟弟只是思及先皇赐玉大恩，一时情难自禁，这才想入太庙拜祭，不料竟冲撞了皇上太后，望太后看在臣弟年幼无知，再加上对先帝一片忠心的分上，宽恕他这一次。"

一番话，说得合情合理，赵太后双拳攥紧，后背隐隐发抖，几乎是咬牙切齿道："顾——明——渊——"

原本今日她已占尽上风，谁知顾明渊却利用她册封云罗的事大做文章。若她说顾明渊送玉给云罗不合规矩，那便代表先帝与她不是一条心；若她提顾明和手持先帝玉佩擅闯皇宫不合规矩，那便是心中无先帝，两条不管占了哪一个，她这个太后都将无法自处了。

赵太后死死盯着虽跪在下首，却傲然宛如站在所有人之上的男人，只觉这人就是扎在心头的一根刺，硌在脚下的浸毒钢针。她一定得拔掉他，非拔不可，不惜一切代价。

明明恨入骨，赵雅的脸上却已换回了慈和的笑。她缓缓吐出一口气，拖着长长的曳地百鸟朝凤裙，一步步走下金梯，亲自扶起顾明渊。

"原来是一场误会。摄政王心系哀家，哀家万分感动。"

两双手，万分亲密地叠在一起。

"哥！你刚刚胆子也太大了，竟然让云罗冒认郡主，还说她是什么爱妹，万一将来被人发现可如何是好？"

穆松斋内，顾明和跟着顾明渊身后一路小跑，追着问道。顾明渊却阴寒着一张脸，脚下停都不停，直接往弟弟的卧室冲去。

刚刚在朝华殿里的一场博弈，表面看起来是他赢了，但谁又看到他微笑下的不甘？

爱妹、爱妹……呵呵,早在五年前,他顾明渊就没准备让云罗离开顾家了!

赵雅呀赵雅,这笔账,他迟早会跟她算的。

只是现在,还是得先看看云罗。

顾明渊沉了沉气,眼见前面就是房门,抬手便要推开。

顾明和却急了,一步拦过去道:"哥你想干什么?"

"自然是要把她带走。"顾明渊慢慢收回手,狭长的眸微微眯着。想到之前那个隐隐的猜测,最好不要是真的。

"可云罗……云罗身上有伤,不宜移动。"

顾明渊定定地注视着弟弟支吾躲闪的样子,过了一会儿,终于确定,然后笑开,只是那笑容并不达眼底。

"明和,你在想什么,当我不知道吗?"他略略倾身,一字一顿道,"那块玉佩何其重要,你为何会轻易送给云罗?"

"我……我只是……"顾明和的脸上浮现起两团可疑的酡红,别开脸,磕磕巴巴说不出一句完整的话。

顾明渊慢慢地看,玩味地笑,仿佛弟弟初次的羞涩是什么美味一般,细细地品尝着。

直到他看够了,才泼下一盆凉水。

"不论你想怎样,我劝你,休了妄念吧。"

"……为什么?"顾明和回过头,脸色顿时白了。

顾明渊一步步逼近,迫人气势扑面而来,顾明和忍不住颤抖,一点点后退。

"为什么……为什么……"顾明渊的脸上笑容不改,语气中透着一丝微妙的怜悯,缓声道,"因为我没有骗太后哇,我的傻弟弟,云罗就是太后日前赐给我的义妹、多罗郡主。"

顾明和跟跄着,终于退到最后,浑身失力似的,"当"的一声撞开了身后的门,跌坐在地。

"怎么会这样……怎么可能……"他手扶着门槛,神色呆滞,仿佛无法相信,喃喃着,"你为何要接受,这太荒谬了……对!哥哥,你为何要接受?"

顾明和猛地站起身,死死地抓住顾明渊的领子,眼眶血红,这还是他头一次当众反抗自己这个位高权重的大哥,或者连他自己都不知自己在做什么,下人们惊疑地望过去,又忙低下了头。

顾明渊轻轻抬手,示意所有人都退出去。外间的门"嘎吱"一声合上,整间屋子陷

入了黑暗。

连人心,都被蒙上了。

"我告诉你我为何要接受——"顾明渊的唇角微微勾起,低头,看进弟弟的眼睛里,"因为我是在秀女遴选上遇到的她,若我不接受这个便宜妹子,她就要变成赵牧的妃子了……"

"她!赵家云罗——如何能当赵牧的妃子!"顾明渊的手倏然指向云罗,声音忽地扬高,如一声惊雷炸开!

而几乎与此同时,窗外爆出"轰隆"一声巨响,电闪雷鸣,仿佛大地都开始颤抖,百年老树的枝丫亦为之颤动。

山雨欲来风满楼。

错怪 第八章

"我这是……在哪儿……"云罗抬手扶住额头,吃力地打量着周围陌生而昏暗的环境,喘息片刻后,又闭上了眼。身上依然痛得厉害,但头似乎没那么烫那么晕了,嘴里有股苦味,应该是有人给她喂过药了。

"你已经睡了一天一夜了。"熟悉的淡漠声音在耳边响起,惊得云罗几乎弹坐起来!只是她的身体才一动,就扯到了伤口,痛得"哎哟"一声,又跌回原处。

顾明渊从暗处慢慢转回身来,走到她近前俯视着她,原本就比她高大许多的身影,此时更显得压迫逼人。

"我不是在明和那里吗……"云罗喃喃着,忽然像惊醒了一般伸手攥住了顾明渊的衣摆,"顾明和呢?他怎么样了?皇上有没有怪罪他?"

顾明渊的视线自那双细白的手上缓缓掠过,又回到她的脸上,慢慢笑了开,然而那笑容并不让她觉得温暖。他说:"你也会担心明和吗?你在利用他的时候,难道不是抱着舍弃他的心吗?"

"不……我没有,我没有……"云罗缩回手,咬住嘴唇里一点儿皮,对着顾明渊责备的视线,忍不住想要退后,"我不是故意的,我并不知道那玉是御赐……"

"哦?"顾明渊笑容不改,眼神却更冷了些,"这么说,真的是你偷了玉佩?或者说,是你故意将玉带回浣衣房,要人以为你是窃贼的?"

云罗意识到自己说错了话,抿紧唇,将头转向床的里侧,再不言声。片刻过后,却感觉身边微微塌陷了些,是顾明渊坐到了她的身边。

"让我猜猜你为何要这么做。你想让嬷嬷将你送进应天府,到时你就在堂上公开说出自己的身份,让太后治我一个虐待郡主,藐视皇家的罪名,对不对?等太后手里有了我的把柄,就可跟我讨价还价,重新选秀了,这就是你的目的吧?"

云罗忽地睁开眼,咬紧牙,强撑着道:"王爷你不必草木皆兵。我只是一个小女子,朝廷开不开选秀,与我何干?就算我真贪图太后的好处,可明和对我一片真心,那么贵重的玉都肯相赠,我想要什么珠宝不能直接问他讨?"

"若是你要的不止金银财宝那么简单呢?"顾明渊定定地看着云罗的眼睛,幽深的视线像要刺进她的心,"我到底该叫你那乎图拉云罗,还是该尊称你一声三公主?"

云罗浑身一震:"你……你说什么,我不懂!"她想转过脸,却被顾明渊紧紧擒住了下巴。

那个男人俯下身,一手支在她的脸旁,一手握住她的颊骨,眼睛眨也不眨地冷望着她道:"我是该说你聪明还是傻?你三岁进府,十三岁离开,跟你母亲在这顾王府中整整待了十年,这么久的时间,莫说是我,就连我那傻弟弟都已心照不宣。我们不闻不问，只是不愿给你再添伤痛，可不是让你耍着玩的！"他将她的脸狠狠甩开，猛地站起身，动作之间不带丝毫怜惜，冷眼望着云罗因疼痛而含泪的眼，心里一时酸涩，一时却又觉得快慰。

痛吗？当她玩弄人心的时候，又知不知道别人也有心，也会痛！

"我不管你是贪图公主尊荣也好，感念赵氏与你血脉相牵也罢，总之，顾家养育你七年，对你从无半分亏待，你若还有良心的话，就别再为赵家利益对我那傻弟弟使什么手段，否则，休怪我辣手无情，不念过去恩义。"

他的身体站得那么直，低垂的视线落在她身上，再看不到丝毫温情的影子，余下的只有斟酌和反感。那一刻，云罗都不知自己是怎么了，原本早就该古井无波的心哪，竟还会难过。

五年前，当他停在普渡河畔时，是不是也曾像现在这样犹豫斟酌，最终做出决定，认为她不值得救？

受伤的人似乎总是格外地软弱，云罗静静伏在床上，一动不动，泪水偏偏溢满了眼眶。

顾明渊淡淡地看了她一眼，转身便走，却在即将跨出门的一刻停下，背影挺拔如松："本王已命礼部重新商讨选秀事宜。"

云罗慢慢抬起脸，透过蒙眬的视线看向他。

"这是换回我顾家玉佩的酬劳。"顾明渊却头也不回，只抬起手，一块赤色乌玉正在指尖，散发着莹润温和的光，然那口里的话偏偏锋利如刃，"以后，再有什么，就看你自己的本事了。"说完，拔脚而去。

云罗定定地望着他离去的身影，半晌之后才扯扯嘴角，笑得妍艳娇美，笑着，笑着，竟是连眼泪都落了下来。

好哇，好得很，一来一往，互不相欠。云罗缓缓趴回枕上，任锦缎将泪珠吸走。她曾跟自己说，顾家兄弟说白了并没有什么对不住她的地方，她该尽力不牵扯他们进来，可善良的明和还是差点因她遭难。

或者，根本就是她错了？

她原就该快刀斩乱麻，用天底下最有权势的人，去对付天底下最大的权势。

云罗慢慢攥紧手，闭上了眼。

太阳落下又升起，终于又是新的一天，云罗的后背勉强好了些，总是趴着也觉得头晕，便支着上身跪起身，想换个姿势待会儿。

子荷一进门，看到她在乱动，吓了一跳，几步走过去，放下药碗，扶住她道："姑

娘,伤筋动骨一百天,你这是做什么哪?"

"放心,我已经好多了。"云罗笑着抓住子荷的手,"而且我总得动动啊,过阵子宫里重新选秀,我不也要进宫向太后娘娘请安吗?"这道懿旨是今早内侍监传来的。

"唉……"子荷叹了口气,几不可闻,"太后她老人家未免也有些不体恤人了。姑娘你受了这么重的伤,一个月时间哪能下床?"

"我真的没事。"云罗安慰道,顿了顿,脸上又显出忧愁之色,"不过你看我的眼睛,就这么进到宫里乱走,似乎有些不便哪。"她抬手轻轻摸上自己的眸子,浅褐色的眼珠里波纹流转。

子荷已是看惯了,倒不觉得有什么,但那天皇亲国戚都在,好像是不太好。

她忖度一下后,对云罗蹲身福礼道:"姑娘放心,此事我会对王爷讲的。"

"那就麻烦你了。"云罗感激地笑笑。

三天后,摄政王府外,一名坐着轮椅的男子缓缓停在了正门口,他抬起头,两缕黑发迎风飞起,滑到脸上再落下,清亮的眸子里闪着温润的光,整个人宁静得宛如一幅水墨画,当真君子如玉。

王府的几名守卫对视一眼后,其中一个走上前:"公子,这里不能随意停留,请你走远点吧。"竟难得地没有呵斥。

男子清浅一笑,略略抚顺发丝,清朗的语言像是水间叮咚声:"劳驾小哥为我通传一声,在下墨子琪,应王爷邀请而来。"

守卫退后一步,上下打量着墨子琪,眼中着实显出了惊异之色。

当今天下三分,丰启平原内陆,土地最是肥沃;戎狄地处草原,民风彪悍;洋河是水国,向来与世无争。三国维持一个微妙的平衡,已有许多年,其中不光有几国势力勉强相当的原因,也有一个很重要的因素,那便是位于三国之间的容眠山。

容眠山终年云雾缭绕,被璇玑老人把控,据说那老者擅长奇门遁甲之术,精于医药用毒,闲时又会养些古怪蛊物,仿佛无所不能。这样一个人,却是丰启洋河的共同后嗣,他稳坐三国重要枢纽之间,就像一道屏障,隔绝了交往,也杜绝了争斗。

璇玑老人有四大入门弟子,谓名琴棋书画,听闻是以他们各自的兴趣命名的,外人对他们了解颇少,只有墨子琪因尽得师父一身医术真传,又乐于下山给百姓行医治病,这才有了些民间描绘。其中,极重要的一项便是——他的腿不良于行。

天下叫墨子琪的瘸子或者不止一个,但胆敢跑到丰启摄政王府外,说是受王爷邀请而来的墨子琪,必定只有容眠山那一个。守卫不敢怠慢,道了声"得罪",便快步去里

面通报了。

约摸半炷香时间后,"嗡——"的一声,沉重的声响,王府半扇正门缓缓拉开,顾明渊负手走出,视线落在下方的墨子琪身上,片刻过后,两个人相视而笑。

顾明渊走在前方,亲自引领着墨子琪往府里,一路不知引得多少婢女遥遥回望,窃窃私语,羞红了脸颊。

顾王爷今日却难得好脾气,看下人这般也不以为忤,反而对墨子琪玩笑道:"一别多年,看来承和你风姿更甚从前哪。"

墨子琪微微一笑:"王爷不必打趣我,说起来您也不过长我两岁,若肯稍减威严,想必城中女子都要簪花相迎了。"

两个人言谈间的那份熟稔,让旁边跟随的下人都暗暗吃惊,唯有那些真正的老人才明白是何故。

早在十一年前,尚是少年郎的墨子琪便来过这顾王府,为已于弥留之际的王妃娘娘生生续命七月有余,且还让王妃并不太觉得痛苦,虽然最后王妃还是油尽灯枯而死,但顾明渊却将这份情记住了。

"承和你这次是一人来到我丰启的吗?可有师兄弟随行?"

"怎么?府中贵亲病症很严重吗?"墨子琪抬头,关切地问道;略略沉吟后又说:"这样吧,容我先看看,若我也觉得棘手,再去信寻他们商量。"

顾明渊见他这严阵以待的样子,不禁失笑,这才想到自己只着人去请他,却忘了说是为何事了。

"承和你不必挂心。这回劳你过来却不是治病的,而是请你看看,可否能帮一个人改变眸子颜色。"说着话,已到了自己所住院落——蔽词的某间堂屋外。

顾明渊伸手一推,房门开了,云罗抬起头望向门外,正好与墨子琪的视线碰在一起,下一刻,两个人竟同时呼出了声:

"墨医师?"

"云罗姑娘?"

顾明渊坐在圆桌旁,沉默着听完两个人的叙述,幽深的眼看看墨子琪,又转回了云罗身上。

"这么说,五年前你并非被太后的人带走,而是上了容眠山?"

云罗低垂着头,手慢慢攥紧身下的被子:"我并不知劫走我的是谁,但当我醒了,确确实实是在容眠山上了。"

墨子琪颔首，向顾明渊证实："的确如此，师父也说云罗姑娘是被他无意中救回来的。"

顾明渊缓缓闭上眼，似在思考沉淀，待睁开时歉然地对墨子琪道："承和，抱歉，可否请你到外屋稍候一会儿。"

墨子琪应是知道两个人有紧要话说，点点头，转着轮椅便拐了出去。

待门从外合上，顾明渊站起身，眯着眸，走到云罗面前，仔仔细细地看着她，高大的身影几乎将她小小的身体完全遮住，云罗一瞬间心跳变得有些快，可随即又平定了下来，抬起头，直视着顾明渊的眼。

"我知道你不信我，但我并不是太后的细作。"一字一顿，字字铿锵。

顾明渊与她定定对视，云罗眼神澄澈，始终没有半分闪躲，他终于松了口，问："既如此，你当初为何不说？进府时为何不说？"

"你有给我机会说吗？"云罗笑，却是惨淡，"好吧，就算我说了，你又会信吗？"

她长长地吐了口气，仿佛累极了，缓声道："就算是现在，有墨大哥为我做证，恐怕你依旧在怀疑我。不过没关系，我并不怕你查，我五年前到的容眠山，山上众人甚至山下老户皆可为我做证；后来我被师父送给上山求医的淳化县县令抚养，县衙诸差役及县里百姓皆可为我做证。这些，你大可逐人去问，而你，认为我这些年一直被太后控制，甚至现下也为她做事，可有一人能充当证人？"

眼泪不知何时流下，她狠狠擦了一把，倔强地仰起脸道："若是有，你现在就把她请出来吧，我愿与她当面对质，也好过这样一天天消磨我。"

久久的沉默后，顾明渊没再查问细作的事，而是转而问道："玉佩失窃，你如何解释？"

云罗泪水更盛，带着哭腔道："这你还要问我？指认我偷窃的是与春枝相熟的小厮，对我痛下杀手的是春枝的妹妹柳叶，将我丢在床上不诊不治的是介绍春枝进府的秦医师。王爷，大府里的腌臜算计你该比我更清楚，如今你一心认为我自作自受，到底是真有证据，还是对我已有成见？"她低头，失声痛哭，像是要把自己打从进入皇城以来的所有委屈都哭出来，泪水就如冬日树上扑簌簌落下的白雪，停都停不了。

一块素净的帕子出现在视线里，云罗抽泣着慢慢睁开眼，顺着骨节分明的手指，一直到有力的肩臂，再到那微微抿住的薄唇和一双幽深的眼，那双眸里终于不再只有疑忌。她伸手，接下帕子，缓缓拭泪。

顾明渊发出最后一问："那你又是如何进的京？怎么变成秀女的？"

云罗擦泪的手顿住，唇角一点点勾起，却是苦涩凄凉："是呀，我也在想，我怎么就进京了呢……"

"县令的亲女病情一直反复，朝廷选秀，本来已报了病，我却跟入了魔一样，非要代替她进宫……"

"为什么……我到底干吗要来这儿……"她一遍，一遍，又一遍地喃喃自语着，直到头顶覆上一只温暖的大手，直到那手将她圈入怀中。

伏在那人硬挺温热的胸膛间，云罗再次呜咽落泪，哭得那么凄凉，笑容淹没在了泪水里，真心也消逝在了谎言中。

以上那些话，她是真的不怕顾明渊去查的，世间最难求证的，便是那些半真半假的东西。

她要顾明渊怜惜她，信任她，因为顾明渊有这世间最大的权势。

是夜，顾明渊留墨子琪在蔽词用饭，因为云罗现下不便起身，所以并未跟他们一起。

顾明渊举杯，隔着圆桌敬墨子琪："承和，这次多谢你了，我敬你。"

墨子琪因身体缘故从不饮酒，便端起茶盏笑道："为我给云罗遮蔽眸中异色？你已经谢过了。"

"不。"顾明渊摇摇头，一饮而尽，放下杯子道，"为你仗义执言，去除了一块我多年的心病。"

墨子琪跟着饮了茶，笑着打趣道："这么听来，那位云罗姑娘很得你重视呀。"

顾明渊的唇角勾起一点儿弧度，转瞬又没了，对墨子琪淡然道："承和你也总会有那么一日的。"顿了顿，黑眸里又带上一丝揶揄，"或者，我为你介绍几位娴静大方的世家女子？"

墨子琪慌忙摆手，苦笑道："王爷您就饶了我吧，世家女子又怎会看上我一个瘸子？"

顾明渊正色："这话是怎么说的？容眠山墨子琪公子仁誉天下，一手惊鸿棋局更是三国无人可破已达十载，我倒不信有哪位女子能不动心的。"

墨子琪见他越说越郑重，大有即刻就出去给他张榜招亲的架势，终于受不住，推着轮椅后退些，对顾明渊一揖到底："王爷您就莫要再开我玩笑了。我只愿找个普通女子，在山水间逍遥一生。"

顾明渊瞧着他的样子，忍不住大笑出声，笑着笑着，又转为了暗淡："你这样未尝不是一种福气，至少不必同枕边人互相猜忌。"

墨子琪看他脸色沉郁，想了想，隐晦地劝诫道："世间这么大，相遇本就是一种缘分，若分开了又重逢，那更是缘分中的缘分。王爷现在既已解开心结，便惜取眼前人吧。"

顾明渊低头沉思片刻，向对面举杯示意。

酒过三巡，菜已吃尽，墨子琪准备走时，正巧有下人进来回禀，说二公子到现在还没回来，用不用派人去找找。

墨子琪等顾明渊打发走下人，才问道："都这么晚了，明和公子去哪儿了？"瞧这天色，也过了酉时了。

顾明渊坐回来，却叹了口气："大概又与他的学子朋友们谈经论道去了。"他倒了杯酒，仰头喝下。

墨子琪见他非但不以此为傲，反而显得很烦心一样，不禁好奇道："二公子如此读

书上进,那是好事,将来考取功名入仕,也是你这个做哥哥的荣光,你发愁什么?"

顾明渊拇指和食指拈住精致的夜光杯,慢慢转动,声音极轻道:"承和你也不是外人,我不妨实话与你讲。我朝开国皇帝曾下恩旨,摄政王位由顾家世代承袭,非谋逆十恶大罪不可夺,但同时,也有严令,顾家子孙只可有一人入朝为官。"

"这……这是为何呀……"

顾明渊看了对面一眼,没有言语,但两个人心中都有了答案——自然是赵氏皇帝不愿被说忘本,亏待开国功臣兄弟,可又怕顾家真的坐大,所以限制嫡系发展。

想通此间关节后,墨子琪也替顾明和抱屈道:"寒窗苦读十几年,却不能为国效力,为百姓谋福祉,我若是二公子,怕也会心中不甘。"

"所以,我倒宁可他长成一个纨绔子弟。"顾明渊很清楚自己的弟弟,表面谦和懂礼,内里还是很执拗的,就看他这么多年来都没放弃研究八股,便知他还没对科考死心。

墨子琪不知该如何劝慰,只得坐在一边,陪朋友一起苦着脸。

顾明渊看着他的样子却笑了开,起身送客道:"和弟的事我自己解决便好,只把云罗托付给你了,不论是眼睛还是她身上的伤,都劳你多看顾了。"

墨子琪道:"理当如此。"

顾明渊伸手握向他轮椅的推杆,似想送他一段,但不知怎的,手一下竟抓空了。墨子琪微微蹙眉,下意识抬头看向顾明渊的眼睛,就见他左侧的眸里好像隐隐显出一个白点,不禁迟疑道:"王爷,你……"

顾明渊却已在这时握住了他的轮椅,歉然笑道:"有些醉了,送你出去。"再仔细看去,那瞳孔里漆黑如墨,哪有什么白点?

墨子琪慢慢点头,心说许是自己看错了吧?

等出了院子,仆役便接替了顾明渊,推着他朝东厢房走,还没走出多远,便听到远处传来打更的声音:"当当——"戌时到了。

墨子琪脑子里忽地闪过一个念头,神色都微微变了,两手一下按到轮椅的两侧,回头对仆役肃容道:"送我回蔽词。"

第二天一早,云罗刚在丫鬟的伺候下洗漱完毕,就见墨子琪推着轮椅进来了,且眼皮下隐隐发青,好像昨夜没休息好。

"墨医师有礼了。"云罗支起身,对墨子琪略略颔首。

"有礼。"墨子琪回了个温和的笑,道,"我是奉王爷令来为云罗姑娘调适眼睛的,因有一味药需在早膳前服下,故来得早了些,希望没打扰你。"

"墨医师千万别这样讲，是云罗麻烦你才对。"云罗犹豫了下，又关切地说，"不过您看起来好像有些累，要不我们改在明日可好？"

"不必了，药箱我都带来了。"墨子琪侧身从轮椅里捧出一个盒子。

因改变眸色是容眠山的不传技法，顾明渊早交代过下人，墨子琪行药时屋内不可留人，此时见墨子琪要开始了，侍婢们忙福身一礼，无声退了下去。

墨子琪凝神听了片刻，待确定屋子周围的确没人了，这才长叹口气，将药箱暂时放到一边。

云罗小心打量着他的神态，伸手轻轻推推他的膝盖道："喂，你没事吧？你昨天不是和顾王爷用膳叙旧去了吗？怎么成这样了……"说着，她心里蓦地一惊，道，"还是说他不信我们的话，为难你了？"

墨子琪看她拽自己的力道一下加大了，紧张之色溢于言表，不禁无奈地笑开。

"放心，"他拍拍她的手道，"他没为难我，也没有怀疑什么，我还找机会劝了他几句，想来他对你的戒心会慢慢淡了的。"

"那就好。"云罗松了口气道，"只要你没事便好。"

墨子琪听到这话却渐渐收了笑颜，垂下了眸子，慢慢道："云罗，其实你不该对顾王爷这般算计猜疑的。他……很是重视你。"

云罗愣了愣道："你不会是要反过来为他当说客吧？"

"不，我只想告诉你一件事。顾王爷他中了毒，中了一种叫白佛手的毒。"

"白佛手……"云罗彻底呆住道，"你的意思是……"

墨子琪肯定地点点头道："对，跟你一样的毒，而且都有五年了。"

昨天他在出蔽词的时候，正好听到戌时的更声，一下便觉得不对了，只因此情此景太过熟悉。记得当初云罗刚被师父带回山上时，也是一到戌时前后，眼中便会出现白点，紧接着就有失明症状。

师父对他讲过，云罗这是中了一种名叫白佛手的毒，若不加以去毒，戌时后失明的时间便会越来越长，直到彻底失明。

此毒极为霸道难缠，饶是师父医术精湛，也为云罗足足泡了半年药浴才根治。然而璇玑老人只有一个，同样中了这毒的顾明渊便没那么好运了，五年来他始终用内力强行压制，但近些日子，却是越来越压不住了。

昨夜墨子琪再回蔽词，要求为顾明渊诊脉，顾明渊百般推辞，最后还是墨子琪以恐有失明之险警告了他，他这才伸出了胳膊。这一诊脉，墨子琪又吃了一惊，顾明渊的毒素累积时间竟有五年了，那么，他便是与云罗一起中毒的了？

动摇 第九章

云罗听着他的叙述，却感觉越来越心浮气躁，竟不顾身上的伤痛，猛地支起身，大声道："你到底想说什么？是！当年我被人劫走的时候，顾明渊是带着亲卫来追过我，你认为他是在那时被人暗算的对吗？"

"不。"相较于云罗像在抵抗什么一般的色厉内荏，墨子琪的表情却足以称之为平静道，"顾王爷的武功如何，你知我也知，你觉得那些刺客中有谁本事高到将白佛手强行打入他的眼内？我想这太难了，唯一的解释就是，当时中了这毒的是你，顾王爷一时无法为你解毒，便以自己的身体为引，将你的毒大半吸到了他身上。"

"不会的……"云罗下意识摇着头，一遍又一遍道，"他才不会对我这么好，他早说过，叫我不要再跟他攀关系，他不疼我了……"

一声又一声，也不知是在劝自己，还是在告诉墨子琪。

无数画面伴着猜测冲入脑海。

刚入府那日，顾明渊一开始明明来势逼人，却忽地在戌时更声敲响时离开。或许，那时他便看不到了吧？

五年前她中毒，被刺客挟持带走，在她眼睛看不到时，身后忽然无人再追了。那会儿她以为是顾明渊放弃了自己，现在想来，也可能是他毒性发作失明了！

那些画面越清晰，那些猜测越真实，云罗就越慌张。

"顾明渊一定是骗你的！他装的！"心跳的频率乱了，她有些急切地说，"对！一定是这样，否则天底下哪有这么巧的事？我前脚请你来为我做证，他后脚便通过你的口，告诉我他对我如何关爱备至。你不觉得这简直就是讽刺吗？"

"你冷静一点儿。"看她情绪渐渐失控，墨子琪水墨般的眸里染上忧色，一滑轮椅上前，倾身将她半抱入怀，安抚道，"好好好，就当是他别有心机，我再也不说了，行不行？你别乱动，碰到伤口就不好了。"

温和的声音，轻柔的抚摸，慢慢平复了云罗的惶恐躁动。墨子琪斟酌思考，不再直接劝说，而是慢慢放开她，问起了正事。

"戒指的来源还是没有眉目吗？"

云罗坐正，绷紧的身躯放松开，低垂的眸中渐渐浮起层寒霜，淡淡道："戒指十有八九是从宫里流出来的，但具体是谁给的就不得而知了。"

师父曾说过，不要随意地将任何一个人假设为你的敌人，否则很可能会让你忽略了真正的敌人。所以，打从她进入丰启，不管是面对赵太后、顾明渊，还是赵牧，都努力保持一颗平常心，因为只有这样才能隐藏自己真正的目的，尽早见到真相。

她沉了沉气，继续道："大凡赏赐贵重物品，总会登记在内务司的册子里，可惜赵太后把持内宫，治下阴狠，我想探查很难。"

"那……你就没想过戒指本身就是顾王府的东西？"

"不会吧……"云罗一惊，忽地仰起脸道，"他并没有理由哇……"

"顾王爷或者没有，但王妃呢？甚至是府中侧妃呢？"

王妃虽然待自己一向好，但如珍妃之流便对她们母女恨之入骨了，云罗想到母亲当年尴尬的位置，不再说话。

墨子琪握紧她微微变凉的手，安静片刻道："我也只是猜测。或者，你可以找个人去证实。"

"谁？"云罗看过去。

"顾明和。"

"什么？"云罗愣了，明显抵触道，"……为何是他？"

"昨夜我和顾明渊用膳时发现了一件事，顾家兄弟也许并没有外界看到的那么和睦。顾明和一心入仕，然而皇室严令，顾家子弟只有一人可为官，他看着哥哥高坐摄政王之位多年，难道心里就没有一点儿不平？"

"你别说了。"云罗沉下脸，别过头。

墨子琪却不理她，继续道："更重要的是，顾明和会不会也对订立这个规矩的皇族不满？毕竟，当年这天下是顾家老将打下来的……你或许还可利用他探听内宫之事。"

"我叫你别讲了！"云罗脸上透出怒容，大声喊，"顾家跟此事毫无关系，我不想随便牵累他人。"

相较于云罗的激动，墨子琪的脸色却无波无澜，他微微一笑道："顾明和无辜，难道顾明渊就有罪？你对他算计起来毫不手软，即使发现当年他或许另有苦衷也视而不见，这又是为什么？"

云罗几次张嘴，都不知该说什么，最后，终于合上眸子，唇边露出一丝苦涩的笑，长叹一声道："墨哥哥，你何苦非要逼我？我知道你是不愿我被仇恨蒙蔽了双眼，但这丰启皇城里的是是非非，我真的厌倦了，等做完我该做的事，我就要走了。现在你一心要我认他的好，知他的恩，但即使我真这么做了，又能怎样？"

清浅的声音如一首悲悯的乐曲，从唇边流泻出来，听得墨子琪心都酸涩了起来。

她深埋在心底的仇恨，他的确没法完全体会，他只有最简单的愿望啊，希望她快乐，幸福。

真心 第十章

又到戌时，墨子琪为顾明渊换了药，将纱布一圈圈缠绕在眼睛上。

"王爷，我现在为您针灸，请您趴好。"

顾明渊无声点头，才褪去衣服，忽地感觉有凉风吹来，他下意识偏头向门侧道："是谁？"

"哦……是丫鬟。"墨子琪答道。

顾明渊蹙眉，复又趴了下去。

烛心的火光摇摇摆摆，不大的房间里洒满浅橘色的光，顾明渊健硕的后背在灯光下显得强劲有力，精瘦的腰身仿若蕴含能量。他就这么一动不动，然而，却如一只蓄势待发的豹子般，让人不敢小觑。

"怎的还不施针？"顾明渊见后面久久没有动静，不禁沉声问道。

"马上开始了。"墨子琪含笑回道。

屋门开启又合上，房间里很安静，顾明渊看不到东西，嗅觉却在此时变得分外敏感，身后浅浅的药草味儿与墨子琪别无二致，可又多了点淡淡馨香。

这么相似的味道……

一个念头在脑海中闪过，他略略皱眉，肩膀随之一动。后头的人好像有些紧张，针马上偏离了穴位。

有些痛，大概是流血了，顾明渊的唇边却露出一丝笑意。

"没关系，再来。"他自觉往床边动动，那声音竟是从未有过的温和。

后面的人沉了沉气，再次下针，这次银针稳稳地进入了穴位中。

一针又一针，当十八个穴位全部点住时，他清楚地听到后面那人松了口气，然后便是收拾药箱的声音。

"怎么，要走了？"

收拾东西的声音停了停，紧接着，是一声含糊的应答："嗯……"

顾明渊叹了口气道："你是否觉得，我为你中毒，你替我驱毒，我们就算两清了？"

没人回答他。

顾明渊皱眉，支起身，试探着朝旁边摸了摸，果然抓住一只纤细的手腕，他略略用力，将她拉过来。

"你身上的伤也没好，怎么下床了？"握着她的手，他的神色也变得松快。

云罗见自己被认出来了，也不再伪装，闷闷道："前后总有好几日了，不碍事。"

"哦。"顾明渊点点头，又道，"承和那个人，就知道他不会为我保密。"

云罗低下头，声音变得很轻道："为何不告诉我？"五年前不说，五年后也不说，还要墨子琪将这事发掘出来。

顾明渊浑不在意道："有什么可说的？"

那天经地义般的语气，让云罗一时哑口无言，喉咙里好像有点酸涩的感觉，她轻咳两声压下去了。

"你的毒这几年都没找人医过吗？"她问。

"看过一些大夫，但总归没太好的办法。我在这个位置上，又不可能大张旗鼓地寻访名医……"

云罗理解他的话。顾家这么多年来表面风光，但实际并没有稳定庞大的家族势力支撑，说白了，就顾明渊一个权柄滔天的王爷而已。

然而，集权贵于一身，也就结怨于一身。平时没事时，还隔三岔五地闹刺客呢，如今再宣告天下说，摄政王每到戌时便会失明，岂不是等同叫那些亡命之徒每天定点来王府聚会？

"放心，墨医师医术高明，一定能治好你的。"她宽慰道。

"那你呢？"

"我？"云罗一怔，不自觉地想往后退道，"我也曾在容眠山见识过些医理，自然……自然会辅助墨医师了。"

顾明渊摸黑坐起身，拉住云罗的手不放，知道她不能坐，便将她虚虚圈进自己怀里。

"你昨天趴在我身上哭时，可不是这么说的。"他故作疑惑道，"你说你是因为惦念我才上京的。"

"谁这么讲了！"云罗的脸一下便红了道，"你少胡说八道了——"说着，便想挣脱开，却听到顾明渊闷哼一声，她这才想到他身后还扎着针，忙不敢动了。

见她老实下来，顾明渊笑开道："你是没这么说，却有这么暗示，承不承认？"

云罗尴尬地视线乱飘，尽管男人此刻眼睛蒙着布，也不敢看他。

"还是……你昨天根本在糊弄我？"话中的笑意更深。

沉默，倒像默认。

顾明渊肃容道："云罗，过去的事我都既往不咎，现在我只要你实话对我讲一句，你跟赵雅到底有无协议？"

云罗咬唇，久久没有说话，忽而开口道："在我回答你之前，我也问你一句，你这毒……真是因我而得？"

"这也不一定。"顾明渊一本正经地回答，叫云罗的心都提了起来，却听那男人道，"或许是早在五年前，我便猜到你今日会受太后密令，来我这王府当奸细，所以早早叫人打了毒在我眼睛里，只为了现在能糊弄你。"

"扑哧——"云罗偏头一下笑了出来。为了骗一个人，而冒失明的危险用毒，这种话恐怕就连三岁小儿都会觉得荒谬。

与当年别无二致的清脆笑音，仿佛云罗还是个蹦跳在他膝下的孩子，仿佛顾明渊还坐在花园的桃树下，一边看兵书，一边叮嘱云罗不许胡闹。

时光总是这样快。

顾明渊的五官渐渐柔和下来。自从他当上摄政王，威严就成了一张不可摘下的面具，可当他退下那股不容人忤逆靠近的气势后，其实也不过是一个英俊沉稳的男人。

这样的一面，曾经只有云罗能看到，而如今，依然只有她看到吗？

这种想法让云罗心慌，甚至是心惊，幸好在这时顾明渊开口，解了她的困窘。

"现在该你答了，你与赵雅，到底有无协议？"

"没有。"云罗平缓了下气息，没什么迟疑地回道，"赵太后在送我出宫前，确实有暗示我帮助她，但我什么都没答应。"

顾明渊微微握紧她的手，她能感到男人的手指就搭在她的脉上，云罗合上眼，感觉自己稳健的心跳，咚咚地跳动在胸膛里，流淌在男人的手指间。

过了一会儿，他终于开口道："好，我信你。"顿了顿，又道："既如此，选秀那日你就不要去了吧，省得她见到你又要多加刁难。"

"不行。"云罗几乎是想也不想地便答道。

顾明渊侧首，蹙眉道："为何？"

"我……我要去见我的朋友。"

这一段，却是不需撒谎的。

云罗在淳化县差役的护送下上京，谁知路上遇到黄河发大水，两名差役都与她走散了。她一个年轻女子，不懂武功，落在贼匪遍地的灾区，真是危险极了，幸亏得到同为进京秀女淑和、灵儿的帮助。

淑和当时的情况也不好，一辆马车，一名车夫，十几两碎银，就连灵儿都是她半路救的，但即使是这样，在见到落魄的云罗时也还是带上了她。

三个女子在路上艰难前行，临近京畿却遇到了最大的危险，匪贼不知从何处得到风声，说有贡品要经过这里，当然贡品没截到，却将她们三个堵了个正着。

淑和是大家闺秀，当时便想到了一死以保清白，却被云罗拼命夺下了匕首，在她看来，好死不如赖活着，何况还不一定到那一步。

在她的劝说下，灵儿与淑和都乖乖跟着匪贼走了，贼人看她们都是弱女子，倒也不绑着，一路上轻浮地动手动脚。灵儿、淑和满脸是泪，云罗却强忍着与他们嬉戏开，当走到护城河附近时，贼人们最不抱戒心的云罗竟忽地撒下一把白粉，高声喊道："看毒药！"贼人下意识地抬臂遮挡，云罗便趁着这个机会拉着淑和跟灵儿跳下了河。

贼人们欲下水追捕，可也不知怎么回事，一沾水就浑身剧痛，他们也怕那些白粉真是毒药，只得眼睁睁地看着云罗等人逃走。

三个女孩中，只有淑和不会水，云罗跟灵儿便轮流抓着她，整整在护城河里漂了一天一夜。淑和在水中一度昏迷，醒来时看到两个人竟将衣服跟自己的衣衫紧紧绑在一起，不由得失声大哭，直叫两个人放弃她自己走。

云罗当时抹了把脸上的水，笑得灿烂，只道："你说什么傻话？若当初不是你收留我和灵儿，如今我俩早做了水鬼，想救你也没机会呢。"

就这样，三个女孩一边哭一边游，直到次日下午才被人救起，趴到岸上，只觉劫后余生，当场便结拜了姐妹。

也是因为这一场漂泊，云罗临出门时刻意遮挡眸色的颜料早就掉了，想神不知鬼不觉地混进皇宫的计划落空，才一进正德门便被太后的亲信抓了个正着。从此以后，太后利用她开始了来打击顾明渊的行动。

微风吹动了烛火，照得顾明渊的脸色晦暗不明，他久久没说话，只是慢慢地伸出手，在云罗的头上一下下轻抚着，像小时候，每次云罗明明受了委屈，却还强忍着不肯说时的那样。

"我当初，不该停下来的。"

一句没头没尾的话，云罗却听懂了。顾明渊说的是五年前她被劫走的那个晚上，若他当时坚持追来，她不会失踪，也不会有后面那些颠沛流离的遭遇了。

云罗却是笑："没关系。"

真的没关系。

她已不怪顾明渊了，若当时双目失明的他跟了来，出了事，她也会内疚一生。何况，幸亏她被带走了，否则有些真相恐怕就要被永远埋在黄土里，连翻都没人去翻一下。

感到她有些恍惚，顾明渊又轻声道："你历劫归来，我还对你诸多猜忌，你可会怨我？"

云罗低头，不太在意地笑开道："我时隔五年才知晓你曾因我中毒，你又可会怨我？"

顾明渊沉寂片刻，终是摇头失笑道："好吧，那些光阴只当错付，我们都忘了吧，以后你便留在王府里好好的。"

忘了……云罗呆怔住，有些事能忘，有些事却真的忘得了吗？

她闭了闭眼，长舒口气，岁月镏金像一匹柔美的绸缎，在眼前倏然铺展。那画面上有她的童年无忌，有他的千般宠溺；有她的闪躲逃避，有他的步步紧逼；有许多两个人并肩笑立在春意盎然间，却也有太多——一个女子独身的孤寂。最后，那孤寂开成了一朵血玫瑰，盛放，又残败。

当刺目的红在脑海里崩开，云罗恍若再次有了勇气，有了面对一切，亦抛弃一切的勇气。

她缓缓半跪下来，伏在顾明渊脚边，仰起脸，看着他，她相信，自己那一刻的回答一定诚恳而真挚。

"好，我们都忘了。"

顾明渊的唇边慢慢绽开一抹笑，似有淡淡的喜悦。

云罗忽地无法直视。她低头，像个娇蛮的孩子一样，晃晃顾明渊的膝盖道："我都答应你了，你……能不能也答应我一件事？"

"说说看。"温暖的声音。

"淑和跟灵儿都是我的好姐妹，承载着家族希望而来，如今我已叶落归根，很希望她们能雀屏中选，得封高位。"

"这……"顾明渊犹疑道，"皇帝已经大了，恐怕不会受人管教，要他宠谁就宠谁。"云罗急得跪起了身体道："可否受宠只看她们自己的！我如今，只请你为她们争取个尽量高的位置，好不好？"

也就在她跪直身体的一刻，顾明渊向下轻抚她头的手落了空，就这么停在了半空中，也不知是不是她的错觉，那停顿时间似乎格外长，长到她几乎以为顾明渊发觉什么了，一时间，云罗只能听到自己心跳的声音。

幸好，那悬空的五指慢慢挪动，终是落到了她的头顶。她听到他说："好，我必如你所愿。"

云罗微微舒了口气，慢慢弯下腰，将脸贴到了他的膝盖上，合上眸。

丰启皇城每到这个时节便格外讨厌，阴雨绵绵，雾霭沉沉，堆在天上，停在云间，让人看不清前方的路，也模糊了旁边人的面容。

迷雾

第十一章

回去的时候云罗的神色有些恍惚，进了屋，也没点灯。她明明达到了自己的目的，为何没有什么开心的感觉呢？

角落里传来轻微的摩擦声，云罗眼神一凛，猛地退后几步道："谁在那儿？"

"别怕，是我。"墨子琪温和的声音带着笑意。他推着轮椅，从暗处慢慢移出来，到圆桌边掏出火折子，点上了蜡烛。

屋子被照亮，云罗看着他有些不自然，走到檀木衣架处解披风，嘀咕道："你怎么这么晚过来了？不怕被人发现？"

墨子琪却不答反问："你怎么这么久才回来？扎几个穴位对你来说也就一刻钟的工夫吧？"

云罗往架子上搭披风的手一顿，慢慢回转过身来，抬起头，脸上却没有他意料之中的挣扎或者羞赧，而是一种近乎冷清冷性的淡薄。

"顾明渊已答应我，会尽量为淑和、灵儿争取妃位。"

"你——"墨子琪愣住，揶揄的笑容转瞬变成了怒色道，"云罗！你……你怎么会变成这样了？"

"我如何？"

"你就算不能回报他的一片真意，也不该一次次利用他的这份真心哪！"

云罗几乎失笑，墨子琪简直把顾明渊说成了一个大情圣。没错，顾明渊是曾不顾己身为她吸毒疗伤，他也曾用一句"有什么可说的"深深打动了她，如今更是对她予取予求，无所不应。假如这些事换了其他任何一个男人来做，她也许都会动摇，但顾明渊不行，唯独他不行。

她一步步走近，弯下腰，盯着墨子琪的眼睛，用近乎冷酷的语气道："墨哥哥，你听好了，我并没有骗他什么。对于我的恳请，他答应了我自然万分感激，他不答应我也无法可想，就这么简单。"云罗直起身道，"好了，我真的不想谈这些，你来找我有什么事？现在说吧。"

"云罗——"墨子琪不甘心地唤她。

她的回答则是直接走向床榻，"唰"地抻下了一侧的纱帘道："要是没事的话，我要睡了。"

墨子琪定定地看了她背影一会儿，终于叹气："好吧，你跟我出来下。"

他推着轮椅，转身往外走去。

云罗略迟疑了一下，也跟了上去，不料墨子琪越走越偏，竟一直将她带到了王府后舍的杂物仓内。

"你……要我来这里做什么?"

墨子琪两手搭在腹上,安然坐着,淡淡地仰头看着她道:"我记得你跟我说过,你将玉佩带回浣衣房,但是还没来得及拿出来让人发现,就已经有侍卫去抓你了,对不对?"

"是。"云罗缓缓点头道,"所以我怀疑,是之前跟我结怨的春枝暗中捣鬼。"

"我现在可以告诉你,不是春枝,至少春枝不是因为跟你结怨才去害你的。"墨子琪抬手,轻轻推开了仓库的门道,"你自己进去看看吧。"

云罗犹疑地望进去,当时便呆住,春枝竟满脸青白地躺在地上,明显已没气了!

墨子琪道:"侍卫说,她是畏罪自杀。"

"怎么会这样……"云罗的手扶住门框,忽然感觉心很沉。她慢慢走过去,眼神复杂地看着地上的人。她虽然恨春枝暗害自己,却也没想过害她死去……

等等,不对!云罗的眼神一变,忽地蹲下身,伸手在春枝额头上轻轻摸了几下,片刻过后,她缓缓收回手,唇边溢出一丝冷笑,站了起来。

春枝先因嫉恨她而出手陷害,当发现顾明渊对她的特殊照顾时,又因害怕受罚而自杀,表面上看起来一切都合情合理,但构成这些的前提是——死的那个真是春枝。

但如果不是呢?这意味着什么?

意味着,府里还有第三股势力。从春枝指认她是贼,到柳叶向她行重刑,顾明和闯宫求人参,可能都是一个局。他们想让顾明和被太后治罪,再让顾明渊与赵氏皇族大动干戈……然后鹬蚌相争,渔翁得利,可这渔翁又是谁呢?

唯一确定的是,那个人并不太在意她的生死,否则当时她也不会受那么重的伤。

她看向墨子琪,墨子琪的神情同她一样沉肃。

"云罗。"他轻轻唤了一声,云罗不由自主地走过去,便被他握住了手。

墨子琪清泉一般的眸子里满是对她的担心,他说:"你的处境很危险。答应我,别管是为了自己,还是为稍稍弥补他,这阵子多亲近顾王爷吧。"

云罗张张嘴,却没有说出任何话来。

回去的时候,她拒绝了墨子琪要送她的好意,独自在这熟悉又陌生的王府里走走停停,不知不觉间,脚好像有意识一样带着她来到了清心小筑,那个她生活了近十年的地方。

看着与记忆中别无二致的栅栏门,她忍不住伸出手,轻轻摸上她小时候调皮用石子刻下的圆圈划痕,过了一会儿,唇边露出一丝笑容。

伸手推开门,没有想象中的萧条破败,两个留守的粗使丫头听到动静从屋里走出来,见她一身体面的衣裳配饰,也不敢问她是来干什么的,只慌忙避让行礼。

云罗微笑颔首，提着灯笼，缓步走进儿时的卧房，一进门，便被屋内的陈设略略惊了一下。

墙角的柞榛木高花台上摆着一架铜香炉，上好的檀香袅袅升起，好似这屋子的主人随时都会走过去拨拉几下似的。

红漆描金彩绘屏风的镜台前放着两盒多宝斋的胭脂水粉，盒盖上还是鸾鸟飞天的样式，看着颜色竟像是新的。可是多宝斋不是早换了盒面花式吗？

掀开帘子，里间的黄花梨木五足圆花桌上平摊着一本《东周列国志》，云罗走上前偏头看了看，捧起来轻声念道："却说鲁庄公得鲍叔牙之书，即召施伯计议曰：向不听子言，以至兵败。今杀纠与存纠孰利？"

一字一句都似曾相识，她的心一颤。这、这不正是她被劫走的前一天，正在看的第十六回——释槛囚鲍叔荐仲，战长勺曹刿败齐？

"你……你们过来……"她有些艰难地从嗓子里挤出一句话。

守在门口的两个下等丫鬟，怯怯地走上前，福身行礼道："姐姐有什么事吗？"

"我问你，这间院子可有人住？"

"并没有……"

"那怎会点着檀香？还有上好的胭脂水粉？"云罗脸色一沉道，"莫不是你们擅自用的？"

"奴婢们不敢哪！"两个丫鬟吓得慌忙作揖道，"香和胭脂都是管事交代必须放的，不光如此，还有洗身用的皂角，梳头需的茉莉油，全都要定期更换……"

云罗觉得胸腔里跳动的频率乱了，她努力保持着声线稳定，问："……为什么？"

"奴婢不知，但是王爷隔三岔五就会过来坐坐，奴婢们也不敢懈怠……"

嗓子里像是堵了些酸涩的硬物，发声都困难，云罗偏过头，低声道："你们……你们在此处做事多久了？"

两个丫鬟对视一眼道："有三四年了。"

"王爷日日如此？"

"那倒不是。"丫鬟仔细想了想，小声道，"王爷有时一天可能会进来两次，也有时一个月才来一趟，对，总不会超过一个月。"

"他都在这儿做什么……"云罗哑着嗓子问。

丫鬟的脸微微红了道："王爷经常做完公事便来这边用夜宵，偶尔看些游记，哦，对，他也常看桌上摊着的那本书，不过每次看完了还会恢复原来的页码，他还在院子里的老树下吹过笛子，有时候也会叫奴婢和彩雀踢毽子，他说女孩活泛些，看着有生气……"

云罗猛地背过身去,眼前水汽弥漫,泪水终于控制不住地流了出来,她使劲儿用手去擦,却是越擦越多,怪不得这个院子到了亥时还没锁门,怪不得门口总是亮着一盏小灯,原来,是在给顾明渊照亮来此的路……

可是他为什么,为什么要这样?

她跟母亲都不在了呀,她们已经走了五年了!

"你们,先退下吧。"她努力掩藏着嗓音里的哽咽。

丫鬟无声地退出门。

听到关门的声音后,她终于三步并作两步扑到圆桌边趴下,将脸深深地埋进臂弯里,默默流出了泪。她真的有些后悔来这儿了,如果不来,她就可以继续遗忘顾明渊曾经那么疼过她。

对,她该离开!离开!

云罗拿出帕子擦擦眼角,抬起头深吸一口气,起身便想往外走,可当蒙眬的视线注意到桌案一角时,双脚便怎么都挪不动了。

——那里放着一只憨态可掬的梨木娃娃。

她定定地看了片刻后,鬼使神差般倾身向前拿起了它。当年还有些棱角的木雕,如今竟被打磨得滑溜细腻,头顶的位置光滑圆润,显然有人经常抚摸它。至于那个人是谁,已不必言说。

脑海中倏然浮现起了当年的情景……

八岁那年,她带着丫头小厮偷溜出府玩,在街上买到了一个很漂亮的木雕,回家后第一个念头就是要拿给顾明渊看。

听下人说他已经回来了,正在书房,她想都没想就推门闯了进去,笑着喊道:"顾哥哥,你快看,我买了个可好看的东西!"

顾明渊那会儿正在为黄河水患发愁,字字斟酌着在写处理方案,冷不防突然有人跑进来,一滴巨大的墨便这么掉到了宣纸上,方才费心写的东西全都污了。

他怒极之下,拍桌喝道:"谁许你进来的?来人,给我把她拉出去!"说着,一挥手,便打掉了云罗递过来的木雕。

小人儿落到地上,头跟身子就这么分离了。

"小姑奶奶,你赶紧走吧。"小德子见摄政王发怒了,冲过来低声求着,就去拉云罗的手。

谁知云罗却动也不动,只呆呆地看着地下碎裂的木头。片刻过后,突然"哇——"

的一声哭了出来，撂下一句"我再也不理你了"，扭头便跑了。

回到房里后，她把丫头嬷嬷们全都赶了出去，连母亲也不见，趴在床上哭了个天昏地暗。

她在很小的时候就知道，自己不是顾家的孩子。但是顾明渊对她很好，非常好，并且告诉她，她们母女都是他世家的遗孀。于是，她也就心安理得地享受起这份宠爱来了。可是今天，他居然吼她……

顾哥哥不要她了吗？跟她的父亲一样，不要她了吗？云罗越想越难过，越想越害怕，哭得几乎背过气去。

一只温暖的大手覆上她的后背，是顾明渊的气息，小云罗的心一颤，随即却将头藏得更深。

"出去！我不想见你！我讨厌你——"

"真的不见我？"

"是呀！你快点走，走哇！"

"行，那我真走了呀？"温暖的大手离开了她的后背，她忽地感觉那么冷，那么无助，然后是渐渐远去的脚步声，一步步都像踩着她的心走过去。

云罗终于忍不住，猛地抬起上身，回头道："你回来呀！喂！"

可是屋里……只有一室的静寂。

"呜……"云罗在呆怔了一会儿后，再次合眸号啕大哭出声道，"顾哥哥……顾哥哥……你回来呀……回来呀……"

"既然我家的小殿下都发话了，我就回来吧。"一个带着笑意的声音响起，那样熟悉。

云罗蓦地止住了眼泪，忽地睁开双眼，眼前是顾明渊无奈的笑颜。

"看看你，一会儿不见就哭得跟花猫一样。"他伸出手，为她擦干眼泪。

云罗面露惊喜，下一刻却又别扭地转过脸，不肯让他碰。

"你不是不喜欢我了？还来干什么？"她赌气道。

"谁说我不喜欢你了？"

"你……你砸坏了我的木偶！"

"我赔你一个就是了。"顾明渊从衣襟里掏出一个可爱的女娃娃，看起来约摸七岁的样子，笑吟吟地趴在荷花上，瞧着就喜气。

云罗的目光马上被吸引住了，一时间连生气也顾不上了，一把就抓了过来，爱不释手地玩着。真好看，真漂亮，比她原来那个还漂亮。

"顾哥哥,这是你出去买的吗?"

"不是。"顾明渊坐下来,将她搂在怀里,轻声叹道,"这是顾哥哥亲手雕的。"

"我不信。"云罗虽然年纪小,却也不傻,道,"这么会儿工夫,你怎么可能雕一个木偶送给我?"

顾明渊一手揽着她,一手绕过她的身体,握住她拿着木偶的小手,目光幽深地看着,语气却是浅淡地道:"因为这木雕,是去年你生辰前我为你雕的。"

云罗愣住道:"那为什么……"不送给我呢?

顾明渊像是知道她未完的话,笑了笑,说:"因为后来出了一件事,让我想不太明白,到底还该不该送这个给你……"

当时的云罗并不明白他在说什么,只是觉得,他的声音有些异样。现在想来,她却似乎明白了……

云罗将那木雕缓缓放下,手在空中停住,五指慢慢握紧,忽地又伸了过去,将那木雕紧紧攥住了。不论后面的发展是对是错,但那些年的疼爱做不得假,曾经的快乐也做不得假,或者,她真该听墨子琪的话,仇不能忘,恩也不该忘。

云罗闭了闭眼,将木偶放进褡裢里,转身回了蔽词。

第二天中午,她估摸着顾明渊下朝了,端了一杯参茶便进了隔壁书房,没想到才一踏进正房的门,便感觉屋里气氛不大对劲。

"子荷,怎么了这是?"她没敢贸然掀帘进去,小声问道。

子荷小心地朝里面望了一眼,低语道:"似是早朝之事,王爷从回来就不大高兴了。"

"外面是谁?嘀嘀咕咕的没规矩。"低沉的声音冷冰冰地响起。子荷跟随侍太监小德子都忍不住将头垂得更低。

云罗安抚地拍拍子荷,在原地略镇定了下,一手打起帘子,浅笑着迈进去道:"是我。"

顾明渊抬头见是她,生硬的脸色和缓了些,抬手接过茶盅道:"怎么是你来做这些?底下人真是越来越不会伺候了。"

"你别怪她们。"云罗忙道,"这参茶还是丫鬟端给我的,我听到你回来了,就来借花献佛而已。"

顾明渊眸里的不悦这才淡了,点点头,抿唇喝了口参茶,然后就放到了一边道:"行了,茶我喝过了,你回去好好休息吧,否则对伤口不好。"

"哪还有什么伤口?"云罗笑了一声,自然而然地走到他后面,为他轻轻按摩起太阳穴，柔和的力道叫他很快放松了紧绷的神经，他忍不住闭上眼，缓缓靠后。

"以前你经常这样，在我看折子看累了的时候为我按摩。"

云罗想到了小时候的那些时光，笑容更柔和了些，轻声道："你若是愿意，也可以像以前那样，跟我讲讲是谁在烦着你，我虽不懂治国之道，总能帮你听听。"

顾明渊忽地沉默了，一时间，屋里只能听到两个人呼吸的声音。

云罗这才意识到自己的话似乎不大恰当，有查探政事之嫌？她咬住唇，正琢磨着怎么转一个话题，那男人已经牵起她的手，起身，走到东墙边。

那里有占了半面墙的军事地图，左右各是一幅夔的神兽像和混沌的凶神图。

"今天朝上收到了前方战报，杨将军在对阵戎狄中失利，丢了溆浦镇。"他指向地图上某个位置，看向她，"而这杨将军，算是我的亲信。"

一字一句，很慢，却是轻轻击打在云罗的心上。这不仅是一个丰启王爷对一个戎狄女子的绝对信任，更是一个男人将自己的失败展露在女人眼前。

她竟蓦地觉得有些羞愧，偏过头低语道："对不起，我……"我不知道是这样的事。

"没关系。"顾明渊却没让她把话说完。他两手握住她的双臂，让她看向他，温和道："我想听听你的意见。如今朝上有主战派，也有主和派，你认为我该不该叫杨将军继续打下去？"

男人认真的表情让云罗有些惶恐，仿佛顾明渊真的将她同朝上重臣一般对待，她竟下意识道："这国家大事，我……"

"是我让你说的。"顾明渊笑开，微微握紧她的手道，"何况小时候我也教了你不少，我相信，你的才学并不比普通士子差。"

云罗仍在犹豫，顾明渊却鼓励地看着她。

"好吧，"她终于开口道，"那我只说说我的感觉。"

她微微偏头，认真思索着道："依你所言，杨将军只丢了一个边远小城，不论士气还是军备，都没有受到严重打击，这仗完全可以打下去，但问题是后方——"

顾明渊赞许地露出一丝笑。

云罗受到鼓舞，声音大了些道："如今黄河水患，水贼横行，一旦发起大规模战争，吃苦的还是百姓，倒不如忍一时之气，等汛期过了再做打算，只不过——"她的话突然停住，缓缓抿住唇，悄悄看了一眼顾明渊，再不言声。

"怎么不说了？"顾明渊低头，不甚在意地笑开，一手依旧拉着她的手，另一手端起参茶来喝了一口，漫不经心道，"只不过，我就要向朝廷呈上一封请罪书，认下举荐杨将军失误的责任了，对不对？"

云罗叹气,点点头。顾明渊是权王,也是政客,要他为了百姓而损失自己的威信,向皇室低头,实在有些不切实际。

"好,就依你所言吧。"

云罗忽地睁大双眼,几乎以为自己听错了。

顾明渊眸里闪过一丝笑意,微微俯身凑近道:"怎么这么惊讶?难道本王在你心里就一直是个大奸臣吗?"

"啊……当然不是了!王爷您在民间素有仁名,我这几年常常听到的!"云罗忙表明心迹,一脸严肃,就差赌咒发誓了。

顾明渊看她心虚的样子竟笑出声来,好像心情不错的样子道:"好了,不必哄我,那些酸腐文人怎么说,本王并不介怀。"的确平民百姓的一时好恶,确实没在他的考虑范围之内,但他总得为丰启长远的发展计划。如今,不能打。

他带着云罗回到桌边坐下,放开她的手,摊开一封折子,侧首笑道:"现在本王要写请罪书给朝廷了,卿可愿为我磨墨?"

云罗微微一怔,随即粲然一笑,福身道:"乐意至极。"

就在这时,门外突然响起一声通传:"王爷,宫里来人了,说是太后有旨,请您即刻入宫。"

顾明渊蹙眉,看向云罗,云罗却已将墨石放到一边道:"既然太后传召,你就赶紧去吧。"顿了顿,她又压低声音道:"赵太后这次怕又要借题发挥,为她的皇帝爱子多谋权柄,你多多小心。"

顾明渊面容沉静,起身拍拍她的肩膀,示意她放心。

云罗看着男人大阔步地朝外走,慢慢地,挺直身体,脸上露出一丝微笑,带着自己都未觉察出的自豪。

如果这个男人不逼她接受某些她想逃避的东西,不对她凶,还像小时候那样宠着她,给她自信,那么她也真的很喜欢这种陪在他身边的感觉。

"子荷,给王爷温上一盅燕窝,等他回来用。"

"哎。"外间的子荷清脆地答应一声。

只是那一天,云罗没想到他竟整晚都没回来,而那锅燕窝也就在炉上咕嘟了一夜,直到烧干。

事实上,顾明渊从书房内出来后,并没有直接出府,而是一拐弯向祠堂方向走去。

一片青砖瓦房的小院仍旧保持着百十年前的原貌,参天古树遮蔽了刺目的阳光,同时也挡住了和暖的温度。

顾明渊缓步走进去,屋内更加阴凉昏暗,他沉默地望着先祖供台上一块块极为普通,却象征祖先巍峨宏伟人生的檀木牌匾——为太祖皇帝打下江山的顾青峰,他的太祖爷爷;以一己之身挑战天下贵族权势,上书请求废除王爷藩地的顾仲平,他的太爷爷;力战戎狄死守边疆,最后连尸首都找不到的顾守国,他的爷爷;哪怕被君主怀疑猜忌,亦鞠躬尽瘁死而后已的顾成山,他的父亲……

那一个个姓顾的名字,伴着丰启王朝的起始兴衰,慢慢在他眼前展现出了一幅极为瑰丽宏大的画卷。万里河山,赵氏皇族,像个沉重的担子,死死压在他的肩上。他闭了闭眼,长长地吐了口气。

"怎样?她有何动作?"仿佛对空气问道。

然而,明明只有顾明渊一个人的屋子里,却分明响起了第二个人的回答!

"回王爷,乎图拉氏并未翻动房内的任何物品,只是去看了看地图旁边的两幅画。"沙哑的声音异常恭敬。

"哦?"顾明渊缓缓睁开双眸,眼神里闪过些微阴郁道,"她看哪幅画久一点?"

"夔。"那人极肯定地答道。

顾明渊微蹙的眉舒展了些。混沌乃真正的名家之作,不论笔法还是画工皆为上乘,任何一个懂画的人都该忍不住去研磨一二;相反,夔的画像除了用色大胆更吸引注意之外,没什么特别。若有人在这两幅画中选择站在夔那边,那应是真的不懂画。

"继续去查墨子琪跟云罗的关系。"他淡淡地吩咐道。

在墨子琪刚刚出现的时候,他真的差点相信两个人只是医者和病人的关系。可是,当云罗顶替墨子琪来为他扎针时,他们却露了马脚,这两个人身上有几乎一模一样的香气,绝非一朝一夕能培养出来的。

容眠山已经神秘了太久,或许,这次能利用云罗给这个已过百年的秘密打开一个缺口。

顾明渊拂了下袖口,转身出门,一丝光线照进昏暗的内室,顾家祖训六个字闪着低调却不容忽视的光芒,那光线已笼罩了顾家长达百年,亦将看不到尽头地永远维持下去。

——保赵氏,驱戎狄。

顾明渊到达安泰殿外时,隐隐听到里面响起丝竹管乐之声。他眉头皱紧,脸上的厌恶几乎不加掩饰。

"可是右相在里面?如果是的话,本王改日再来听太后的慈训。"说着,顾明渊便欲甩袖离开。

太后身边的老嬷嬷却在这时走出来,不慌不忙地福身道:"王爷请留步,右相今日并未进宫,太后她老人家一直在等着您呢。"

顾明渊缓缓地回过头,脸色依旧不善,却没说什么,跟着她走了进去。

一进大门,便见一个陌生的女乐师穿着一袭红衣跪坐在侧,熟稔地拨弄着琵琶弦,见到他的注视,马上妖冶地一笑,手下的曲调更加诡秘。

前方,金色的珠帘微微晃动,赵太后斜靠在后面的凤榻上,鲜艳的丹蔻轻拈起一颗葡萄,慢慢地入口,让年轻的画师看怔了眼。

顾明渊冷漠地扫视过宫殿一圈,对上首道:"臣顾明渊,给太后请安。"他嘴里道着请安,实际上连腰都没有弯一下。

赵雅睁开精心描绘过的凤眸,看见顾明渊,莞尔一笑,坐正了身体道:"呀,是顾王爷来了?你们这些没眼色的东西,还不赶紧退出去?"后一句话,却是对琴师画师等人说的。

曲子声停,两个人默不作声地倒退下去,连带屋里的侍女,竟都走了个干干净净。

大门合上,赵雅掀开金色珠帘,踩着柔软的绣鞋,缓步走下高台,环佩叮当作响,脸上的笑越发柔美,却似带了毒。

"顾卿怎许久不来向哀家请安了?"

顾明渊沉默片刻,对着女人笑开道:"本王这不就来了吗?雅可是想本王了?"

赵雅顺嗔道:"自然是想的,不光想,我还怕……"

"怕什么?"

"怕——"赵雅拖长音调,红唇凑向顾明渊的耳畔道,"怕你被云罗勾了魂儿啊!"

顾明渊的眸子倏然眯紧,眼里露出一抹刀锋般的冷光,却是转瞬即逝。

"雅说笑了,她的姿色又怎敌你万一?"

赵雅慢慢收了笑,定定地,漠然望过去,忽地甩开宽大的袍袖,金色的凤凰随之摆动,好似振翅欲飞,就这样雍容华贵地坐下,说道:"说笑也好,真的也罢,哀家只想提醒你,千万别为美色误了正事。哀家将她留在你府里,可不是让你千般疼宠的,你要赶紧将她母亲找出来——处理掉。"她拈起一粒樱桃,笑着放入自己口中咬破,殷红的樱桃汁水黏在唇角,宛如鲜艳的妃子血,然后一脸苦恼地继续说:"否则,待哀家百年之后,岂不要跟她一起合葬在先皇陵寝了?"

顾明渊笑容加大,似有讥诮道:"雅如此心心念念慧娘,怕不只是为了先皇吧?"

慧娘,云罗的生身母亲,戎狄公主的陪嫁侍女,是陪伴先帝时间最短的一位宫人,

却也是让先帝最为记挂的一位宫人。

　　她在怀孕后不久便失踪了。先帝思念了她近十年，临死之前，下的最后一道圣旨便是：封庶妃乎图拉慧敏为皇后，待死后继位圣母皇太后，赐号孝康端仁。说完这道旨意就咽了气，连给群臣劝谏的机会都没有。当时的贵妃赵雅跪在灵床前，几乎咬碎了一口银牙。幸亏一直失踪的慧敏，在此之后依然杳无音信，赵雅便以母后皇太后的身份，称霸后宫到了现在。

　　而随着云罗的出现，赵雅自然有了危机感，假如圣母皇太后回朝，莫说她这个母后皇太后地位不保，就连小皇帝在前朝可能都会受到掣肘，这是她绝对不能允许的。所以她没杀云罗，就是要利用云罗引出慧敏，斩草除根。

　　对后宫的女人而言，男人的爱永远不及权力带来的滋养，永远。

　　赵雅心中一片凉薄，偏偏脸上温暖和煦如春日阳光拂面，她对顾明渊柔柔一笑，恳切道："哀家与先皇是否伉俪情深并不重要，重要的是王爷您忠君爱国呀。"她起身，从镏金八角桌案上拿下一封贴着红羽的信道，"请摄政王过目。"

　　红羽，通常意味着八百里加急，而这信里的内容，也的确至关重要。

　　——戎狄作为暂时的胜方，主动向丰启发出停战书，要丰启用二十万两白银换回溆浦镇，另外还说若丰启肯答应，便会派三王子扎马泰出使丰启，两国联姻，修秦晋之好。

　　只索要二十万两白银，实在不像戎狄一贯贪婪的作风，最重要的是，三王子是继承汗位的热门人选，怎会轻易涉足敌国？除非，这丰启内有极大的利益在。

　　"王爷可别忘了，戎狄曾有女王登位呢……"赵雅偎依到顾明渊身边，无限哀怨地说道。

　　顾明渊低头对她一笑道："本王当然知道。"

　　三王子来的时间，与云罗出现的时间实在太巧，假如现在慧敏再以圣母皇太后之尊入主后宫，那么云罗便是丰启名正言顺的皇嫡女。焉知戎狄会不会借此发动战争，要云罗登位女皇！

　　再联系到云罗之前千方百计要他重开选秀，还为几名"好友"秀女谋位分，或者，那两名秀女也与这件事有关？

　　顾明渊心中转过无数念头，脸上却没露出半分，一手放下信件，和声道："雅自把心放下，本王保证，圣母皇太后永远不会回朝。"

　　"说白了，你还是不愿让她死。"赵雅沉了脸，露出一丝尖刻。

　　"本王会在应当时机，行应当之事，不用任何人教。"他淡淡道。

　　赵雅与顾明渊对视片刻后，转而笑了起来道："好吧，那这件事就交由王爷费心

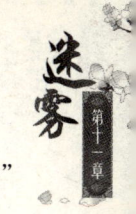

了,不过戎狄的求和书虽是主动发的,却总是我丰启输了仗,赔了银钱,这责任……"她头微侧,一脸为难。

顾明渊暗暗冷笑,口中的话却答得温和:"雅不必忧愁,本王明日早朝便会上书请罪,并且暂时交出虎符。"

赵雅掩唇而笑道:"顾王深明大义。"

次日清早,顾明渊整理袍袖从内殿出来,侍婢内监们一看他,忙躬身请安道:"王爷吉祥。"

他挥手叫起,见画师和乐娘也一脸疲倦地跪在人群里,淡淡道:"你们两个先退下吧,太后身体不适,今日不会传召了。"

"是。"两个人同时感激地答道。青年男画师倒退着走了,乐娘却媚然一笑,上前又蹲了个身。

顾明渊原本蹙眉偏头,不知怎的,神色却忽地一变。他单手拉住乐娘纤瘦的腕,勾唇,倾身过去,握住她的手,要笑不笑地低语道:"卿身上好香……"

乐娘仿佛怔了下,那手便从顾明渊手中滑了出来道:"王爷您……"

侍婢们全都乖觉地低下头,没人注意到顾明渊在收回手后,唇边慢慢溢出了嘲讽寒凉又压着蓬勃怒意的笑。

好哇,好个云罗……差点连他都骗过去了!

顾明渊踏进王府时,脸上已换上一副又好气又好笑的样子,云罗见了,不禁惊奇道:"王爷这是怎么了?"顿了顿,又问:"您一夜未归,是戎狄战事又不好了吗?太后申斥您了?"

"放心,不是。"顾明渊带着她走进书房,关上门后才答道,"戎狄的事情已经解决了,他们主动要求停战,昨夜我在勤政殿里与皇上商讨了一夜细节,因为戎狄王子近期可能会来我丰启。"

"哦?这是好事呀。"云罗笑了开,随即又忙收敛了,小心翼翼凑过去问,"那王爷是为何烦忧?"

"还不是这个。"顾明渊丢出一卷画轴在桌上,摇头道,"皇上小儿心性,见我输了仗得意得很,故意作画气我。一国之君竟这般胡闹,还不叫本王生气?"

云罗眸子一闪,打开画轴,就见白纸上歪歪扭扭地画着一匹老马,正从槽枥间走出来,应该是在讽刺顾明渊已老,该退位让贤了。

云罗"扑哧"一下笑了出来道,"皇上倒真是童趣得很。"她把画铺展平,偏头问道,"此画是皇上私下赏的,还是登记在册了?"

"自然是私下赏的,以皇上的画工,想必也不愿给内务府的人看到。"

"那就好。"云罗嫣然一笑,从笔筒中拿起一支毛笔,蘸了蘸墨,几下便将整张画涂黑了!

"你……"顾明渊阻止都没来得及。

云罗则笑着在画纸的角落处,写下歪七扭八的几个字——眼不见心不烦。

"哈哈哈……"顾明渊看着她那足以跟皇上画作相"匹配"的题字,终于忍不住笑出了声来,他执起她的手,勾住那柔软的指尖,无奈叹道,"你小时候字就写得不好,怎的这几年也一点儿长进都没有?"

云罗任他握着手,脸红着,不好意思道:"就因为我打小书画皆差,被你们嘲笑着,以后更不敢拿笔了。"

顾明渊低头看着那白皙的手,她的拇指指腹和中指半月位置非但没有一般文人画者常有的薄茧,反倒异常光滑平润,的确不像一只握笔的手。

幽深的眸子里流光溢彩,已闪过几多念头,然而表现在脸上的只有淡淡而舒心的笑颜,不同于刚进门时那种太过明显的笑,此刻唇角弯曲的弧度都显得愉悦而真实,薄唇微启道:"不拿笔,也好。"

或许,这次真是他多疑了。

清晨与乐娘擦肩而过的刹那,他在她身上闻到了与墨子琪、云罗相近的香气,尤其那个女子又身负武艺,让他不得不怀疑她便是容眠山的嫡系弟子——琴娘。

可琴娘最擅长的该是琴,那个女乐师手中拿的怎是琵琶?为了验证,他有意去摸了她的手指,乐娘的左手指尖比指腹的地方略硬,这是因为她的左手平时都是挑弦,而非持柄,也就是说,琴才是她真正常使的乐器。

这点提醒了顾明渊,喜好是可以伪装的,假如云罗也是假作不懂画呢?

但是刚刚,这个疑虑被他打消了,伪装易,换指难,一只几乎不拿笔的手,怎么可能识"书",或者"画"呢?

"云罗,承和为你调配好遮蔽眸色的膏子了吗?"他转而问道。

"已经好了。"

"哦。"顾明渊盯着她的眼,缓缓道,"既如此,便别再强留承和兄住在这儿了,他也有很多事要做的。"

云罗羞涩笑笑,左手轻轻搓着自己右手的手背道:"也对,我是耽误墨医师很久了。"

"还有……"顾明渊沉吟了一下,又道,"如今三国鼎立,容眠山虽不是任意一个政权,却也在漩涡中央,以后如非必要,我希望你就不要再与他们接触了。"

云罗仿若啼笑皆非道:"王爷多虑了。容眠山弟子向来不欲与外人打交道,我也是因曾受治于墨医师,再加上他为人和善,这才说得上两句话而已。"

顾明渊拍拍她的手,笑得莫测道:"这样最好。"

当晚,王府设宴招待墨子琪,为其饯行。

灵儿 第十二章

三月初六，是秀女重选的日子。

云罗随顾明渊上了马车，路上不断掀开帘子往外看，一副心急的样子。

顾明渊瞧着，不由得失笑道："知道的以为你去见姐妹，不知道的恐怕还疑你去捡元宝呢。坐下吧，且要走一会儿呢。"说着，拉开后面的小抽屉，从里面抓出一把雪梨糖片递过去。

云罗略怔了一下，才接过来，迟疑地看了对面一眼，将糖片慢慢地放进口里，熟悉的清甜味道在口里弥漫开，一如多年之前。

云罗握住那把糖片，低下头笑笑道："没想到你马车里还放着这个。"

顾明渊深深地注视过去，唇角勾起道："习惯了。"

也不知是习惯了放这种糖，还是习惯了总陪他坐车的那个人。

云罗好像有些回避这个话题，忙调皮地问道："对了，你猜太后今日会不会给你赐下一桩好姻缘？秀女那么多，皇上一个人也要不完。"

顾明渊的眼神却暗沉了下来，笑容里透出轻讽道："太后赐下的人本王恐怕消受不起，还是留着给皇室开枝散叶吧。"

云罗想起皇家与摄政王间的明争暗斗，不禁面露尴尬。

顾明渊看着她的样子却笑了开，伸手给自己倒了杯茶，又为云罗续了茶，声音不急不缓如清茶泻下。

"何况，太后早已赐了我一桩好姻缘了。"他抬手，将那精致得只有手指盖大小的茶盏举起。

云罗咬唇，迟疑了下，慢慢伸手去接，却正好碰到他的指尖，她的手一颤，几乎是抢了过来，低低道："谢谢。"然后一口喝下。

也就在她喝茶的一瞬，云罗并没注意到顾明渊脸上的笑意又浓了些。

到宫里不过辰时。秀女们还没有集合起来，三三两两地站在畅和殿前低声说话。见云罗过来，各秀女脸上的神色不一。好友灵儿和淑和当然是欢喜的，乔月容却似有些不屑。

太后未出嫁前姓乔，而她便是太后的亲侄女，父亲又是当朝宰相，本来必定是皇后之选，可不料摄政王的一句话便让她的皇后梦成了泡影。这会儿见到云罗这个摄政王的"义妹"，当然鼻子不是鼻子，眼睛不是眼睛。

但不管怎样，她们都还是没有位分的秀女，云罗却已是太后亲封的郡主了。无论乐意与否，都不得不屈膝行礼。

"请郡主安……"一片稀稀拉拉的声音。

云罗来这里不是找碴儿的，见她们不甚恭敬，倒也没说什么，摆摆手算是叫起了，

然后便径自拉过淑和和灵儿去一边说话。

到了偏僻处,灵儿第一个守不住,哭着抱住了云罗的胳膊道:"姐姐,你怎么被封为了郡主呢?这样怎么入宫啊?我们岂不是要分开了吗?"

淑和是湖广总督的嫡女,灵儿则是江苏学政的庶女,出身都算不错的了,若无意外,两个人都能撑到最后一轮参选。相较之下,云罗的家世却不显赫,不过是个县令之女。

淑和也有些心酸,却还想得明白,她拉住灵儿,低声哄道:"傻丫头,云罗进了王府才是好福气呢。有那样一位了不起的义兄,也就有了底气,将来还怕觅不到如意郎君?不比我们在这宫里挣扎要好……"

灵儿想到那天在殿外看到摄政王匆匆走过的身影,所有人都不敢抬头直视他,那么威严,那么俊朗。若有这样的人做靠山,的确是什么都不用怕了。

她不禁止了哭泣,失神似的点点头说:"也是。"

见灵儿不哭了,淑和放开她,转握住云罗的手叮嘱道:"妹妹你初进王府切忌不可张扬。听说王爷很喜欢你,这很好,但待王妃回府了,你一定也要哄得她开心。王爷毕竟是男人,管不了内院的事,将来还要靠王妃给你寻门好亲事。"

云罗一直刻意要自己不去想王妃,曾经两个人也算姐妹,如今这关系却是如何呢?她不由得在心中苦笑,脸上却没露出分毫,只感动地回握住淑和的手说:"谢谢姐姐,我懂的,放心吧。"

远处隐隐传来了太监召唤秀女的声音,云罗看了眼那边的空场,迅速转回脸,严肃地交代道:"乔月容专横霸道,又有太后撑腰,你们两个以后在宫里的日子恐怕不会好过。等下出列的时候,千万要在皇上面前好好表现。我已经跟义兄说过,他会尽力为你们争取一个高一点的位分的。"

三双手紧紧交握在一起,云罗不禁红了眼眶,哽咽道:"你们……你们一定要好好的。"

淑和与灵儿依依不舍地离开了,云罗收拾了一下,才朝长平宫的方向走去,接下来的选秀就是要在那边进行。

总管太监一看到她,立马哈下腰打了个千道:"小的福贵,给郡主请安嘞。摄政王在里面等您呢,请随奴才来。"

云罗轻轻颔首,忽然想起这是她第一次以郡主身份进宫,该给个红包的,可在腰间摸了摸,竟什么都没有,不由得有些尴尬。

福贵见状,惶恐地正要再跪道不敢。谁知后面忽地扔过来一个银锭子,不偏不倚正落在他膝盖下,叫他跪不下去了。

云罗一回头，便见摄政王负手站在十步开外的地方。

福贵连忙双手拿起银子，乖觉地作揖道："谢王爷赏，谢郡主赏。"

云罗走到顾明渊身边，明明男人的脸上没露出什么，她却总有些不好意思，忍不住嘀咕道："戏文里那些贵主出门可都不带钱的，王爷您倒是独树一帜。"

顾明渊意味不明地看了她一眼，唇边仿佛露出一抹笑道："戏文里那些贵主的随从出门似乎都是带钱的，可我这里……"他适时地停了下来，干脆地落座，视线平平地看向前面。

云罗嘴角抽了抽，憋气地跟着坐下。

上首的赵太后看两个人状若亲密和乐的样子，宽敞袍袖下的手慢慢攥紧，唇边露出一丝冷笑。

她一挥手，对太监使了个眼色，大殿内马上响起一声唱："宣秀女进殿！玉牌为留，簪花为去！"

未甄选的秀女共三十名，每三人一列，上前一次。不知是谁的安排，乔月容、沈淑和、徐灵儿竟然都在最后一排。

前面的女人不论德言容功，都没有什么太出色的，赵牧看得昏昏欲睡，只勉强留了两个。当最后一列上来时，他的眼睛明显亮了，犹豫了一下，便准备赐下三块玉牌。

没想到太后却忽然出声阻止道："皇帝，我看第三个女子眉目太过阴柔，恐怕不适合入宫。"

第三个女子便是徐灵儿了。听到太后的话，她慌得一下抬起了头，随即便想到忌讳，赶紧又垂了下去。

虽然只是惊鸿一瞥，但那楚楚可怜的模样还是让赵牧心里一动。

"母亲，我看她还好哇……"他不甘心地争辩道。

"皇帝——"太后没再劝，只是扬高了声音。

两个人对视片刻后，赵牧终于垂下了头，闷闷道："……一切听凭母后做主。"

顾明渊原本想出声为皇帝说话，留下徐灵儿，却没料到赵牧这么快便妥协了，一时自己也没了立场，唯有看向云罗，微微摇头。

最终，一共四位秀女留了牌子，乔月容更被太后封了嫔位，淑和则在顾明渊的坚持下被定为贵人。两个人都算位分高的，然而地位却大不相同了。因为贵人只能算是小主，嫔却有金册，对下可自称"本宫"，是宫里正经的主子了。

乔月容颇有些得意地看了眼沈淑和，唇角噙着阴冷的笑，大有一副你等着瞧的架势。云罗看在眼里，急在心里，却没什么办法。

　　这一次的交锋让她更清楚地看到，赵太后在后宫的影响力委实不可小觑。只要赵雅在宫中一日，恐怕淑和就难以出头，然而这会儿，她更担心的是灵儿。

　　现下，不论落选的还是中选的都已退到一边，唯有灵儿孤零零地站在大殿中央。仔细看去，她的身体似乎都在隐隐发抖。

　　什么眉目阴柔，这不信口雌黄吗？云罗紧张地看着太后，生怕她一时兴起，就让灵儿出家去了。

　　顾明渊注意到身边人越发紧绷的身体，无声地叹了口气。他不易觉察地拍拍云罗的手，示意她少安毋躁，随后便起身向上首问道："不知太后准备如何处置这名秀女呢？"

　　处在极度恐慌中的徐灵儿听到这一声，就像溺水的人忽然得到了一根救命的浮木一般，她下意识抬起头，淡淡的光辉下，那个男人宛如天神。他的手指点向了自己，便已决定了她一生的命运。

　　就这样，失了心。

　　赵太后却注意不到灵儿那点小心思，只对着顾明渊古怪地一笑，说："摄政王似乎很关心这名秀女呀……"

　　顾明渊的眼睛猛地收紧，闪过一道厉芒。果然，下一刻，便听到她继续道："那不如就将徐灵儿赐给王爷做妾室如何？"

　　顾明渊第一个念头便是拒绝。随即就想到他拒绝容易，但是他一旦拒绝了，徐灵儿会是个什么结果？

　　被随意指婚出去？还是会因为曾被太后指亲，王爷拒绝，而再也嫁不出去？不论是哪种结果，一定都不是云罗愿意见到的。

　　他看向云罗，那个女人竟在发呆，慢慢地发觉了他的注视，眼里显出恳求之色。

　　尽管早知是这样的结果，顾明渊还是微微蹙了眉，片刻之后，神色变得寡淡，对上首道："劳太后费心了。"

　　如此，便定了下来。

　　之后太后赐宴，被册封的秀女及顾明渊、云罗都在邀请之列，风景如画的平瑶台边，云罗与灵儿一左一右坐在顾明渊两侧，聊得热烈。

　　其实灵儿开始还很放不开，但后来见顾明渊并无不悦之色，也存心想让他注意到自己，便也笑着回开云罗的话。

　　"以后有你做伴，我当然开心得紧。"

　　云罗眨眨眼道："是因为有我在开心，还是因为有义兄才开心哪？"

"云罗姐姐!"灵儿羞红了脸。

云罗却不肯轻易放过她,继续逗道:"哎,你可不能喊我姐姐了。"

"当"的一声,清脆的声响,不大的食台顿时安静了下来,言笑晏晏的场景亦僵住。

顾明渊面容沉静地放了箸,漠然道:"食不言寝不语,这点规矩还要本王教吗?"

云罗沉默了,垂下眸,仔细看,眼圈渐渐在发红。

灵儿看看云罗,又看看摄政王,终于也无措地低下头去。

这样诡异的气氛一直持续到宴席结束,几人离开。

顾明渊走在前面,云罗与灵儿跟在后头,灵儿见云罗始终愁眉不展,遂一路低声安慰着。快到宫门口时,一直没回头的顾明渊忽地停了下来,低沉的声线中仿佛压抑着什么,直接对灵儿道:"你先下去。"

灵儿呆住,惶恐地当即跪下道:"王爷……"

"下去。"顾明渊却看也不看她一眼,略略蹙着的眉却已显出厌烦。

云罗看不得他对自己朋友这样,马上挡在了灵儿身前,仰着脸道:"你做什么训人?就算谁惹你了也是我,干吗为难灵儿。"

顾明渊冷笑道:"你倒有自知之明。"

跟着顾明渊伺候的太监小德子,一看两个人这样,忙识相地拉起灵儿,小声道:"徐主子,咱们先往宫门口候着吧。"

徐灵儿被拽得一路跟跟跄跄,回过头来,就看那两个人你来我往,说话语气都透着怪异。她还没细想透,便已被小德子拉出了东华门。

"人是你非要留的,但如果你留下她,就为了成日喊我义兄给我添堵,我倒不如现在就给太后退回去。"顾明渊说着,就要往殿里回头,马上被云罗一把拉住了。

"你疯了?女儿家的名节可以让你这么开玩笑的吗?"她咬着牙低声道,一双眼睛狠狠瞪着他,像只凶恶的小猫。

顾明渊幽深的眸子里闪过一丝笑意,挑眉道:"怎么?不叫义兄了?"

云罗鼓着嘴不吭声。

看着她难得孩子气的模样,顾明渊的情绪仿佛好了些,他握住她的手,在手心里细细把玩,声音低沉道:"前些日子我委屈了你,所以现在不想迫你太紧,但有句话还是要说在前头,这个义兄我决计不会认的,人前如此,人后亦如此,你若不同意,我只好带你回去找太后,当面要求她收回那道封赏懿旨。"

云罗立刻急了,嚷道:"不不,你别去找太后。让我……让我自己想想。"

顾明渊看着她低垂着的面颊上浮起点点酡红，复又笑开道："好吧，那就先回府吧。"

云罗脸上的红晕不减，头也不肯抬起来，低声道："我想去储秀宫找淑和姐姐聊聊，以后再见面怕是难了。"

"那你去吧，我在宫门口等你。"

"不要了。"云罗有些羞赧道，"我们有女孩家的话要说，时间怕是长呢，王爷您就与灵儿回府吧，我稍后便回去。"

"好吧，那最多两个时辰。"他勉强答应道。

"谢谢王爷。"云罗脸上这才露出一丝笑模样，福了福身去了。

起先还是大家闺秀般的碎步，到后来无人处，她越走越快、越走越快，终于在即将进入储秀宫的岔道前，左右一望，然后果断拐上了另一条路！犀利沉着的眼神中，哪还有方才一丝一毫的羞涩？

穿过竹林便是乐坊司，路的尽头有一个红衣女子在等着，仔细一看，不就是当日在太后宫中弹琵琶的乐娘？

乐娘远远见到云罗，赶忙迎上去怪叫一声道："小姑奶奶，你可让我好等。"语气间竟极为熟稔。

云罗用手帕擦擦头上的汗，叹道："甩掉他费了些时间。"

"摄政王？"

云罗的手停住了，默默点头。

乐娘的神情变得有些古怪道："听说墨子琪还被那个顾王爷'礼送'出王府了，他没有怀疑你什么吧？"

"也许有吧……但眼下我已经打消他的疑虑了。"

乐娘犹豫着，似是还想说什么，但看着云罗笃定的神情，终究没有说出来。

"好了，时间有限，我们赶紧谈正事吧。我请你帮我查的事，有消息了吗？"云罗问道。

"算是有进展吧。"乐娘只得暂时将别的念头压下，低声回答，"你母亲当年是被先帝的母亲，已故的太皇太后送到摄政王府的，那时你还不到三岁。先帝为了探寻你们的下落，还曾与太皇太后大吵一架，但太皇太后坚持说你们是在去国寺上香时被刺客劫走，不知所终了。"

云罗听着听着，脸色渐渐苍白道："太皇太后……为何要这么对我和母亲？我们做错什么了？"

乐娘看了她一眼，叹息道："木秀于林，风必摧之。"

想那乎图拉慧敏以一介戎狄侍女之身，宠冠后宫长达三载，甚至连怀孕时先帝都夜夜陪伴，这样的荣耀怎不引得众妃嫉恨、前朝动荡？太皇太后将她秘密送走，也在情理之中了。

云罗微微擦拭了眼角的湿润，声音有些闷，道："那依你看……戒指会是太皇太后赏的吗？"一句话，问得有些艰难，声音越来越低，毕竟一个是她的亲生母亲，一个是她的皇祖母。

乐娘却摇摇头道："我认为不会。"

云罗忽地抬起脸，眼里闪过期待。

乐娘认真地分析道："我不是故意安慰你。但你要想，假如太皇太后真要对付你母亲，何必那么麻烦，时隔多年后派人送毒？直接将你们斩杀在进香途中就好了呀。所以依我看，必定是太皇太后时常往宫外赏赐物件，被宫里某个人发现了，她猜到是你们，于是借机混进了那枚戒指，想害慧姨。"

那这个人会是谁呢？

云罗与乐娘对视一眼，心里浮出了一个相同的名字——当时后宫的第二把交椅，贵妃赵雅。

"我……我需要确凿的证据……"云罗慢慢垂下头，攥紧双手，上下牙都开始打战，只觉身体内好像涌进一股寒气，从胸腔里扩散开，又变成了尖锐的冰，渴望着刺进柔软的肉体，品尝鲜美的血液，洗去仇恨，抹净噩梦。这样的她，连自己都觉得可怕，但她控制不了。

三年痛苦蛰伏，四载煎熬忍受，为的不过一朝饮尽仇人的血。

乐娘微微皱眉，抬手抱住了她，一下下抚摸着她的后背道："好妹妹，冷静点，你放心，真的假不了，假的真不了。内务府有这些年首饰进出的存盘记录，只要召来管事太监一问，便可真相大白。只是……要如何进那内务府呢……"乐娘有些苦恼，声音变低。

淡漠的声音却在这时响起："我知道。"

"什么？"乐娘愣了愣，云罗已平静，至少是表面平静地退出她的怀抱，视线安静地落在地上，又一次重复道："我知道如何进内务府。"

她缓缓抬起眸子，盯着乐娘，一字字道："只要淑和姐姐能当上贵妃，便可名正言顺传召内务府上下侍从。"

乐娘怔怔地盯着对面女子略微苍白的脸，她的手还在隐隐发抖，可一字一句却那样稳定清晰，像是已在深潭里沉浸酝酿了千年。这一刻，乐娘忽然感觉，云罗似乎有些不一样了。

　　从乐坊后巷出来后，云罗直奔储秀宫而去，没想到淑和已不在储秀宫，而搬去了永福宫。

　　不愧是妃嫔住的地方，雕栏画栋，亭台楼阁，建得典雅至极，云罗一路走进内室，看淑和已换上了宫装，含笑着走过去拜倒道："给淑贵人请安。"但这一拜还没拜下，便被淑和三步并作两步地走过来拦住了。

　　淑和秀丽的眉头微蹙，点着她的头嗔道："姐妹一场，你还跟我来这套？"

　　云罗看着她笑了开。

　　两个人拉着手坐下，侍婢过来奉茶，淑和道："尝尝看，皇上新赏下的。"

　　云罗一掀开盖子便知是上品，再看淑和巧笑嫣然的样子，不禁叹道："原本我还担心你在宫里无所依仗会吃亏，如今见你衣食宫殿都这样好，我也就放心了。"

　　淑和的陪侍丫鬟青儿嘴快地接道："这算什么？郡主你不知道，赵嫔的玉坤宫才叫奢侈华贵呢，简直要赶超皇上的寝殿了，就这她还不满意，跟太后要这要那的……"

　　"住口！"淑和一拍桌子，喝道，"主子说话，哪里有你插嘴的份儿？"

　　青儿委委屈屈地退到一边道："奴婢……奴婢说的也是实话嘛。"

　　"你……算了，都下去吧。"淑和扶扶额，有些头痛道。

　　等屋内下人都出去了，云罗方低声问："赵嫔真如此嚣张跋扈？"

　　淑和拍拍她的手，柔声道："你莫要为我忧虑，她自嚣张她的，我在永福宫过好自己的日子便罢。何况……"她的脸略红了些道，"何况皇上对我还是不错的。"

　　云罗看她一副沉浸在幸福中的小女人模样，不由得取笑道："看姐姐这样子，不知道的还以为你和皇上相识多久了呢。"

　　"我其实也很意外……"淑和不好意思道，"说起来，我比皇上还大了一岁，不料封完秀女后，他第一个来看的就是我，亲赐了封号'淑'。他还说，以后定会好好待我的，我……我很满足了。"

　　这的确是意料之外，却也在情理之中。云罗想到淑和平日的为人，温柔得就像一汪水，又因是家中长女，习惯性地会照顾身边人。而太后专横霸道，赵牧从小就缺乏母性关怀，或许便因为这样对淑和一见钟情。

　　云罗回握住她的手，斟酌着道："既如此，姐姐的确不必与其他小主作一时之争，兴许皇上看重的就是姐姐这份温柔淡泊。还有……听闻当今圣上闲时喜好乐艺，姐姐若是空了，不妨多多亲近乐坊新来的娘子。"

　　"你是说……"淑和微微一怔，又像是明白了过来，轻声问，"这也是顾王爷的意思?"

"是谁的意思不重要。"云罗浅浅笑开,垂着眸,看不清颜色,道,"重要的是,云罗认为姐姐有贵妃之才。"

屋内安静了下来,一时间,只有风吹过叶的沙沙声。

淑和一点点收回手,深深地看着对面人的脸,似在掂量,这一刻,她已不再是一个大姐姐,而是真正的官家嫡女。就这样看了好一会儿,她才坐正身体,启唇慢慢道:"那便——多谢妹妹费心了。"

云罗粲然一笑,站起身,认认真真地蹲了个万福道:"姐姐言重,只怕到时妹妹还要姐姐帮忙呢。"

两个人相视而笑,有些东西已不必明言。

淑和伸手将云罗拉起来,让她坐下,道:"你既然嘱咐了我,我也有话要嘱咐你。"

"姐姐请说。"

淑和肃容道:"你那个王府虽然比不得宫中危险,但人事似乎一样复杂。你一定要跟灵儿互为依仗,如果可能的话,帮助她早点得到摄政王的青睐。"

"这——"云罗面露迟疑。

淑和看着她的样子却皱了眉,慢慢直起身道:"云罗你怎么了?总不至于……对灵儿还有忌讳吧?你要记住,灵儿的身份注定不会对你产生威胁,相反她还会是你的助力。以后你们一个爱妹,一个宠姿,这才真正可保无虞,明白了吗?"话到最后,已变得有些严厉。

云罗抿唇不语,许久之后,才默默领首。

回府的时候，云罗脸上挂着恬淡的笑容，已看不出一丝心事。然而那伪装却在小德子上前回话时，微微破裂了开。

"王妃娘娘回府了，王爷请诸位主子到春风斋用膳。"

王妃……那个她小时候便视如亲姐姐的人？云罗脸上的笑略略僵住，定定神说："好吧，且容我回去换身衣裳。"说着便想走。没料到，身材矮小的小德子动作却十分灵活，明明跪在地上，也不见他是怎么动作的，便挡到了她跟前。

他抬起头一笑道："主子，王爷说了，叫您一回来就过去，不必更衣。"

"这……我身体忽感不适。"云罗轻咳两声，揉了揉眉心。

小德子神色不变道："那真是巧了，王爷从外头回来也说受了风，刚刚传召了大夫，您现在去春风斋，可以跟他老人家一起瞧瞧。"

云罗张张嘴，再无话可说。

小德子笑得眼睛眯成了一条线，打了个千，站起身道："您请这边走。"然后便去前头领路了。

云罗无奈地跟上，每走一步，都觉得心里沉甸甸的。

记忆中，母亲的身体一直都不太好，平日里的衣食住行，没少让绣心王妃操心。这也就罢了，在她五六岁的时候，王妃幼子顾行谦夭折了，绣心伤心过度，几近崩溃。然后……顾明渊将她带到了绣心的身边，约是希望她弥补绣心的丧子之痛。

当时所有人都觉得不可能，就连云罗自己都这么认为，就算她再可爱聪慧，又怎敌得过绣心自己的孩子，那亲生骨肉？

可是，奇迹就是这么发生了。在绣心初时的冷淡和强烈排斥后，她忽然接受了自己，甚至……好像真的将自己当成了她的亲妹妹。

云罗的一应月例，全部成了王府嫡女的标准，日常出入，也总跟在绣心身边，令王府众人侧目。

云罗不安，曾私下去找王妃婉拒，可王妃却慈爱地说，这些都是她应得的，以前委屈她了。那时候的她不懂，后来她知道了自己的真实身份，倒隐隐有了答案。或者在王妃这种出身高贵的女子心中，公主原就该享有万千荣宠，可她不过是一个被逐出皇宫的金枝玉叶呀，真的没什么了不起。

如果仅仅是优渥的生活，云罗或者还没这么大的压力，偏偏绣心对她所付出的，还远不止这样。

七岁那年，顾明渊到边疆劳军，她在府里忽然发热，几位侧妃一口咬定她是天花，强要将她送出府去。当时她真以为，自己死定了。

没想到，远在国寺进香的绣心，竟连夜赶了回来，将几名侧妃痛斥一顿，然后以摄政王正妃的身份直入太医院，请了最擅长内科的王御医来给她看病，还亲自守了她两天两夜。

最终，她被太医排除了天花的可能性，渐渐好转，王妃却因此累倒，病了小半年。可以说，王妃对她的好，早已超出了一般姐姐对妹妹该有的照顾，她便是侍奉其终老也不为过。

可是如今呢？

想到顾明渊对自己的心思，云罗真打心眼里难堪。她要如何面对绣心？

还有顾明渊，那个男人究竟在想什么？为何非要她去见绣心？

就这样一时气恼，一时难过，很快便到了春风斋。

踏进门的一瞬，云罗几乎一眼就看到了顾明渊左手边的女子。穿着正红色的常服，脸上带着温婉的笑容，眉目如黛。

岁月似乎格外偏爱这个女人，也或者是因为她常年吃斋礼佛、性格淡泊，乍看过去，绣心竟与几年前没什么两样。

云罗怔怔地看着她，鼻腔里猛地涌入一股酸涩感，竟下意识呢喃出：姐姐……

也就在这时，绣心忽地转过头，看向她，云罗吓了一跳，四目相对的一瞬，她慌乱地低下头，跪倒在地。

"给王爷请安，给王妃请安……"

绣心微微张着唇看着她，一时没有说话，沉默中，云罗的心跳得飞快。

她认出自己了吗？

一定是的……

如果当堂叫出她幼时的闺名，该怎么办？

就在云罗心里乱糟糟的时候，绣心已自然地笑了开，道："哪来的漂亮丫头，一进门就行这么大的礼？"

云罗咬住唇里一点儿肉，克制住抬头的欲望，心里说不出是轻松还是失望。

厅堂里安静了下来，女人们都意味不明地打量着跪在地上的云罗。

顾明渊目光一转就已将妻妾们的神色尽收眼底，而后平静地为众人介绍道："她就是日前太后赐给我的义妹，云罗郡主。"

"哦，原来你就是郡主，长得真标致。"绣心笑道，"快点起来，都是一家人，无须客气。"

几名侧妃也放下戒备，七嘴八舌地称赞起云罗来。

早有下人识趣地搬来凳子，请云罗在下首坐下，顾明渊低着头接过婢女递上的热毛巾擦手，倒像眼睛长在头顶一样，淡淡地吩咐道："给珍妃往边上挪挪，腾个座儿出来。"

这话，便是叫云罗坐到他身边，仅次于绣心的位置了。

几个女人互相看看，又不说话了。

坐在顾明渊右手边的林玉珍出身官宦之家，嫁入王府多年，育有府中唯二的子嗣，一直地位尊崇。

此刻，被顾明渊当众要求给云罗这么一个"小辈"让座，自然满心不快，可她也不敢公然顶撞顾明渊，只是撇撇嘴，扭头对身边的儿子道："文杰，起来了，我们坐到后面去。"

不再多言，慢慢起身，仿佛无限委屈。

小世子顾文杰虽然才五岁，口齿却极伶俐，看母亲不高兴了，马上对顾明渊道："父王，你让儿子挨着你坐吧，儿子还有学业想请教您呢。"

"你呀，叫你父王休息会儿吧。"珍妃笑着点点儿子的头，又偷偷去看顾明渊的神色。

这已是珍妃一贯的伎俩了，几乎百试百灵，其余女人虽然不忿，却也没办法，谁让她们没儿子呢？

可这一回，顾明渊的反应却出乎她们的意料。

他将擦过手的毛巾随手丢进盆里，溅起一点水花，漫不经心道："文杰既然如此好学，就先回书房吧，叫丫鬟们把晚膳也端进去。"

"王爷……"珍妃受伤地低声惊呼。

顾明渊似笑非笑地看过去，道："还有珍妃，你向来喜欢'教导'文杰，就跟他一起回去吧。"

珍妃垂首，再不敢说话，牵着儿子倒退着离开。

几个侧妃难得见林玉珍触霉头，个个喜笑颜开，偏偏还要按捺着，于是便将一腔热情都发泄到了云罗身上。

这个问她祖籍何处，京城水土惯不惯，那个问她桌上菜色喜欢否，要不要叫厨子再加。云罗几乎来不及细想，只笑着一律回答好，正好有侍婢上前为她夹菜，她往右略略一偏，就听到后面"当啷"一声，景泰蓝的盘子落地，摔了个粉碎。

一名侍女"扑通"一下跪倒在地，颤颤巍巍地告罪道："妾身……妾身该死。"

绣心身边的大丫头低喝一声："怎么干活的？你第一天来的吗？快下去。"

"是、是……"侍女头也不敢抬，倒退着便往外走，却被云罗阻止了。

"你等等。"云罗怎么看怎么觉得熟悉,迟疑着道,"把头抬起来。"

婢女受惊一样颤了颤后背,慢慢仰起脸,云罗愣住,下一刻,惊呼出声:"灵儿?"

她呼地站起身,将椅子推后,弯腰一把搀起灵儿,不可置信地上下看着她一身下人的装扮,问:"你怎么在这里奉菜?谁让你穿成这样的?"

灵儿的眼睛通红,惊惶地扫向桌上众人,又垂下了头。

绣心皱紧眉,看看无措的灵儿,又看看怒容的云罗,最终对顾明渊问:"王爷,这位又是?"

顾明渊似是回忆了一下才想起来道:"这是太后新赐给我的妾室,叫……"他顿了顿,对灵儿问:"你是哪家的?"

"妾……妾身徐氏,父亲是江苏学政徐云生。"灵儿的声音都在发抖。

绣心想了想便明白过来,缓和下神色说:"既是太后赏的秀女,也坐下吧。"她使了个眼色,早有下人搬来了木凳,却是放到了桌子末位。

"你怎会作这身打扮?衣服是谁给你的?"绣心和颜悦色地问,大家主母气势十足。

"是……是珍妃姐姐。她说妾者,立也,当先学会侍奉……"

"哦。"绣心点点头,笑容不改,轻描淡写道,"理虽如此,珍儿也太认真了。"

云罗垂着头,忍了忍却没忍住,道:"珍妃娘娘治府严谨,云罗敬服。"

众人互相看看,不约而同沉默下来。

说白了,珍妃也不过是个妾,何来治府之权?

顾明渊眸内一闪,淡淡道:"珍侧妃跋扈,即日起禁足一月。徐氏封庶妃,赐居清虹苑。"

清虹苑位于王府最东方,是最早看到朝阳之所,院内种了满池莲花,每当雨后便能清晰见到彩虹美景,当初不少人也曾争抢过这个院子,不料今日竟让一个新人拔得头筹。

侧妃姚氏心中不快,却也不敢明言,美目流转间注意到云罗,眸内微闪,笑道:"灵儿妹妹秀外慧中,自然配得起那个好地方,只不知王爷给郡主安排地方住了吗?郡主乃太后亲封,怠慢了总是不好……"

云罗后背一僵,看了眼顾明渊,又飞快地低下头,耳边只能听到自己咚咚的心跳声。

顾明渊不慌不忙地夹了一筷子菜,伴着她越发急促的心跳,细嚼慢咽,然后缓缓开口道:"她暂时住在我的院子。"

心重重一沉,云罗忽地闭上眼,在一片安静中,喉咙里发干,就像刚刚经历完一场剧烈的奔跑般。

她不敢去看绣心，也不敢去看桌上其他人的神色，顾明渊这简直就是将她架到了火堆上！

顾明渊……

顾明渊！

而其他人似乎也比她好不了多少。

姚氏与其他人面面相觑半晌，竭力掩饰着慌乱道："是吗？也……也不知是哪个糊涂管事安排的，竟把郡主放到王爷院子里了，当真该罚，哈哈……"

其他妾室也跟着掩唇笑起来，嘴里直说：该罚该罚。

顾明渊端起酒杯，抿了一口，又放下，一语未发。

寂静中，几个女人的笑声渐渐变小，又变小，终于没了。

顾明渊冷清冷性的视线扫视过众人道："这是本王的意思。"平静的声音听在那些女人耳朵里却不吝于一声惊雷。

"可是王爷……"有人不甘心地还想再说。

绣心却在这时端庄地发话了："这件事，王爷已同我商量过了。我们准备将清心小筑赐予郡主居住，可那边年久失修，总要整理些时日，这段时间便请郡主暂住蔽词，王爷也可就近照顾，以显对太后一片赤诚之心。"

一番表面听来合情合理，但深究起来简直骇人听闻的话，却叫几个侧妃都闭了嘴。

原因无他，而是顾明渊的眼神已经清楚地传达出他的意思——

这件事是他决定的，不容置喙。

顾明渊看了眼云罗，又沉声道："郡主身份尊贵，在府里除了本王和王妃，不需向任何人行礼。"

这，便是连长幼尊卑都废掉了。

一片安静中，终于有人意识到，珍妃便是因意图挑战云罗而落马，徐氏却因云罗一句话而得以封妃，而这个云罗，与王爷同住蔽词。

灵儿抬起眼睑，偷偷看了眼云罗，又飞快地垂下了头。

用过晚膳，顾明渊等人又到花厅分主次略坐了坐，说了些场面话，妻妾间看起来倒是井然有序，和乐融融。

按照惯例，新人入府那天主子爷都是要到新人院子里驾幸的，不过王妃今天才回府，想必要多留会儿说说话。众侧妃没什么可争的，早早地便都识趣地告退了，云罗本也想请辞出去，却被绣心一再打断了话，就这样，竟留到了最后一个。

"王妃娘娘，时辰不早了，云罗也该回去了。"她好不容易抢到话头，忙起身说道。

"哦？不早了呀？"绣心望望窗外漆黑的夜色，还有些谈兴未尽的样子，她笑着端庄站起，对顾明渊恳切道，"可否请王爷到外间稍候？我还有两句体己话想与郡主说。"

在云罗惊诧的目光中，顾明渊微微颔首，转身出门。

绣心上前一步，握住她的手，细细地看着她的眉眼，神情间带着不加掩饰的怀念与关切，云罗无地自容，却也知道，绣心一定认出她了。

就在她苦心琢磨该如何跟绣心解释的时候，绣心却克制地放开了她的手，撇过脸，掩饰般地笑道："我与郡主一见如故，今日聊得多了，可千万别嫌我啰唆才是。"

略微沙哑的声音听得云罗心里酸涩，忙说："怎么会？王妃金玉良言，云罗都铭记在心。"顿了顿，又深深福身，道："云罗年纪尚轻，以后出入王府还请王妃娘娘多加提点。"

"傻孩子。"绣心一把扶起她，道，"你既来了这里，我不照顾你又照顾谁去？"她脸上带笑，低头在自己身上找，却没有一样趁手的东西好送，只得无奈道，"今日与郡主第一次见面，本该赠些礼物，可是出来得匆忙……"

"云罗并不缺什么！"

"哎——"绣心出声拦住了她下面的话，柔声道，"你跟我来。"说着，牵着她的手走到屏风后的八角镏金台边。

她一手轻轻卷起金线绣纹袖口，一手执起狼毫，略一沉吟，在宣纸上书下四个大字。

"随遇而安……"云罗低低地念了出来。

"对，就是随遇而安。"绣心看着她温和一笑，声音润泽如水，仿佛能抚平一切伤害。她从褡裢里拿出私印，扣下去，揭起纸轻轻在空中摆动了几下后，折好放到云罗的手里。

薄薄的一张纸，可里面蕴含的意义却叫云罗觉得有些沉重，有些难以面对，她不愿深思，下意识地微微摇头，喃喃道："不，我……我不懂。"

"你不需要懂。"绣心抬手握紧她的双手，要她抬起头，眼睛直视着她的眸子，似是想通过这种方式传递某种能量，道，"云罗，答应我，别想太多，只管去过自己的日子吧，你值得过上好日子，最好的日子。"

与王妃道别，云罗拿着宣纸，头也不抬，大步朝外走，在与顾明渊擦肩而过的一瞬，她甚至连停下问候一声都没有。

她的头脑里很乱，回忆嗡嗡地响成一片，绣心越是什么都不问，越是宽容大度，她就越觉得自己卑劣可耻。多想就这样不管不顾地走，逃开所有人。

可这个地方……

仿佛有一根线，牵着她，扯着她，让她逃脱不得。

顾明渊偏偏还不肯给她一丝喘息的空间，不管她是走还是跑，那个男人始终不紧不慢地跟在她后面几步远的地方。

那种云淡风轻的态度，那种好像漠不关心又一切尽在掌握之中的高高在上，终于将她激怒。

"顾明渊！"云罗突然猛地停下身来，在黑夜中，对着身后的男人一声大吼，"你能不能放过我？你都把我逼到这种地步了，还要怎么样啊？我求你，求你饶了我行不行？"

"你觉得我在逼你？"寂静的桃林中，只有那个男人阴沉的声音在说，"我如何逼你了？"

"你当着那么多姬妾的面，故意羞辱我，你把我带到王妃面前，让我无地自容！这些还不够吗？"她攥紧拳，声嘶力竭地喊，好像只要自己足够大声，便可以驱走脑海中所有不切实际的念头。

那些念头就像是沾了剧毒的蜜饯，远远地诱惑着她，她一次次告诉自己不该靠近，不能靠近，却又一次次被那香味吸引。

"我不想这样……我真的不想……你放过我吧……"她的声音渐渐低了，变得哽咽，她抱着宣纸，身体慢慢下滑，终是跪到了地上，两行清泪缓缓流下。

顾明渊静静地看了她一会儿，月影横斜，在他的脸上打下斑驳的光影，冷峻的面容似乎也随之温和了些。

"别哭了。"他叹了口气，拿出帕子。

云罗低垂着头坐在地上，一动不动，默默垂泪。

片刻之后，顾明渊弯下腰，为云罗轻轻擦拭起脸上的泪水，云罗任他动作，就是不说话。

顾明渊看她明显负气的样子，唇边竟露出丝无奈的笑，他收了帕子，跟着坐到了地上，仰头望着天，淡淡道："你真以为，本王今日强你所难，要你出席家宴，就为了要羞辱你吗？"

"难道不是吗？"云罗的回答带着浓重的鼻音，脸完全埋进双臂间。

"当然不是。"顾明渊笑看了她一眼，又收了唇边的弧度，缓声道，"你住在蔽

词，府内一定会有许多流言，若不给你立威，你以后何以立足？"

"我……我可以搬到别的院子，我还可以出外建府……"她抬起脸看过去，说话声音越来越小，在顾明渊似笑非笑的注视中，终至消泯于无。

慢慢地，云罗闭上眼，胸口里像是压着什么，让她喘不过气来。她仰起头，看向一望无际的天空，仿若自言自语一般问："顾哥哥，我们为什么要这样？你还像小时候那样疼我不可以吗？那会儿……我们过得多快活呀。"

顾明渊沉默了一下，偏头看着她姣好的侧颜，抬起手，顺着丝滑的黑发倾泻而下，然后，一声叹息："云罗，你已经长大了。"

所以，不该那么天真了。

所以，我已没有责任再保护你的天真了。

云罗不由自主地收紧手，握住地上的一点青草，在黏腻的触觉中，像是听到了顾明渊未尽的话。

寂静无人的夜里，男人低沉沙哑的嗓音仿若带着上古的神秘与诱惑。

他说："云罗，不要将我看作一个掠夺者，我曾很仔细地考虑过，我到底能给你什么。"他笑了一下，道："从你离开到现在，考虑了整整五年。"

"给你正妻的名分？"顾明渊平静地给出一个让她心惊肉跳的假设，又自己否定了，道，"不，绣心并无过错，我不可能轻言废除。"

"那给你整日的陪伴？"他吐了口气，再次推翻道，"不，我做不到，朝上的事总是那样多。"

"那或者给你天底下最珍贵的珠宝？"这次，他自己都扬唇笑了起来，透着自嘲道，"我想，你也不需要这些。"

"你看，我什么都给不了你。"顾明渊面容沉静地转过头，看向她，然后，慢慢地站了起来，俯视着她，明明不具备任何侵略性，却带来强烈的压迫感。

云罗不知道他到底想说什么，却情不自禁地往后仰了些。然后，那个男人的声音，一字一顿，铿锵有力地在她耳边响起，在这个月夜下荡开：

"我虽什么都给不了你，可是本王有的，全部属于你。"

彼时，他漆黑的眸子那样耀眼，就像是一块打磨得最好的黑曜石。他的身姿是那样挺拔，好像世间万物都难不倒他。

他明明有睥睨天下的资本，却用那般温柔的眼神注视着她，说："本王有的，全部属于你。"

像是沉浸在一场梦里，她看着顾明渊对他伸出手，那一瞬，就像着了魔，她迟疑着伸出胳膊，将自己的手，交到了他的指尖。

顾明渊笑着握紧，那欣慰满足的样子，仿佛已握住了整个天下。

"我不会勉强你什么，只要你留在蔽词，留在我身边便可。"

"嗯。"

"过些日子，等戎狄的事情了了，我便带你去麓山别苑，那儿的风景很好，你一定会喜欢的。"

"嗯。"

"对了，还有你母亲，也该接上她，我们还像以前在清心小筑那样，三个人快快活活地在一起。"

"……嗯。"

她被顾明渊牵着，一步一步，踏着男人的脚印在桃林中穿过，漫天的桃花瓣仿若她那飘忽不定的心。

当时的她，已不愿去想自己来到丰启究竟是为了什么，也不愿去想该不该帮灵儿受宠，她的脑海里，她的眼眸中，都只有自己脚下那条布满花瓣的小路。

为什么呢？

大概，是那一夜的月色太美好了吧。

后来的半个月，云罗将自己藏在蔽词那一方小小的世界里，享受着顾明渊给予的疼宠。那个男人真的做到了他的承诺，没有逼迫，没有压力，好像只要她愿意待在他看得到的地方，就很好了。

其间灵儿曾来求见过自己两次，第一次她还午休着，下人又给忘了；第二次时她正在跟顾明渊吃饭，听到灵儿在外头，忙不迭叫人请她进来。

灵儿迈着小碎步走入蔽词，这里是王爷居住的地方，规矩不比别处，她低着头，眼睛都不敢乱看，进门便行了大礼道："王爷，郡主。"

"灵儿，干吗这么多礼——"云罗一见她的面，就亲热地迎过去，拉着她起来。灵儿偷眼看顾明渊，见他没反应，才敢顺着云罗的力道，在桌子下首坐了，听着云罗在耳边埋怨道："怎么这么些日子你也不知道来看我？偏你那地方离得远，王爷又不许我往西跨院窜。"

"没事去西跨院做什么？"灵儿还没来得及开口，就听顾明渊道，"那儿人多婆子也多，万一再被哪个不长眼的冲撞了。你若想见徐氏，传她过来就是。"顾明渊随意夹起一块卤豆腐，放到云罗面前的青花瓷碟子里，示意她别光说话，也记着吃饭。

云罗有点不耐烦地斜了男人一眼，却被他淡淡的神色噎了一下，只得胡乱夹了筷鸡丝吃了，然后又要同她闲聊。

顾明渊挑挑眉，没吭声，只是又往云罗碟子里夹了两片白玉汤菜。

云罗的嘴角不自然地抽动了几下，盯了眼前的白菜豆腐一会儿，忽地闹脾气扔下筷子，也不顾灵儿就在旁边，没好气道：“你就不能不逼着我吃菜？”

顾明渊眼里冒出一点几不可察的笑意道：“你一个小姑娘家，顿顿只要吃鱼吃肉的，也不嫌腻得慌？”

云罗翻了个白眼，学着他的口气道：“你一个堂堂大王爷，成日怕一个小姑娘吃你的鱼吃你的肉，你也不嫌腻得慌？”

顾明渊憋了憋，到底忍不住笑了出来，摇摇头不管她了。

云罗得意得不行，捧起下人刚给灵儿上的饭碗，起身随手把近的菜给她夹了些，炖得香喷喷的鸡丝，烤得焦黄生鲜的扇贝肉，清蒸的大黑鱼。教养嬷嬷里讲的食不过二的说法，在她这里毫无意义。

灵儿心不在焉地吃着云罗给她夹的菜肴，心里乱哄哄的，一时羡慕云罗过得自在，一时惊疑她与王爷到底是什么关系，脑子里来来回回就是顾明渊方才那句话——

没事去西跨院做什么？

那儿人多婆子也多，万一再被哪个不长眼的冲撞了。

西跨院是王府妾侍集中居住的地方，是是非非最多的地方，那些腌臜事看来王爷都知道，只是不想让云罗沾染罢了……

灵儿闻着手里喷香的饭菜，靠着身后许久不曾接触的金丝缎面软枕，听着耳边云罗不断念叨无聊寂寞的话，突然一时冲动抬起头道：“那不如，我陪你来做个伴好吗？”

此话一出，屋里都安静了下来，原本轻手轻脚布菜的下人，竟似被点了穴一样，呆在角落不动了。

灵儿的心跳得有点快，这才意识到自己说了什么，在顾明渊幽深的注视下，手竟有些发抖。

可说出的话到底收不回来，再加上她对这种生活难以言喻的向往，遂鼓起全部勇气，又小声问道：“我愿来此伺候郡主……行吗？”

"哎，你说什么伺候不伺候的？"云罗马上按下灵儿的手，心里十分为难。这一路上京选秀，她表面上是三人里身份最低的，可灵儿和淑和谁都没给她摆过款，只论姐妹之情。前些日子一进府，她就见到灵儿被当成了使唤丫头，也难受得很，所以顾明渊给灵儿分清虹苑，封庶妃，她都是十分感激。可没想到，灵儿念的竟不仅是西跨院里一座好点的住所,而是蔽词……

"王爷,你看……"顾明渊不喜欢她叫义兄,她也叫不出那个爷,干脆就还是称王爷。

顾明渊低头喝了口杯里的茶水,早有伶俐的小厮端了盆过来,他漱了两下,便吐了,接过帕子擦了擦,才缓缓道:"徐氏是嫌清虹苑不好吗?"

这一声,略含压力,惊得灵儿忙跪下道:"王爷!婢妾不敢!我只是……只是……"

"行了。王府姬妾从来都不入本王的院子,这是规矩。"顾明渊扔下帕子,也不看云罗恳求的神色,起身便去了书房。

男人一走,周围侍候的下人也默不作声地退了下去。

云罗叹了口气,把地上失魂落魄的灵儿拉起来,低声道:"你——先别难过,等会儿我再想办法去帮你说一说。"

她嘴上这么讲,心里其实一点儿把握都没有。蔽词不光有王爷的寝室,还有他的书房、议政房;出入的都是朝廷官员,往来的都是军国要事。她待在这儿就很不合适了,再来个灵儿算怎么回事?当然,还有一个隐秘而模糊的缘由,云罗却不愿深想下去。

幸好灵儿看了她一眼,凄凉地笑笑,主动放弃了,道:"别去了,平白叫你难做,我的确是不该来这里的……"

云罗略松了口气,扶着她坐下,摸着她的手心,凉得很,倒不像刚才被吓的,再打量她一身的装束,仿佛还是以前当姑娘时的衣服。

"我看你精神不好,入府以来不习惯吗?"

见灵儿抿着唇不肯说话,云罗又用力攥了攥灵儿的手,出于一点儿难言的补偿心理,坚持问道:"我们是好姐妹,你如果吃亏了一定要告诉我。"

灵儿喉咙里一酸,多少委屈几乎要脱口而出。

她一进入清虹苑,按照庶妃标准的四名大丫头,八名粗使丫头,四个小厮,早就跪在院子里,恭恭敬敬地给她请安。那么好的一个院落,顾明渊赏给她,人人都当她是以后会受宠的主子。

到了晚上,那些精致的点心,燕窝鹿茸各色甜品,更是流水一样往她房里端。几个嬷嬷抬着大桶,撒满花瓣为她净身,然后又细细地涂满油膏——那个西洋玩意,以前在家里时都是很金贵的,只能抹脸用些。到了这里,竟是被她们涂到自己身体的每一寸,待了会儿居然又给洗掉了!只说是保养滋润用的。

她虽是学政的女儿,可文官清贫,她又是庶女,当真没有被这么多人捧着过,没有

用过那么多好东西。嬷嬷们一边教导她,一边暗示她,在这府里只要有了王爷的宠爱,就有了一切。

这些不用嬷嬷们告诉,摄政王的权势天下皆知,而今,她不过才来到这个权力窝里,就已经看到权势背后所带来的东西。尽管摄政王如今对她并不怎么上心,尽管她是沾了云罗的光才封了庶妃,可她毕竟成了他的女人,名正言顺的女人,不是吗?她已经有了得到最好的东西的机会。

灵儿下定决心要讨好顾明渊,可是,直到红烛燃到天明,也没有等到那个男人……

第二天,嬷嬷们低头进来,轻手轻脚地为她收拾那些暖房的物具,仿佛生怕弄出一点儿动静来惹她借题发挥一般。可她却从不是爱发脾气的主子,受到这样的待遇,也只会傻傻地靠在床头无言落泪。

一个嬷嬷看不下去,走上前安慰道:"主子且宽心,昨天王妃毕竟才礼佛回府,王爷一向尊重王妃,说会儿话不愿过来找您也是有的,今天他肯定会过来的。"

灵儿听了,这才破涕为笑道:"真的吗?"

一群嬷嬷们忙争相过来凑趣道:"当然是真的。以徐妃娘娘您的品貌,必然是要被王爷放到心肝里的哟——"

这么你一言我一语的,总算叫灵儿的心敞亮了,中午甚至还比平时多吃了半碗饭,一下午就琢磨着,等王爷来了她应该说些什么,表演个什么才艺。

天刚擦黑,抬水的嬷嬷们又进来了,各色小食又一股脑地送了进来。这次她没昨日那么一惊一乍,只是努力做出端庄高贵的样子,淡淡对下人们道:"有劳了,秋菊看赏。"

下人们说了好些喜得贵子的奉承话,才退了出去。就这样,第三天,第四天,第五天……

终于,小食不再有了,嬷嬷们不再安慰了,后来,就连夜晚的净水都不会送来了。她,成了整个王府后院的笑话。

但她还在忍。她觉得自己是太后赐下的,不可能真就这么被王府主人遗忘下去;她听说绣心王妃最是贤慧守礼,一定会提醒王爷过来;她知道云罗就在王爷身边,那是她的好姐妹呀,一定不会亏待她的。

可是到昨日,她真的忍耐不下去,等不下去了。珍妃居然把一个怀了孕的通房丫头燕巧打发到了她身边!

而她送燕巧过来的理由充足,王府里每个院子都不只是有名位的侧妃居住,至少还有两名通房,就连绣心院子都是如此,何况她徐灵儿?

理虽站得住，但明眼人都知道她将燕巧安排到灵儿院里是有意刁难。燕巧这个刺头是王爷一次微服公干，住客栈时带回来的。因为她身份实在太低，就算怀孕了，也只让她作为通房丫头留在府里，将来生下孩子，再晋位。而通房丫头平时是要跟丫鬟在一起做活的。

绣心顾念她有身孕，就叫绣娘随意给找些轻省活计，也不拘她时间，只做着就行。但燕巧可不干，只缝了个荷包就开始喊肚子疼。嬷嬷们不愿为这点小事去找王妃，反正主母有话不限时间，干脆就不叫她做了。而燕巧却开始得寸进尺，非说要四个丫鬟来伺候她。同院的珍妃当然不允，笑话，她身边才四个大丫头呢！

两个人吵嘴时，珍妃身边的丫鬟一个不忿，推了燕巧一把，燕巧当晚就见了红。急得绣心忙宣大夫进府。幸好，孩子保住了，大夫还诊断说，这是个男胎。珍妃当时就冷了脸。

她不是不想动动手脚，可她脑子还没蠢到无可救药的地步，她知道自己不是顾明渊的对手，也逃不过绣心那个"伪贤良"正妃的眼线，干脆就称了病，要将燕巧挪出去。至于挪哪里呢？倒是件难事了。

有根基有位分的主子院，都是不愿守着燕巧这么个有孩子又自视甚高的村姑的；而满院都是通房滕妾的院子，让燕巧去住也不合适，万一出了事连个能做主的人都没有。

也算灵儿倒霉，就这么撞了进来，被迫接下了燕巧这个烫手山芋。处处受闷气，还处处发作不得！

她有一肚子的苦水想跟云罗说，但她说得出口吗？

看着云罗关切担忧的眼神，灵儿沉默了，她无法接受云罗用同情怜悯的目光看着自己。

是，她与云罗是好姐妹，她可以亲切而友善地对待这位姐姐，只因自己是学政的女儿，注定要比云罗身份高贵，她的家教不允许自己在云罗面前摆出一身傲气。但亲切本身就意味着上位者对下位者的态度，而今她与云罗地位天差地别，本末倒置，好姐妹还如何"真心"得起来？

最终的最终，她咽下了所有委屈和眼泪，避重就轻道："也谈不上什么吃亏，只是我自进府以来，王爷从来没有踏入过我的院子，爹娘来信都叫我不知该如何回复。我想……王爷会不会对我有什么误会？云罗你在爷身边，三五不时地也为我说两句好话吧，女人家出嫁从夫，这可是我的一辈子呀……"言语间，终究带出了些幽怨。

云罗嗓子里像堵住了些什么，沉了沉气，才问："你至今还没有……跟王爷圆房吗？"

灵儿低着头，有些难堪地不语。

云罗闭了闭眼道："我知道了，你且回去，我尽力帮你。"

顾明渊见到云罗的时候，她正端着一盅银耳莲子羹在门外，要进不进的样子。

顾明渊皱眉立在门口，手里提着剑，问："在这儿转悠什么？怎么不进去？"

云罗一惊，赶紧往旁边让了让，干笑道："这不是看暑气一天天上来了，我怕王爷燥着了，特意让小厨房给您炖的——您这是要出去练剑？"

"特意给我炖的？"顾明渊不答反问，上下打量着云罗不自在的样子，眼神一眯，回身又往屋里去了，并且吩咐道，"你进来。"

云罗忙跟上，一进屋，就讨好地将手里的汤碗放到顾明渊手边道："王爷您尝尝，这莲子还是我之前亲自去院里采的。"

"你亲自采的？那本王就更不敢喝了，你还是先说说，有什么事要求本王吧。"顾明渊似笑非笑道。

"你这是哪的话？我就不能关心一下你？"云罗心虚，偏嘴上还要逞强分辩。

"哦？真就是关心？"顾明渊探究地盯着云罗，忽而一笑，端起碗道，"好，那本王就喝了。正好等会儿还约了几位将军活动筋骨，晚膳前就不回来了。"说着，就要一饮而尽似的。

云罗赶紧伸手抓住他的手腕道："哎，等等——我，我其实还是有件小事想问问你。"

顾明渊挑挑眉，笑而不语，一副早就知道的样子。

云罗沉了沉气，才开口问道："王爷你是否……一直没有去灵儿那儿夜宿？"

一句话，让屋里的气氛顿时冷了下去。

顾明渊收了笑，盯住云罗的眼神好像不认识眼前这个女人一样。他想到云罗在灵儿走后马上来找他，十有八九是为她的"好姐妹"求恩典。他做好准备要赏赐灵儿奇珍异宝，给她一份大体面；也有考虑过破格晋封灵儿为侧妃，不管外间物议，只图云罗展颜一笑。可他怎么也没想到，云罗想要送给灵儿的礼物竟是份"大礼"！是他顾明渊！

他缓缓站起身，一步步走近，云罗在他的逼视下，步步后退，目光闪躲，可这完全不足以平息他心中的怒意。

终于，他将云罗逼到墙角，猛地擒住了她的下巴，声线阴沉道："你刚才说什么？再给本王说一遍？"最后三个字，语音微微上扬，透着可怕的低笑，迫得人喘不过气来。

云罗眼睛有点红，倔强地垂着眼睑，不出声也不求饶。

顾明渊阴郁地注视了她好一会儿，深吸口气，才放开了手，交代道："本王想宠谁，不想宠谁，还轮不到你来做主。徐灵儿本身就是中人之姿，家世又不显，本王封她庶妃，赐住清虹苑已是仁至义尽。若真按照规矩来，就是把她打发到珍妃那儿，专让她伺候小世子饮食茶水也不是不可的。你回去告诉她，让她最好安分守己，若真嫌清虹苑容不下她，皇家祖庙里有的是她的位置！"说罢，拂袖而去。

云罗被他骤然放手的动作推得趔趄了一下，扶住墙才站稳。她慢慢抬起头，久久地注视着男人离去的背影，心里乱成一团。她的求情不光让自己和顾明渊原本缓和的关系又陷入冰点，还将灵儿置于危机之中。她知道，那个男人绝对是说到做到的，灵儿一个有名无实的庶妃，他若真厌弃了她，青灯古佛就是她的结局了……

云罗长叹口气，在为灵儿担忧的时候，心底又隐隐生出一丝连自己都不愿正视的庆幸。

扪心自问，她真的希望让灵儿承宠吗？她真的想让顾明渊……对别的女人百般疼宠吗？

其实，她也是不愿的吧。

明明可以有更委婉的方式，明明她能想出更周密的计划，让灵儿一步步在顾明渊心中留有印象，让这两个人自然而然地产生好感，让灵儿渐渐成为她也喜欢的男人身边一个比较得宠的女人。但是，她没有那么做。

她不想让自己承受那种钝刀子一样，慢慢研磨的痛苦，而是宁可像方才那般，直接伸脖子出去挨一刀，行或不行，只在此一举。

若顾明渊答应，她总算不辜负姐妹情一场；就是顾明渊不答应，她也终归尽了力。

就这样，怀揣着复杂的情绪来到清虹苑，为表示歉意，云罗特意带了不少绸缎、首饰过来，可是老远就听到院里面哭声骂声响成一片。

难道灵儿出事了？

顾明渊已经派人来对灵儿做什么了？

云罗心里一沉，疾走两步，却正好跟从里头跑出来的一个丫头撞了个满怀！

"哎哟！哪个不长眼的小蹄子，误了世子有几条命赔的——"

丫鬟话还没说完，就被子荷"啪"的一个耳光扇得住了嘴。

子荷脸色难看至极，站到云罗前面，咬牙切齿道："这清虹苑是要翻了天不成？一个小小的丫头也敢在郡主面前大呼小叫？管事嬷嬷呢？都不要脑袋了吗？"

丫鬟红蕊被打得一个趔趄摔倒在地，再抬头时看到云罗，慌得三魂去了七魄，就着

摔倒的姿势跪了，没命地磕起头来道："奴婢该死，奴婢该死，奴婢真是瞎了眼……"谁不知道这个云罗现在是王爷心尖尖上的人！相比之下，一个母不显的未来世子算什么？也就够徐灵儿那种牌位的人喝一壶！

"行了！"云罗听她告罪起来没完，头都疼了，冷着脸道，"先说怎么回事，再这么废话直接拖出去打死——"

"回郡主，是……是……是徐庶妃不小心冲撞了我们燕巧姑娘，现在燕巧姑娘肚子疼得厉害，怕是……怕是世子不好了！"

"什么？"云罗心下一惊。她也隐约听过这个燕巧，人品不行，家世不行，完全不是个人物，奈何人家命好，肚子里有当今摄政王的第三子，若真是因为灵儿有了什么好歹，就是她恐怕也救不下灵儿了！

她想着，一步绕过红蕊，就快速往院里赶，一到堂屋，却差点被没眼前的场景生生气死！

几个一看就是粗使嬷嬷的中年女人，正将灵儿狠狠按跪在燕巧脚边，灵儿的脸被摁贴在地下，妆也花了，哭得不成人形。旁边，燕巧身边的大丫头红缨正狐假虎威色厉内荏地喊着："都按紧了按紧了，千万别让这个罪妇跑了，若是世子有个好歹，难道要我们满屋的人为她陪葬吗？"

云罗浑身气得哆嗦，张张嘴几乎说不出话，运运气才喊了出来："你们这是要造反吗？堂堂一个庶妃也是你们能打骂的？"她冲上去，一脚踢开了一名钳制着灵儿的嬷嬷，子荷早带了家丁将其他闹事的下人一举拿下。

灵儿失去了拉扯后，无力地趴在地上，就如一团散乱的棉絮。白皙娇嫩的脸上不知被谁踩了个硕大的脚印，发髻散开，披散了一身。她只抬眼看了云罗一眼，就羞愤地合上了眸，泪水止不住地从眼眶里滑落。单薄的后背剧烈地颤抖着，五指紧紧抓着地。

云罗见到那场景，喉咙里像是瞬间被某种酸涩的硬块堵住，直想哭。

"灵儿……灵儿……你怎么样了？哪里受伤了？"云罗蹲下去，想抱起灵儿，却又不敢，生怕不小心碰到哪里。

子荷瞥了眼混乱的周边，缓步上前，低声道："郡主，要不还是先宣府医进来看看燕巧姑娘的胎和徐庶妃娘娘的伤吧？"

云罗深吸一口气，阴寒的视线扫过仍旧抱着肚子嗷嗷叫的燕巧，起身颔首道："好，快宣！"

"你们几个扶她到内室去等府医——"她一指燕巧，冷厉的眼眸又转向满屋跪着的下人，咬着一口细碎的白牙道，"至于这屋里的下人，护主不力，所有人重责三十大板，然后都关到柴房等候王妃发落！"

"郡主！奴婢冤枉啊！"方才跟在燕巧身边，跳脚得最厉害的丫头红缨大叫一声，哭喊道，"燕巧姑娘救我呀！"

燕巧也忍着腹痛喊了起来："不许打我身边的人！她们刚才都是全心护主，保护我的！"

"你？你最不冤枉！"云罗看也不看燕巧一眼，只对红缨轻蔑一笑，毫不顾忌还在堂屋里的燕巧，一字一字道，"在这个院里，除了被王爷亲封的徐庶妃，谁当得起一个'主'字？你可是欺主欺得最厉害的一个，既然你不服，那就改打你六十大板！来人，都给我拉下去——就现在！"

"你们敢！这是我的屋子！我怀着王爷的儿子呢！就是要打我身边的人，也得王爷王妃说了才算！"燕巧急了，拍着桌子喊了起来。

她难道真不懂府里规矩，不懂长幼尊卑吗？唬谁呢！她就算出身乡野，也不是傻子痴儿，进府几月还学不会？不过是不想遵守罢了。

别人跟她讲规矩，她给别人讲儿子。而现下倒好，她想跟人讲规矩了，人家还不听了！非但如此，连她的儿子都不认！

燕巧冲过去，想扒开一个要带走她侍女的护卫，却被子荷表面温柔，实则强硬地拉回去，按坐在椅子上，而云罗带来的蔽词的护院们完全不用第二次吩咐，在没有得到王府男女主人的首肯下，毫不犹豫地将院里二十多名下人像拖死狗一样拖了出去。紧接着，外面的板子声噼里啪啦响成一片。

什么大规模刑法须有王妃发令，什么若王妃、王爷不在，也得有三位侧妃同时同意……在他们这里，只知道听顾明渊的！而顾明渊说了，如果他不在，王府里的兵丁随时可听云罗调遣！

一阵乱响声后，兵丁进来汇报说，红缨被杖责后已经被赶出府去了。

云罗低头拨弄着自己的指甲不语，子荷上前一步，轻描淡写道："这种小事还用来污郡主的耳？"

燕巧脸色灰白，已经无力地瘫在座位上，一双晶亮的眼此刻暗淡麻木地盯着云罗，嘴里喃喃道："我不会放过你们的，我会告诉王爷的……"

子荷眸底闪过一抹讥刺，再仔细看时就只剩下面具一样的温柔了，她说道："燕巧姑娘，您如今是双身子的人，可别被这些腌臜事吓到了，还是让奴婢扶您进去吧。"说着，向云罗一蹲身，带着身后两个小丫头，过去连搀带拽地把燕巧弄到里屋去了。

灵儿早被扶起弄到绣墩上，云罗见这边事暂毕，起身到灵儿身边，犹豫又小心地将

手搭在灵儿肩膀上，摸着她凌乱的发，轻声问："能走吗？"

灵儿通红着眼看看她，点点头。

两个人也不要别的下人扶，就像当初，她们从黄河里九死一生爬上来一样，互相搀扶，跌跌撞撞地往屋里走去。一进屋，就抱头痛哭了起来。

"呜呜……云罗，云罗，我真的受不了了！我好难受，好难受！"灵儿的眼泪湿透了云罗的衣衫，一声声饱含痛苦压抑的哭喊，更是勾得云罗的泪水停不住地往下落。

"我知道我知道我都知道。"云罗含泪安慰道，"你受委屈了，灵儿，对不起，我真对不起你，我没有早点发现——我这个妹妹当的，真是，真是还不如去死！"她最后恨声道，一手握拳，懊恼地忍不住朝自己腿上砸去！

到第二下的时候，就被灵儿一下抓住了。灵儿抽泣着死死拉住云罗，不让她继续这种自残般的行为，说道："你这是干什么？我已经够难过的了，你是真不想我活了吗？"

两姐妹再次哭成了一团。好半晌后，情绪才微微稳定，云罗才能问今天到底是怎么回事。

灵儿难堪地低着头，开始一直不愿说。

云罗最后急了，恼道："姐姐你不告诉我是怎么回事，难道就能当事情没发生过吗？你当外面那些丫鬟婆子都是死的不成？你不说她们也会说的！只有姐姐你告诉了我，我才能想解决办法，才不致再出现像今天这样的情形啊！"

灵儿静默了一会儿，终于开口道："晌午燕巧突然跑到我屋里，说怀孕身体不适，我自然打起精神安慰她。她道自己五个月开始腿就肿胀得难受，需每日用小玉锤敲打才能缓解，说着，就将那玉锤递给我，请我帮她敲敲。我忍耐着给她敲了几下，推说累就想进房，可她的大丫头红缨就在这时端着……端着她的泡脚水进来了，燕巧便要我帮她……帮她……"

云罗噌地站起身，咬牙切齿道："难不成她竟敢要你为她洗脚？"

灵儿别过头，低声哭了起来，没说话就已是默认了。

云罗怒火中烧，在屋里止不住地绕起圈来，她从小在宫廷侯府长大，就是流落容眠山那几年，她也是大弟子，下面多少人伺候着。等级森严的观念早已在她心里牢不可破，她可以因情分将地位身份暂时抛开，却难以想象一个地位粗鄙者故意去欺侮一个高位者！

这，这简直是滑天下之大稽！

云罗满心恼恨无处发泄，却在这时，蓦地听到身后传来"砰"的一声，肉体磕在青石砖上的闷响。她下意识回过头——呆住……

"灵儿！你这是做什么呀！快起来！"云罗惊醒，三步并作两步跑回去，下死命要将跪在地上、低垂着头、不敢看她的灵儿拉起来。但这个从来柔弱温婉的女子，此刻却似乎分外坚决。

"云罗，我有事求你，我今天……豁出脸面不要，求你一件事。你若是愿意听，就别再拉我，让我说完。"

"有话你起来再说！"

"你要是还认我这个姐姐……"灵儿悲伤的声音，几乎听不出一点希望。

云罗的手指尖微微抖着，终于放开她，不再强拉她起来，说："好，你讲。"

"我要得到王爷的宠幸，我要做个名正言顺的妃子，我还想……还想为王爷诞下子嗣。"

云罗脑子里"嗡"的一声，几乎呆住道："可我……我做不到……"

灵儿忽地抬起头，声音几乎变了调，显得有些尖锐道："你做得到的！"

"灵儿……"云罗喃喃着后退，跌坐到后面的榻上。

灵儿重重地吐了口气，稳了稳情绪，才重新对云罗道："如果上天让我有了王爷的孩子，算我命不该绝。如果……如果没有，那就是注定我要在这府里孤苦到老，被人生生欺负死，我谁都不怨……云罗，云罗，姐姐只求你这一件事，只请你帮我这一次，我……我根本不会威胁到你的……"最后一句话，那么轻，含着泪水，含着苦涩，也含着一点点的……认命。

也就是那最后一句话，让云罗无地自容，让云罗无法说不。

她有什么理由拒绝灵儿？

有什么资格以王爷义妹的身份霸占顾明渊？

即使她能挺胸抬头地说一句，她和顾明渊没有什么不清不白的关系，但即使这样，这份感情难道没有错吗？

她伤害了绣心，伤害了王府里的每一个女人，也伤害了灵儿。

在灵儿的"认命"里，似乎什么都清楚，都知道。

"好，我帮你。"云罗不能给出第二种回答。

灵儿终于笑了开，浑身脱力一样，跪坐到了自己腿上，过了一会儿，才缓缓地，缓缓地趴靠在已完全怔忪的云罗腿上。

她微微闭上眼，过往的一切如同水墨画的画卷一样在自己眼前慢慢铺开……

初相识，她亲自为云罗戴上自己的玉簪，意气风发地许诺：

云罗姐姐你且安心,我出身学政的清贵之家,淑和姐姐又是一方大员的嫡女,有我们俩在必定会保得你安康。

长平宫,她浑身颤抖地站在大殿中央,如同在波涛汹涌海浪里的浮萍,任那些出生便高人一等的人决定命运,而云罗却端坐在摄政王身边,周边围绕的都是小心侍候的下人。

燕巧院,她被那些下作的、以前大约连见都见不着的低下奴才狠狠扼在地下,脸贴着燕巧的脚,尊严破碎。

云罗却像发着光一样,带着众人冲进来,高贵凛然,为她解围,仿佛生来就睥睨万物。

直到刚才,她终是,选择跪到了云罗的脚边。

其实早就明白了不是吗?

她与云罗的身份早已天旋地转,大不相同了呀。

不论在这里,还是在皇宫,学政的庶女从来都是微不足道,可以被人像碾压蚂蚁一样碾死的。

如果一定要奴颜婢膝才能生存,如果一定要舍弃尊严方能得到新的一片天地,那她宁可自己来选择那个跪拜的人——

云罗。

云罗呀云罗,你,可真的会帮我?

三日后,顾明渊生辰。

热闹的晚膳过后,顾明渊挥退了所有姬妾,独自回到蕨词,而往日沉静肃穆的王府主院,今夜却从里到外透着不寻常的色彩。

圆月高挂,流水殇殇,王府舞姬倾巢而出,若有似无的琵琶声伴着暗香从四面八方袭来。

顾明渊端坐在上方,手里执着瓦剌国进贡的上好暖玉杯,香醇的美酒晃出诱人的色彩,偶尔启唇,抿一口酒,早有穿着纱衣的婢女默不作声地上前满了。

他是这里唯一的男人,能掌控所有女人命运的男人。那种高高在上,酒色绕膝的醺醺然,没有人能够抵抗。云罗相信,有时候顾明渊也只是一个普通的男人。

在一众美人的环绕下,云罗蒙着面纱,手捧琵琶,从亭子里缓缓走来,嘴里咿咿呀呀地唱着家乡情人间的曲子。顾明渊一直尚算清明的眼,此刻终于有些幽暗蒙眬了。

云罗低着头,碎步上前,半跪在地,献上一杯酒。顾明渊接过,鼻子微微动了动,忽地出手,扯掉碍事的面纱,面纱落地,顾明渊深深地看了云罗一会儿,突然放开手,朗声大笑道:"其他人的心本王就不要了!只要我家云罗尽心就好!"说着,脸上的开心和宠溺是那样真实。

云罗蓦地有些不安,停下手,借口更衣,扔了琵琶就往后头走去。

顾明渊起身便追。小德子眼看着顾明渊表面淡然,实则脚下生风地行虎步往中院赶,心下暗笑不已:云罗主子哎,奴才能帮你的也就到这里了,剩下的您自己努力吧。不过看王爷这架势,您就算"不努力",恐怕在未来的很多年里也要成为这王府后院的"独一份"了……

快到院门口时,小德子脑子里还走着神,一个没留意,顾明渊竟忽然停下了,他一头撞到了王爷的后背上。

"哎呀!奴才该死!奴才该死!"小德子吓得扑通跪倒在地。

"起来。"顾明渊不耐烦地开口。

小德子心惊胆战地站起来,等候王爷吩咐,不料顾明渊就那么背着手在门口站着,眼睛死死盯着院门,就是不吭声,不动。

小德子一头雾水,王爷这是怎么了?那院里亮着灯,里头有王爷这几年心心念念着的女人,难得能两情相悦了,为啥犹豫了?

"小德子,咳——你看本王身上可有不妥?"

小德子一个没忍住,差点笑出来道:"王爷您威仪天成,玉树临风,云罗主子绝对满意得很。"

"滚,本王只是担心有酒洒到了身上,你个奴才胡说些什么。"

"是,奴才嘴贱,嘿嘿。"小德子半真半假地抬手扇了自己几下。

"行了。"顾明渊不大自在地阻止了他的行为,沉默了一下,又继续道,"本王——就这样进去?"

不这么进去还怎么进去?小德子揣测了下顾明渊的意思,试探着问:"要不奴才赶紧去趟库房?您看着挑两样顺眼的,亲自拿给云罗主子?"

顾明渊眼神一暗,不语。

小德子不会明白云罗那个拧劲儿,是多么不讨人喜欢的性子。

她肯定不稀罕什么珠宝玉器,也不要什么权势浮名,她要的是人,是陪伴,还得是名正言顺的陪伴。

"或者,也该试一试了……"顾明渊低低呢喃,自言自语一样道。

手里摩挲着打小从不离身,跟顾明和那块一模一样的乌玉佩,最终把它摘下。

他要把这个送给云罗,代表他的诚意,今夜过后,他会尽自己最大的努力,给云罗最高的名分，最超然的身份。他会对这个女人负责，负一辈子责。

因为，云罗对他是这样好，在他三十岁生辰这一日，她愿意把自己交给他呀。只要顾明渊想到这一点，就感觉心里充满了喜悦和满足。

"主子，快进去吧，别叫云罗主子久等咯。"小德子赔笑道。

当然，如果小德子早知道云罗敢胆大包天地做下后面那些事的话，这会儿他就算是拼了半条命，也会拦下顾明渊的脚步，把他劝到绣心那儿，珍妃那儿，或者其他任何什么别的侧妃那里。

时间退回到一刻钟前。

云罗沉默地为灵儿换上自己刚才穿的一身衣服，戴上她的面纱，往她身上放了自己常用的香包。

灵儿的胸脯微微起伏着，显得也有些紧张，可一双眼睛里却满是决绝。

终于，都打扮好了，灵儿握了握云罗的手，低声道："姐姐，灵儿会感谢你一辈子的。"

"灵儿——"云罗却忽然抓住她的手，手心有点凉，有点颤抖，道，"你真的决定了吗？真的要这么做吗？我很了解顾明渊，他不是个能任人摆布的……"

"姐姐！"灵儿却倏然尖声打断了她的话，在云罗震惊呆住的注视下，深吸一口气，一字字道，"这是我自己的选择，就算出了什么事，我也会一力扛下，绝不会连累你的。"

"我不是——"云罗的话没有说完，灵儿已毫不迟疑地抽回自己的手，转身而去。

向着顾明渊的房间，向着她光明而充满希望的未来走去。

此一去，她知有多少艰险阻碍，或者荣华富贵，但唯有一路披荆斩棘才有可能活着享受那些。

这是她的选择，她不会后悔的，绝对不会。

"云罗……"

"王爷！"帷幔里蓦地响起了云罗的声音，"请您先别进来！"

顾明渊堪堪停住脚，捺着性子，柔声道："怎么了？"

云罗那边低笑了一声，却带着些说不出的意味道："可是我今天来找你，却不是来和你说话的。王爷，这段日子以来我知道你对我是真心好的，也知道我们一步步走到今天都是造化弄人，不可怨人的……但是，我曾向母亲发誓，但凡我睁着眼睛一天，绝对不会委曲求全，一定要大大方方，三媒六聘与男人入洞房。可惜我……我大概不配有那个福气了……"

顾明渊张张嘴，却是沉默。他知道云罗的母亲当年就是那个人的"妾室"，名分这个东西大概没有哪个女人敢说自己毫不介意，当年的慧娘也不过是没有能计较的出身而已。可云罗不一样，她毕竟是赵氏皇族之后，如果没有当初的许多意外，她就是名正言顺的皇家公主，这样的出身说不想为妾，放到任何豪门望族都是理所当然，只有他……却是给不了……

他忍不住摸上腰间的玉佩，想说他愿意把真正的主母信物交给她，想说他可以让云罗在府里跟正室平起平坐，想说很多……但不论说什么，都免不了心里那一点儿心疼……

最终，低沉柔软的男声响起："本王不会让你违誓的，再过片刻就是戌时，若你不嫌弃你的新郎官是个瞎子，我们便都闭上眼吧……"

红烛的蜡油一滴滴落下，顾明渊坐在桌边，低沉醇厚的声音如上古的琴音，缓缓诉说起云罗与他幼时的事，带着怀念，带着欣喜，他是在为云罗缓解紧张，又何尝不是在替自己抚慰心跳？

当当当——不论二人心情如何，戌时还是准时到了。

顾明渊慢慢抱紧了云罗，凭感觉在她的耳边低语道："以后的每一天，本王必给你明明白白的幸福……云罗，我喜欢你，我爱你……"

那一刻，连本王的自称都忘了，好像摒弃了与生俱来的高贵身份，摒弃了手中所有的附加权势，摒弃了一切，只是"我"，一个那么普通的男人，爱着一个女人的男人。

而时间，就在那一刻停止。

顾明渊仍旧保持着拥抱的姿势，呼吸渐渐粗重，双手紧攥成拳，后背僵成了一个可怕的弓形。喉咙里发出野兽般咕哝的奇怪声响，到最后，那些奇怪的声音都变成了咬牙切齿好像从牙缝里挤出来的一声怪笑道："云罗，你可真是个——好、的、呀！"

"砰"的一声巨响，铁拳一样的掌落下！巨大的实木雕刻大床应声而裂！豁口就在女人的脸颊旁边！而伴随着女人的一声尖叫，帷幔后也响起了一声云罗的哭腔道："住手！"

紧接着，云罗就从帷幔后冲了出来！

她紧紧抱住顾明渊高举的手，男人的双眼放空，英俊的面容因愤怒不可置信而变得纠结扭曲狰狞变形，吓得她哆嗦了一下，随即想到身下的灵儿，唯有豁出去，大着胆子继续托住顾明渊的手，哭喊哀求道："别杀她！都是我的主意……"

下一刻，顾明渊大笑出声，从身体最深处发出怒吼："云罗！你真以为本王不敢杀你吗？"

他从来没有对一个女人这么好过！

从来没有对一个女人这么在乎过！

这一生，他是位高权重的摄政王，他是这个王朝说一不二的男人！

多少女人对他曲意逢迎，多少女人为得到他的青睐费尽浑身解数！

而今天，他却为了云罗肯"下嫁"于他感到惴惴不安，感到满心欢喜。为云罗"屈就"他，由衷地替她委屈，满心想着该如何弥补！

可云罗呢？

那个女人，就像推垃圾一样将他推到了别的女人身边？

她把他当成什么？

一件可以随意送给小姐妹的礼物吗？

顾明渊只觉胸前血气上涌，几乎要一口血吐出来！灵儿疯了一样扑下床，跪趴在地上，紧紧抓住他的腿，告求道："王爷！您放开云罗吧！一切都是我主使的！是我求云罗这么做的！你要杀就杀我！放开云罗——"

她的话没有说完，顾明渊就已经一脚将她踹了开！灵儿闷哼一声，身体腾空而起，重重地撞到了后面墙上！

"灵儿——"云罗的嗓子里发不出声音，嘴里却挤出了含混的音调，双眼睁大，死死地盯着那个方向。

屋内惊天动地的声音终于引起外面人的注意，小德子跟子荷破门而入，见到屋子里的情景几乎震惊。

子荷深知云罗对于顾明渊的意义，扑通跪地，膝行几步上去抱住顾明渊的腿，哭喊道："王爷！王爷！郡主要被你掐死了，您真的不要她了吗？真的以后再也不预备见到她了吗？"

顾明渊强硬的身躯微微一颤，像是被人用棍子迎头打上去一样，手一哆嗦，就那么将云罗扔了下来。

灵儿靠在墙边呕着血，云罗倒在地上不住地咳嗽，小德子没命地冲着顾明渊磕头，嘴里直喊："王爷息怒，王爷息怒。"

蔽词，从未有过地混乱着。

顾明渊深吸一口气，闭上眼，冷静下情绪，一字字开始交代："子荷，去把蔽词封锁，从这一刻起，任何人不准随意出入。"

"是。"

"把灵儿带下去，关到水牢里，听候我发落。"

"是。"

"你们都出去。主院里不许留一个人。"

"是——"小德子和子荷一起答应道，低着头，拖起灵儿就往外退。

"不！"云罗连滚带爬地过去，拉住灵儿的手哭道，"别带走她！你们别动她！"

顾明渊冷酷地站在一边，完全不为所动。

小德子心里叫苦，偷偷用力将云罗的手撸掉，小声道："姑奶奶您就饶了咱们吧。奴才跟您保证，灵主子今天绝不会有性命之忧，但别的事您就得去求该求的人了。"然后，毫不犹豫地出去。

云罗近乎绝望地回过头，看向顾明渊道："你……你要杀她？"

顾明渊的水牢，从来就是死牢。

那个男人却不答反问："你说一切都是你的主意？"

"是，都是我的主意！所以你不要牵累不相干的人！"

顾明渊唇角一勾，不理会她的求情，脸上是古怪扭曲的笑，他凭着感觉一步步走近云罗，由上而下俯视着她，再一次加重语气问："那么，趁着本王戌时看不见，诱骗本王与她在一起，也是你的主意？"

云罗的心剧烈地一颤，忽地攥紧手，几乎能感觉到顾明渊身上那股恨不得杀天灭地的气息。她怕，但她无从抵赖，最后，唯有一个字："是……"

就在那个"是"字落地的一瞬！

顾明渊已经擒起她，一字一顿地说："云罗，你根本就没心。"

他为云罗瞎了眼，云罗却利用他的瞎眼来哄着他跟别的女人在一起。

真的，他在她心里根本一文不值，他的付出就是笑话。

云罗狠狠地咬住他钳制自己的手腕，顾明渊动作一顿，伸手去探，有血渍。他气极反笑，扬手就给了她一巴掌。

"啪"的一声，清脆的声响，云罗呆住，连他自己都举着手，愣住。

不是没有强迫过她，不是没有对她动过粗，但这还是……

他第一次真正动手打她。

顾明渊的心像是被一根冰冷的弦扎了一下，却依旧强硬的，或者可以说是强撑着冷漠的语气道："你是本王的人，再放肆只是自讨苦吃。"

"自讨苦吃……自讨苦吃……"云罗的声音那么低，那么空茫，像是灵魂都脱离身体，忽地，她笑了几声，手倏然抬起！带着冷兵器的尖锐！

顾明渊直觉想闪躲，随即就觉得不对！出手如电一般，狠狠劈飞了云罗朝自己脖颈

扎去的飞镖!

尖锐的飞镖在他的手心划开了一道深刻的口子,鲜血飞溅,溅到了云罗的脸上。是热的。

顾明渊没有动,面无表情,片刻之后,云罗哭着推开他,从他身下爬起来,紧紧抱着他的手道:"顾明渊,你怎么样了?你流了好多血!"

顾明渊任她拉着自己,嘲讽地笑道:"你真的在意本王会怎样吗?"如果是,还会随身携带着兵器吗?

"不是的,不是的……"云罗拼命摇头,哭得上气不接下气,想解释,却根本无从说起,最后,千言万语只变成了一句话:"对不起,我只是不想恨你,别让我恨你……"

所以,激愤下选择自戕。

云罗的脸贴着他的手,她压抑地哭着,顾明渊一直狂躁的心,却仿佛渐渐平静下来。

像云罗这样的人,在面临危机时,惊慌失措掏出兵器,选择的却不是攻击自己,而是自裁。

此情此景,他真的能说云罗心里完全没有自己吗?

顾明渊长长地呼了一口气,突然没了跟她算账的心情,只剩下疲惫。

"云罗,你可知戌时会失明对我来说是个巨大的弱点,根本不能为外人所知?"

"我……"

"云罗,你可想过蔽词守卫森严,为何你能将徐氏悄无声息带进来,而无任何人过问?"

"……"

"你又有没有想过,我为什么要将太后赐下的人晾了这么久,甚至连合府姬妾都冷落了?"

云罗已经无言。

顾明渊轻轻抽回自己的手,虚无的目光调转,对向空气中的某一点,嘴里淡淡道:"你明明出身高贵,却阴差阳错一步步到了今天的地步;我本来想对你全心宠爱,却因为诸多误会而一度怀疑于你。我对你有愧,有怜,可是我能给你的太少——专情就是我能送给你的最好礼物,也是最大的保障。你会成为当今摄政王身边唯一得宠的女人。你会积怨于一身,但是,也将被所有人顾忌。但是你呢?灵儿和你有姐妹之情,你把我让给她,还有这府里许多曾经善待过你母亲的侧妃、丫头,都能算于你有恩,你又是否要

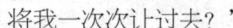

将我一次次让过去？"

云罗呆愣着张开嘴，久久说不出话。

顾明渊也沉默了下来，半晌之后，发出一声叹息道："云罗，我想珍惜你，可你为什么不珍惜自己？"

泪水再次滚落，云罗小声抽泣起来："不是的……不是这样的……"

顾明渊任她哭了一会，终是将她揽进怀里，低声问："以后还管不管闲事？还要不要把我让给别人？"

云罗的泪水渐渐打湿了他的肩膀，苦涩的声音含着水汽，说道："我真的没想把你让给谁。可是，可是我没办法拒绝灵儿。我们一起上京，面对过匪贼，面对过水患，曾经在水里顺流漂荡，九死一生，那一路，我们彼此都没有放弃。进宫那日，我隐藏眸色的药膜掉了，被太后身边的嬷嬷发现异常，到我们屋里抓人。那时淑和不在，灵儿想都没想就站出来，说那是她的东西，然后她被带走，在大太阳下罚跪了一天一夜。其实灵儿根本就不知道那是什么，只是怕我出事，她认为自己身份高些，多少能安全点……还有刚才，你气得想掐死我，灵儿可以躲在一边的，全府都知道你有多宠我，杀我的可能性太小了，但灵儿呢？还不是想都没想，扑过来就要救我，被你一脚踢出了血？灵儿的事，对我来说根本不是闲事，我没办法坐视不理。"

顾明渊沉声道："就算你与徐氏情分匪浅，当初在长平宫里，你将她一力保下，免她入宗庙之苦，难道还不够偿这情分？"

"灵儿何辜？满殿一百多名秀女，为什么太后独独针对她？还不是因为她曾替我出头？"

顾明渊转开视线。

云罗低下头道："她是因为我才流落这王府变成徐庶妃的。如果不是我，以当时皇上对她的态度，她跟淑和一样封个贵人并不是难事，到时她二人联手，即使不一定长宠不衰，至少有一搏出头的机会，不像现在——根本见不到自己的夫婿，沦为合府的笑柄，还要被逼着给一个丫头出身的怀孕妾室洗脚……"

"被逼洗脚？"顾明渊忽然皱眉打断道，"你是说——我当初从酒家里带出来的婢子？"

"是……"云罗咬紧牙。

顾明渊忽然明白云罗铤而走险的原因了，只是，还是不能谅解。

他拉住她的手，长叹口气道："你的姐妹受了委屈，你有心出头没什么，可你不该自作主张，视本王如无物。向我开口就那么难吗？"

云罗小心地看了看他,低声道:"我跟你说了,你可不许生气。"

"好……本王不生气。"

"其实我也觉得不妥的。我知道你那个臭脾气,哪能让人这么耍。可是灵儿跪求我,说她只求我这一件事,死而无憾。我……我没有办法……"

顾明渊挑眉冷笑道:"徐氏还真是好胆色,在王府里屈才了,军营才适合她呀。"

"……"云罗横眉怒目。

顾明渊不大自在地别开头道:"本王不过随意说说。"

云罗想了会儿,咬唇往前蹭蹭,凑到了顾明渊身边,小声求道:"你让我说,我说了,你可不能不管她。"

"她犯了这么大的错,你还想让我护着她?"顾明渊近乎不可思议地问。

"王爷!顾明渊——顾明渊——"云罗没完没了地摇晃起男人没受伤的那只手。

"行了行了。"顾明渊拿她没办法,沉吟了一下道,"那个酒楼婢子本王原本就没打算留。徐氏既然出身学政府,以后就由她来抚育世子吧。这样你可满意了?"最后那句,却是问的云罗。

云罗愣了一下,随即狂喜道:"满意满意。"话一说完,马上意识到自己说错了话,顾明渊的脸都变成了菜色。

"好哇你,又要求本王办事,又要骂本王?"

"啊!你干吗呀!讨厌,起来你起来——"云罗想生气又气不起来,想笑又不甘心,在床上滚来躲去,眼泪都要出来了。

顾明渊也忍不住笑了出来。

最后,两个人闹够了,闹累了,云罗摸着顾明渊受伤的手,低语道:"还疼吗?"

顾明渊那边安静了好一会儿,才应了声:"疼。"

今天这一下,弄得他真疼。

云罗无话,只是凑过去,更紧地抱住了顾明渊的胳膊,小声道:"对不起,我以后再也不敢了。"

顾明渊的眼里缓缓浮起一丝真实的笑意,黑暗中,抬手摸摸她的头,没有说话。

前一晚的一场大闹,全府各处多少都听到了点风声。

云罗郡主恃宠而骄,胆大包天地为自己的小姐妹徐氏争宠,结果徐氏被踢吐了血,云罗将会受到什么处罚也无人猜到。

到了晚上,顾明渊还没回来,绣心下正妃令宣了后院所有女人到自己那儿进晚膳,言辞间对云罗多有亲热,明眼人都看出绣心是在为云罗撑腰的。

桌上的女人们表面上对云罗假笑，对脸色苍白的灵儿视若无物，实际心里都在暗暗嘲讽。在这个王府里，唯一的主人不过是顾明渊，真的惹恼了顾明渊，王妃袒护又有什么用？

水果上了一盘又一盘，茶添了一次又一次，绣心派去询问顾明渊是否回来用晚膳的人却始终没来回话。

席上越来越安静，气氛越来越尴尬，就在绣心都准备传话下去叫别等了，先上菜的时候，小德子却忽然带着个食盒回来了。

他先对王妃、众位侧妃和云罗分别行了礼，然后才起身禀告道："主子娘娘，主子爷让奴才给您带句话，他今天要到护城河那儿巡视工程进度，可能回来得很晚，不用等他了。"

王妃端庄点头，又担心地问："王爷晚上进的什么？有没有口热汤喝？现在天寒地冻的，护城河那儿更是冷得紧，等会儿叫厨房炖一盅热热的刺身和胃汤去，给王爷暖暖身子。"

小德子抱着盒子躬身道："王妃您不用担心，王爷今儿在护城河那儿吃的，小厨房单独给炖了河鱼，炒了木耳鸡蛋，还沏了热热的果仁茶汤，王爷进得挺香的。"

绣心这才点点头，作罢，忽然又注意到小德子从进门开始一直没放下的盒子，好奇地问："你那是拿的什么？"

小德子有点为难地看了看周围的一大屋人，最终还是将食盒捧上桌，放到靠近云罗的位置，低声道："回主子娘娘，这是王爷晚上吃的一道菜，叫辣炒花蛤，辣中带鲜，花蛤全是河里现摸上来的。王爷说这些乡间野味云罗郡主估计喜欢，就让奴才给捎回来了。"

此话一出，偌大的花厅顿时安静了下来，所有女人的脸色都变得不那么好看了。

还是绣心撑得住，保持微笑道："哦？王爷有心了，不过既然是赐给郡主的，想必也不介意咱们尝尝鲜。来人，把花蛤装盘，一起端上桌吧。云罗，不会不舍得吧？"最后一句话，却是柔声对云罗问的。

云罗赶忙站起来道："当然不会，本就该如此。"

"呵呵，那我们就沾了郡主的光了。"

"就是，王爷真是好生关心郡主。"

下面不时冒出两句酸话。

云罗充耳不闻，心里却忍不住叹气，头左右晃晃，正好对上灵儿的视线，灵儿见到她，忙挤出一丝笑，有些勉强，又迅速垂下了眼。

云罗呆了下,忙回了个笑,但灵儿却没看到。

那一天不是云罗受宠的高点,而仿佛只是个开始——

她一句戏言便让燕巧怀着身孕被禁足,一声令下便让王府珍品如流水一样滑入清虹苑。

当朝摄政王视其若掌上明珠日日陪伴,云罗郡主一时风头无二,连民间都多有传闻。

日子幸福得仿佛涓涓细水，可事实上，朝堂后宫的情势分明越发严峻。

三月二十，戎狄三王子正式启程，带着五百护卫，朝丰启都城浩浩荡荡行来，官员议论纷纷。

同一天，内廷传出旨意：淑和因对太后不敬，被贬为答应，迁出永福宫。

三月二十六，戎狄三王子进入丰启国境，在驿站内遇袭，戎狄国主大发雷霆，命三千精锐骑兵追上保护，朝堂动荡。

三月二十九，内廷再次传出消息：淑答应对赵嫔以下犯上，被掌掴二十。

云罗眼见淑和地位越发危急，焦躁难安，几次想进宫请安，可都被顾明渊以各种理由劝阻。就这样，一直到了四月初八，宫里太监来到摄政王王府传旨，说和妃娘娘请云罗郡主入宫觐见。

云罗的心，当即便是一沉，从没听说宫里有妃子，只有一个位分最高的就是赵嫔，难道是她……

"敢问公公，这和娘娘是哪位？"她垂下睫，递过去一锭银子，悄声道。

太监眼角向下一瞥，迅速将银子收入袖口，然后朝天拱拱手，要笑不笑道："和娘娘是当今皇上身边第一人。"

云罗蹙眉，还想再问，却被太监不耐烦地打断了："和主子如今宠冠后宫，她传召郡主自然是郡主的福气，您还问什么呢？咱们还是赶紧走吧，别让娘娘久等。"说罢，他一挥手，两名御林军上前，竟是半强硬地将她"请"上了轿！

她只来得及掀开轿帘，对外急急地喊了声："若王爷回来，告诉他我被和娘娘召去了！"

一迈进玉坤宫，便闻到清雅幽谧的香气在周身环环绕绕，层层叠叠的金丝绣线纱帐随风轻动，将殿阁衬托得更加妖娆诡秘。

这里，是当初皇上赏给赵嫔的住处。

而床榻之上，是已晋封为和妃，如今后宫第一人的女人。

云罗揪紧帕子，远远地跪倒在地，用最标准恭敬的礼仪叩拜："臣女叩见和妃娘娘，愿娘娘万福金安。"

她原本已做好被刁难的准备，不料上方却传来一个漫不经心却极其熟悉的声音："都是自家人，何必多礼？起来吧。"

云罗忽地抬起脸，在漫天旖旎的芬芳中，无数美婢低垂着头，动作整齐划一地撩开纱帘，让她的视线可以看到宫殿深处，最深处——一只极其秀美的白皙手指缓慢挑起帘子，露出一张端庄艳丽，皇家威仪浑然天成的脸孔，眉心处金色的蝴蝶图案振翅欲飞，

美态直逼神女天仙,这人,竟是淑和!

"怎么……"云罗呆了下,与记忆中无二的脸庞,却有着那样陌生的眼神,孤傲、清冷、艳绝、肃杀,她是淑和,又不像淑和。在这短短的时间里,她身上到底发生了什么事?

云罗压下疑惑,脸上挤出笑颜,真诚地弯下腰再次拜见道:"云罗真是傻了,竟不知是姐姐,恭喜姐姐得蒙圣宠。"

淑和朱唇轻勾,在婢女的搀扶下坐起身,踩上柔软的绣鞋,她的站姿笔直,穿过层层纱帐,一步步走过来,面容在青烟袅袅中变得清晰,她伸出双手,将云罗扶起,微笑着道:"本宫也要恭喜妹妹,得偿所愿。"

云罗随之站起,心中疑惑更深,还没说话,便见淑和双手在半空中轻击了几下,一名宫装女子从屏风后转了出来,正是琴娘。

在淑和的默许下,琴娘带着云罗往玉坤宫偏殿行去,一进门,云罗便迫不及待地问道:"这到底是怎么回事?淑和姐姐怎么会变成和妃娘娘了?"

琴娘伸出食指,比了个息声的手势,待确定门口已无人了,才回身叹道:"你的淑和姐姐,胸有大沟壑,非池中之物。"

"这是什么意思?"

琴娘看了她一眼,扬唇笑笑道:"你可知赵嫔已被废去封号,发往冷宫,能否保住性命还未可知。"

"啊?"云罗愣住,磕巴道,"太……太后竟没反对?"

"这回太后都保不住她了。"琴娘不甚在意地回身坐下,为自己倒了杯茶道,"赵嫔可是谋害皇嗣,论罪当诛。"

云罗沉默了片刻,问:"皇嗣……是淑和姐姐的?"

"嗯。"

"她怀孕了还敢在寝宫中点那么多的香?"云罗皱紧眉。

"若没有那些香,她大概还变不成今日的和妃娘娘。"

云罗抿唇,慢慢将目光转向窗外,眸子里像是蒙上了一层雾。

乐娘站起身,走过去,拍拍她的肩膀道:"别想太多,至少她对你的事还算尽心。"

云罗垂眸笑笑,轻声道:"没有,我——我只是感觉很不可思议,一个未出世的孩子,竟能在短短几天改变一个女人。"

乐娘放下手,淡淡道:"女人羸弱,为母则强。"

"好了，不说这些了。"云罗吐了口气道，"我请淑和帮我调查内务府的记录，怎样？有眉目了吗？"

"是。"乐娘颔首，牵着她坐到软榻上，从昨夜淑和宣召领事太监，到后来的一系列盘问，细细地说了起来。

"事情就是这样了，那个太监很肯定，正德二十一年后宫给命妇的赏赐册子就是被当时的贵妃，如今的太后借阅走了，后来便说不小心沾到烛火烧了，没再还回去。"

"如此说来，元凶确凿无疑是赵雅了……"云罗面容恍惚。

乐娘有些担忧地看着她。

云罗对上她的视线，又怔怔地垂下头，嘴里喃喃着："赵雅……赵雅……"一次又一次。

忽地，她抱紧头，弯下腰，喉中爆出一声压抑的嘶喊，浑身剧烈地哆嗦了起来！

"我要杀了她，我要杀了她！"

胸口像是涌进了一股滚烫的热流，烫得她整个人要烧起来了，眼睛里酸涩难忍，有湿热的液体渐渐溢出了眼眶。

她的母亲……

她那明明不欲与任何人争利，却被后宫那些可笑又自私的女人白白害死的母亲！

她如果让母亲就这样枉死，她还配做人女吗？云罗的眼泪不受控制地倾泻而出，她的唇剧烈地抖动着，眼眶血红，忽地直起身便欲转身往外走！

"你想做什么？"乐娘厉声喝道，从后紧紧攥住她的手腕，在那强劲的内力下，她根本连挣扎都觉得痛入骨髓。

"你放开我！"她唯有哭着喊开，"我要去给我娘报仇！"

"就凭你，你做得到吗？那个人是当今太后——"

"我做得到！我当然做得到！"云罗吼开，眼睛死死地盯住她，她听到自己一字一字道，"你该知道，只要你现在放开我，我有能力杀掉天下的任何人！"

"你！"乐娘咬牙，深吸一口气，脸色渐渐平复，冷冷道，"好吧，你是能杀了赵雅，可是之后呢？你再为赵雅填命？再要我们进宫找皇帝为你报仇？你当我们容眠山上下没事做是怎么样，整天就围着你大小姐打转了！"

她轻叱一声，狠狠丢开云罗的手，而后靠着金柱，环肩笑了开，笑得妩媚妖娆，却极其凉薄，道："我告诉你，你休想，我只是奉师父之命，来帮你这一次，日后你再有别的什么，我那实心眼的师弟要为你欺骗朋友也好，要为你豁出命闯宫也罢，我可都撒

手不管了。"

云罗低下头，死死地咬紧唇，直到嘴里有了血腥味儿，躁动滚烫的心才慢慢冷静下来。整个身体，都冷了。

"滴答，滴答……"

一声声，只是眼泪默默低落在地的声音。

更是母亲病重时，口中流淌的鲜血。

耳边响起了一声叹息，乐娘站直身体，拍拍她的肩膀，放缓语气道："我明白你的心情，也认为这仇该报，但要看怎么报。像你现在这么不管不顾地冲出去，杀了赵雅，一时倒是痛快了，可你自己要死，你名义上的义兄顾家也要灭门，我和墨二也要一辈子受丰启皇室的追杀，包括正殿那个淑和，她才当上妃子没几天，你想害她进冷宫吗？"

墨子琪，琴娘，淑和，灵儿，淳化县知县秦子忠伯伯……

一个个熟悉的名字，也是一条条鲜活的性命，几乎可以算是目前这世上，与她最亲近的一些人的性命。

就算为了他们，她也不能犯傻。

"我懂了。"云罗闭上眼，长长地吐了一口气道，"我……我一定会在有了周密的计划后，再动手……"

"或者，你不需要自己动手呢？"

云罗屏住呼吸，忽地抬起眼，正对上乐娘狡黠的笑。

她靠近自己，压低声音道："我这几日在内廷还打听到一个旨意，早在先皇驾崩时，就封慧姨为皇后了，还托付皇室族长，他的亲兄朔亲王赵理代为落实。"

云罗的视线慢慢转向阴暗的墙角，眸里闪过一道暗芒，声音仿若暗夜的幽魂，道："也就是说，只要我有证据证明贵妃赵雅毒杀了当时的皇后，以庶废嫡，便可请郑亲王光明正大地处决赵雅。"

"道理上是这样，但你认为郑亲王会出这个头吗？毕竟先皇都死好多年了。"

"他一定会。"云罗垂下眸，唇边勾起一个浅淡的弧度，却看得人从心里发寒，说道，"郑亲王与太后表兄，当朝右相一向不和。"

假如她没记错，郑亲王的二儿子便是被右相强行派去做前锋，然后战死沙场的。或许这次，真是连老天都在帮她。

乐娘看着云罗的神情那么笃定，也安了心，可是还有一个最重要的问题。

"唯一能直接指证太后给你母亲送了毒戒指的账目都被烧毁了，我们还去哪儿找证据？"她苦恼道。

短暂的沉默。

"我知道。"

"啊？"乐娘愣住。

云罗抬起眼，直视着她，启唇说："我知道——有个地方一定会有。"

她的母亲，是这世上最傻最笨的人，别人对她的一点点好，她都要很细致地记在本子上，哪怕是一个丫鬟的绣包，一碗份例外的冰盘。

那么名贵的珠宝，母亲肯定会详细地写下赠送的时间，是谁，甚至是——原因。

"等等。"就在她转身准备回府找证据时，胳膊却再次被人拽住。

"你说的地方不会是顾王府吧？你们以前住的地方？"

"不然还有哪里？"云罗心绪烦乱地说，"你别拉着我了，我真的很急。"

"不是呀！"乐娘看她又想走，竟表情挣扎再次将她拽了回来，迟疑着道，"这摄政王府，很危险，你也不懂武功……"

"跟我懂不懂武功有什么关系？"云罗扶额道，"王府也不是战场，我都在那儿住了两个月了，不是好好的？"

"但……但……"乐娘支吾了几次，自己都急了，一跺脚豁出去道，"好吧，实话与你说，你以前住王府当然不危险，但现在你是回去查顾明渊的老朋友，你说危险不危险？"

"老朋友？你是指……"云罗的脸色骤白如纸。

"没错，就是赵太后，我亲眼见过顾明渊从赵太后的宫中出来。"

"不可能……不可能……"云罗的脑海中出现了一瞬间的空白，手扶住门框才站稳了身体。

嗓子里干到疼痛，耳边只能听到自己心跳的声音——咚咚，一下下，剧烈地撞击着胸膛。

那一瞬，她多希望自己已全无印象，可是，她分明想到了那间书房，那幅军事地图，想到顾明渊的赞美，也想到了……太后传召顾明渊入宫，整晚都炖在锅上的燕窝。

告别淑和，云罗上了轿辇，面无表情地回到府中，漫长的一路，仿佛灵魂都出了窍，徒留下身体僵坐在那里。

然而才一到门口，就听到里面噼里啪啦响成一片！无数下人敲着锣急急奔走着喊："走水了！走水了——"

云罗浑身一个激灵，像被雷劈中一般，大叫一声停轿！然后连轿子停稳都等不得，掀开帘子便跌跌撞撞地朝王府后院跑去。

越靠近那个方向人就越多，心一直下沉，一直下沉，宛如要堕入无底深渊……

终于，她来到了清心小筑外，那个曾经承载了她与母亲八年幸福时光的地方，那个曾经让她深深依恋上顾明渊的地方。此刻，那个小院已化作一片火海……

"救火呀……"她呆立在那儿，喃喃着，自己都听不到自己的声音，浑身的皮肤都被烤得炙热，烤得滚烫！如同她的一颗心，也在火焰中焚烧！

"救火呀……"

"救火呀……"

她的嗓音一点点变高，变得尖锐，最终尖厉得像是铁器摩擦的声响，简直叫人牙根发酸。

"你们倒是救火呀！你们快去呀！"她冲过去，疯了一样抓住一个仆役的领子，对他大吼，然后是第二个，第三个，可所有人都不动，都无奈而闪躲的样子。

他们是怎么了……是怎么了……

云罗松开手，退后两步，蓦地注意到不远处有井，干脆抹了把脸上的泪痕，自己跑过去，拎起半桶水就朝燃烧的屋子里冲！

仆役们都大惊失色，拼命从后抱住她喊："不可以呀，您不能过去！会被烧到的！"

周围奴婢的劝阻声，侍卫高声叫喝的走水小心，杂役来回奔走，所有声音在脑海里响成一片，嗡嗡地停不下来，不过这样也好，这样便什么都不用想了……

然而偏偏，一个低沉清冷的声音带着无限威严在后面响起："你们都放开她，让她去。"

木桶"咣当"一声落地，水流倾泻而出，洒得到处都是。云罗僵硬着身体，慢慢回转过身来，看着顾明渊。他负手立在那儿，熊熊大火在他的脸上打下了摇动诡谲的光，而在他的身后是无边无际的暗影。

他一步步走过来，走得极慢，像是踩在她的心上，将她一度动摇过的心踩得血肉模糊，踩成了一摊碎肉，就那么烂在地上，任人鄙夷，任人侧目。

终于，他停在了她的面前，低头看进她的眼睛里：

"你要为那些无关紧要的东西陪葬吗？如果是的话，就尽管去吧。"

云罗呆呆地站在那儿，也许只过了极短的时间，也许已走过了无数滑稽的流年，她脚下一软，终是坐到了地上，脑子里乱哄哄的，闪过太多片段：

"王爷经常会来这里坐坐，他会翻看桌上那本书，会在院里吹笛子，他说喜欢奴婢们活泛点……"奴婢怯怯的声音。

"等过些日子，戎狄的事都解决了，我便带你去麓山别苑，还有你母亲，我们三人快快活活地过日子……"他的笑容曾那样好看。

"我想珍惜你，可你为什么不珍惜自己？"那样深情的语音。

那可笑的，流年。

仿佛深陷在一片烟熏火燎的黑暗中，整个人都被架了起来，被火烤着，被铁烙着，千夫所指。

云罗痛苦地不断转动着头，想从这地狱中解脱出来，耳边渐渐响起了高声的争执，来自一门之隔的厅堂。

"哥！你到底为什么要这样？你不是喜欢云罗吗？怎么可以这样伤害她！"顾明和站在镏金圆桌边，攥紧手，愤怒地大喊，脸色涨红。

顾明渊任弟弟狂躁地吼着，坐姿纹丝不动，淡然道："我如何伤害她了？我只不过点了她的睡穴，想让她冷静一下。"

"你简直不可理喻！好好的，你烧了她住的地方，烧了她母亲的故居，你不是不知道她有多重视慧姨……"

"闭嘴！"顾明渊面容一冷，忽然重重地一巴掌拍在桌上喝道，"以后不许再提慧娘！这世上没有慧娘。"他慢慢抬起眼，盯着自己的弟弟，眼神冷厉如刀，一字字道，"你记住，云罗的亲生父亲是淳化县县令，她如今的身份是郡主，与皇室没有丝毫关系。"

顾明和呆立片刻，缓缓退后，摇着头道："你……你想抹杀她的出身？我明白了，你在为太后做事！"他的声音忽地拔高，一步跨过去，双手用力支在桌上，大声争辩道："你休想——我不会让你这样做的！她愿意认祖归宗是她的事，她喜欢隐姓埋名也是她的选择，你没资格替她决定——"

"那你想怎样？和弟。"顾明渊眯着眸，目视他，忽而笑了开，说，"你要为她与皇家翻脸吗？你要为她与为兄作对吗？你要为她，背弃家门，忘了我顾家大义吗？"

"我……我……"面对着那一声比一声高的质问，面对顾明渊越发冷厉肃穆的脸色，顾明和渐渐支持不住，两手神经质一般抓紧桌沿，又倏地放了开，哑口无言。

顾明渊看着他的样子，满意地勾起唇角，站起身，拍拍弟弟的肩膀，安抚道："好了，别想太多，回房读书吧。这些事大哥会处理的，一直以来也都是大哥处理的，不是吗？"

顾明和低垂着头，安静地站着，沉默了很久很久，就在云罗和顾明渊都以为，他要

妥协了的时候，这个平日总是温和好商量的青年，忽然张口了：

"我可以不阻拦你，但至少请你把云罗交给我。"

"什么？"顾明渊的手一顿，又神色莫辨地收到背后，问，"理由呢？"

"云罗失去了皇室身份，对你已经没有利用价值了吧？"顾明和眼神坚定，分毫不让地说，"所以，请你把她交给我，我不想在将来的某一天，看到你为了什么'家族大义'放弃她的生命，或者无视她的幸福，将她随意指婚出去。我要把她送走，送得远远的。"

顾明渊垂眸笑笑，几乎是毫无犹豫地说："我不能答应你。"

顾明和倒像是一点都不意外地说："你要留下她也可以，但必须给她一个名分。"

"这个我也不能答应你。"顾明渊眉峰微动，负手沉声道，"你该知道，令她入王府族谱的旨意是太后所下。"

"那就废了这个旨意呀！"顾明和烦躁地喊开，只换来一句哥哥的大喝："放肆！"

顾明和被他的声音震得瑟缩了一下，又顽强地仰起头，梗着脖子道："是，我放肆了，但大哥你放肆得还少吗？你顶撞太后的次数还少吗？你如今坚持不肯为了云罗去说句话，到底是真的谨遵臣道，还是怕得罪情人……"

"啪！"清脆响亮的巴掌声，让所有争执戛然而止，屋内的气氛顿时如一根绷紧的弦，随时会断裂。

顾明和倒在地上，半边脸高高肿起，他抬起头，一道蜿蜒的血丝顺着嘴角慢慢流下。他看着哥哥的拳头握得咯吱作响，一双眸子像是烈焰亦像是坚冰，直勾勾地射向自己，然后慢慢地，竟是擦着嘴角坐起身笑了，那种满不在乎的笑。

顾明渊看着他的样子更气地说："孽障，你给我——"

"大哥，不用您说了，我这就到祠堂里跪着去。只是请您记得，举头三尺有神明，云罗母女的确受过咱们家的恩惠，但当初父王也不是白收留她们的吧？一报还一报，她们并不欠顾家什么！"顾明和说罢，站起身，冷笑着甩袖而去。

看着弟弟放肆的举动，顾明渊幽暗的眼神里流动着诡谲寒冷的光，胸膛缓缓起伏着，明显心绪不佳。突然，他耳尖略动，眸底闪过一道光，沉声道："既然醒了，怎么不出声？"

门内传出一声低笑，伴着几下沙哑的咳嗽声，只听云罗低低笑道："我在听戏。"

顾明渊推开门，慢慢走进去，坐下来给自己倒了杯茶，淡淡问："听谁的戏？"

"听你的，也在听我自己的。"

"哦？"顾明渊的视线落到大红色的金线绣纹桌布上，仿佛笑了下，说，"那听完可有感悟？"

"自然是有的。"云罗的唇角慢慢上扬，半合着的眼眸里渐渐湿润，就这么似悲似喜道，"我发觉自己太傻了，竟然真的信了你的谎言。"

"要怨，只能怨你自己从进府就动机不纯。"顾明渊沉默了一会儿，终是放下茶杯，看过去，声调平淡地说，"云罗，本王对你已是仁至义尽。当初绣心曾送你'随遇而安'四字，如今，本王也送你四个字——知足常乐，只要你能安分守己，本王可以既往不咎，保你一世富贵荣华。"

"富贵荣华……哈哈哈……富贵荣华……"云罗捂住嘴，坐了起来，抱着膝盖笑了起来，笑得前仰后合，笑得眼泪都流了出来。

"是啊，以你如今的权势，做个宫里的公主恐怕还不如你的妹妹来得威风呢，你说是不是呀，义兄？"

顾明渊阴了脸，眉宇间像是结了层冷霜，忍耐着道："激怒本王，对你并没有什么好处。"

"哎，您如今态度都变了，怎么不说'你有的都可以给我'这种话了？"云罗满心都是冰凉，偏偏脸上笑得越发温暖灿烂，这种极致的对比，就像是利刃，她用它去插顾明渊的心窝子，也在扎自己的心窝子。伤敌一千，自损八百，不过如此。

"大概真让明和猜对了吧？如今我们已经撕破脸了，我对你没有利用价值了，所以你连装都懒得装一下了？什么隔三岔五就要去小院坐坐，什么因我身中剧毒，为了布这个局，骗我这个傻子，您费了不少工夫吧——"她的声音越发尖锐，却忽地戛然而止。

只见顾明渊以一种近乎不可思议的速度，瞬间移动到了她的身前，猛地擒住了她的下巴，白玉一般的手指却有着足以掐筋断骨的力道。

"你可真是不识好歹……"顾明渊俯下身，缓缓贴过去，几乎紧挨着她的眼睛道，"若说是布局，本王何必要去烧那个院子，引你发现？"

"因为你怕我找到证明我和母亲身份的东西呀，因为你怕我们会伤害到你那个老情人赵雅呀！"痛苦好像都被忽视，云罗愤怒地大喊。

顾明渊看着她的样子却笑了出来，神色和缓了些，甚至放开了对她的钳制。他站直身体，俯视着她道："你若真这么想，未免太瞧得起自己了，也太瞧得起赵太后了。本王对你们的事情全无兴趣，我只关心赵氏皇族、丰启国祚。这次若不是为了让你及时抽身，本王根本不必打草惊蛇，将你和戎狄王子、容眠山的余孽一网打尽岂不更好？"他顿了顿，长长地吐了口气，眼神变得阴鸷，缓缓道，"所以，你最好不要再闹事，否则

就连本王也保不住你。"

"戎狄？"云罗满脸不可思议，忽地大笑出声道，"你以为我想做什么？你以为我能做什么？将赵牧赶下台，联合戎狄登位当丰启的女王吗？哈哈哈——"她笑得上气不接下气，泪水布满了脸颊，此刻，她只觉得生平所有的笑话加起来都没有这一个好笑，不，或者说她的人生原本就是一场笑话，只是自己之前没有发现而已。

她为了让淑和登上高位，对顾明渊虚与委蛇，顾明渊为了骗出她背后所谓的"利益集团"，而对她假情假意。他们两个一个虚伪，一个做作，这样极致的自私，也算某种形式上的天生一对了吧？

"顾明渊，实话告诉你，就算你给我个丰启女皇我也不稀罕做！我只问你一句话，你说烧了清心小筑是为我好，对吗？"

顾明渊不置可否。

云罗继续道："好，那我要你为我做一件事，只要你办到了，我便开开心心地一辈子留在这里侍候你！"她仰起脸，满目决绝。

顾明渊眉头微皱，又松开道："你讲。"

"我要你，为我杀了赵雅！"一字一字，都是从牙缝中挤出来的，带着血，带着泪。

顾明渊怔忪片刻，声音沉沉道："本王做不到。"

"那你放了我，我可以自己去做！"

"凭你？"顾明渊勾唇。

"王爷不信吗？"云罗冷笑一声道，"那你大可以等着瞧。"

顾明渊深深地注视她片刻后，笑了开，说："不，本王信，所以你更不能走了。"

"不能走"三个字说得分外缓慢，然后，就见顾明渊步步走近。

云罗直觉危险，下意识后仰，可还没来得及动弹，就被顾明渊出手如电地点住了穴！

"你要做什么？"云罗僵硬着身体问。

顾明渊并未答话，反倒抬起手掌，轻拍几下，身后的门随之开启，就见他的贴身太监小德子轻手轻脚地走了进来道："王爷有何吩咐？"

顾明渊低低说了几个字，小德子马上不可置信地抬起头，随即又感觉僭越了，忙低下去，颤巍巍道："王爷，这……这……"

"去。"顾明渊眼都没偏一下，语气平平地说道。

小德子只得走了出去，片刻过后，手里执着一根木棍走了进来。他看看顾明渊的神色，慢慢地艰难靠近了云罗，拿着木棍的手都在发颤，就这样举起来，又放下，再举起，再放下，几次之后，终于忽地跪趴到了地上，哀号一声："王爷，奴才不敢哪……"

顾明渊眯眼，没什么情绪地盯住地上的人。

在这样的目光下，小德子的手哆嗦得厉害，后背更是抖得如筛糠一般，僵持片刻后，终是深吸一口气爬了起来，哈着腰蹭到云罗床前道："郡主……奴才……奴才对不住您。"

几乎与此同时，门外响起一声撕心裂肺地痛呼："不要！"紧跟着，王妃绣心"砰"地推开门，闯了进来。

但是已然来不及了……

豆大的汗珠从云罗额头上落下，唇内的一点皮被咬破了，鲜血顺着细微的纹路丝丝流下，云罗的眼睛也红得似血，她狠狠地，带着无限的仇视和憎恨，紧紧盯着顾明渊，整个人都被一种近乎焦灼的愤怒包围。

"顾——明——渊——"沙哑的，像是野兽的嘶鸣，那样绝望。

他居然……居然真的对她下得了手。再多的猜测和怀疑，也没有这一刻的疼痛来得真实。

云罗浑身因疼痛而哆嗦着，喉咙里发出粗重的喘息，顾明渊则平静地望着她的泪水，她的疼痛，她的忍耐和压抑，面上始终不起波澜。他单手如铁箍一般，死死地扯住想要冲上前的绣心，薄唇下的语气寡淡得骇人地道："再来。"这句，却是对小德子说的。

小德子倏然抬起眼，脸上且惊且惧，手几乎要拿不住棍子。

而被他制住的绣心，在短暂的沉默后，尖厉的哭腔简直变了调，五指痉挛一样在空中虚抓了一把，喊道："不要——"

她都不知如何挣脱那铁掌，只是扑通跪倒在地，背靠着云罗的床，疯了一样对顾明渊磕起头来道："王爷！当我求你了！我求求您了，您饶了云罗吧，就算她有千错万错，终归是个女儿家，您如何忍心对她用如此重刑啊！"

此刻，绣心已毫无大府女主人的风姿，倒只像是一个不顾一切想要保护自己孩儿的母亲。

顾明渊的眸底闪过一道暗芒。一直以来，他是不是忽略了什么？

片刻之后，他移开视线，不再看地上的绣心一眼，只对小德子淡淡道："嗯？"

小德子在他迫人的视线下，只好狠心再次提起了棍棒，而这次再挥下，却没落到云罗的身上，竟是绣心咬牙不顾一切地冲了过去，扑倒了云罗，小德子收势不及，这一棍便硬生生打在了绣心的肩上！

"王妃！"小德子惊呆了，旋即哭着跪下道，"王妃饶命，奴才……奴才……"懊恼恐慌，几乎六神无主，少有人知道他其实是绣心娘家梁王府的家生子奴才。

顾明渊作为异姓王，在朝中没有得力的支持者，而梁王虽是皇族远亲，却在宗室里具有不小的影响力。两方结盟，顾明渊为让梁王对自己放心，便将他叫到了身边贴身伺候，而现在，他居然打了等同自家大小姐的绣心……

就在小德子默默哀叹着要如何向梁王请罪时，耳边已传来了一声顾明渊的吩咐："下去吧。"

他低声应道："是！"然后便哭丧着脸退了出去。

屋内只剩下三个人。

云罗慢慢睁开紧闭的双眼，入目便是绣心疼痛难忍的表情，可即使是这样，她发现自己在看她时，她还是强撑出一个虚弱的笑容。反观顾明渊呢？云罗掀起眸子回看过去，那个男人的表情是那样镇定平和，平和得叫人的心都寒了。

为什么？就算顾明渊一直是在利用她，欺骗她，可是对绣心呢？他们不是少年夫妻，伉俪情深二十年吗？不是人人口中欣羡的和睦王室吗？

"顾明渊，你真的有心吗？"云罗低低地问。

顾明渊的目光仿佛不经意般扫过绣心满是泪水的脸庞，然后又定格到云罗身上："断你一腿，是为保你一命，你便在此安心养伤吧。"说完，他上前，随手解开了云罗的穴道，强搀起绣心便往门外走。

绣心湿润为难的眸子云罗没看到，她一直没有抬头。忽地，她开口道："顾王爷，留下我的命，你会后悔的。"微凉的语调，像是初夏的雨丝，不锋利，却依然渗透入心。

顾明渊脚步略一停顿，继续往外走。

云罗闭了闭眼，滚烫的泪水顺着眼眶滑落道："从今天起，我们就是敌人了……"

记忆里的温暖终归留在了记忆里，岁月伴着痛楚越走越远。

过了两日，顾明渊接到梁王请帖，他心里并不意外。绣心虽说嫁与了他，可依然是王府嫡女，如今受伤了，娘家出头也很应该。他捏着帖子，冷笑一声，阔步朝府外走，身后却有顾明和的贴身小厮追了上来。

"王爷！"那小厮扑通跪地，哭丧着脸道，"奴才有要事禀报。"

"怎么了？"顾明渊皱皱眉，突然意识到不对，问，"为何今天一整日没见到二少爷？他是不是身子不适？"

"回王爷，二少爷他……他从前晚开始就没回来！奴才带人四处都找过了，只在郊外他常去休憩的草舍里发现这张字条，奴才觉得事态严重，不敢再隐瞒王爷！"小厮深深叩头在地，双手哆嗦着举起一张狂草宣纸，如丧考妣。

顾明渊冷着脸看了他一眼，伸手扯过那纸，只见上头就写了四个凌乱的大字——不如归去。凑近一闻，还残留着淡淡的酒味儿。

顾明渊气得手有点抖，喝道："混账！"他狠狠将那纸扔到地上，为了云罗给他闹小孩子脾气吗？好，他倒要看这个肩不能挑手不能提的弟弟能在外面撑到什么时候！

"不用管他，该回来的时候他自然就回来了。"顾明渊冷酷地甩下这句话，大步出府上了八人抬的轿子。

顾王府与梁王府相距不算太远，进去的时候顾明渊依旧心气不顺，只是他惯于隐藏，也不想家丑外扬，遂将顾明和的事全然压在心底。

茶水上了，场面话说过了，顾明渊本以为梁王该开始兴师问罪了，不过他怎么也没想到，梁王一开口说的却不是绣心，而是云罗。

"听说，太后赐下的那位姑娘身体不适，闭门不出？"

顾明渊端茶的手略微一顿，又面容平静地低头抿下去道："劳岳丈挂心，云罗不过偶感风寒，这才静养几日。"

这明摆着是睁眼说瞎话，事实上，云罗连断腿都无人医治，她的态度太拧，顾明渊也发了狠，干脆就这么拘着她算了。

梁王也不戳破他，只点点头道："静养是好的，但绣心是当家主母，怎也不去看看？这要让太后知道了，岂不以为咱们怠慢皇家？"

顾明渊眉梢一挑，垂眸笑道："岳父说得是。"

跨出梁王府，坐进轿子的一瞬间，顾明渊的神色也冷了下来。看来，今天梁王之所以叫自己上门，全是绣心的意思了。她想去探云罗的病，而自己又不肯，于是便求到娘家去了？

可绣心为何非要见云罗？顾明渊觉得自己要好好想一想了。

　　接连三天，他依然按兵不动，梁王却在朝上开始对他多加掣肘。终于有一日，顾明渊回府时脸色温和地对绣心道："云罗顽劣，劳王妃去看看吧。"
　　绣心欢喜地答应了，竟没发现往常私下叫她名字的男人，今日对她用了敬称。

　　云罗早就开始绝食了，不光是绝食，她甚至拒绝大夫给她诊治断腿。
　　窗外的太阳升起又落下，偶尔她睁开一双空洞的眼看看外面，又疲惫地合上了眸。
　　地下丫头小厮们跪了一地，有的捧着药碗，有的捧着粥碗，个个都在哀求，她却像是已活在了另一个世界里，不听，也不看。
　　门被人轻轻推开，又合上，片刻过后，屋里似乎安静了下来，有人来到她身边坐下。
　　云罗以为又是来劝自己吃药的奴婢，不禁厌烦地将头更加别向里侧，一个熟悉的声音却带点哽咽地响起："孩子，你这又是何苦？"
　　云罗微微愣了下，吃力地转回脸，正对上绣心担忧痛心的眸子。
　　那日，绣心为护她伤了肩膀之后，便被顾明渊带出去治伤了，而后两天，她们都没再见过，此时相见，云罗竟也有几分不知所措了。
　　"王妃娘娘……"她一张嘴，才发现声音干涩得刺耳，忙又停下了，就这么怔怔地盯着对面的人，很快便红了眼眶。
　　"你还叫我王妃娘娘？"绣心含泪道。
　　"……姐姐！"云罗心中又酸又涩，终于失声哭了出来，一头扎进了绣心的怀里，哭得那么委屈。她已经忍了太久了，太需要一个这样的怀抱了。
　　早在绣心送她"随遇而安"四字时，她便有预感——绣心认出了她，可是那会儿她不敢与绣心相认，也无颜与她相认，因为那时，她是顾明渊宠爱的女子。她带着忐忑与内疚，躲闪着一切直面这个女人的机会，如今想来，她多傻呀。
　　"对不起……对不起……"泪水倾泻而出。
　　"说什么呢？傻孩子，是我对不起你，没有保护好你……哭吧，哭出来就好了……"绣心沙哑着嗓子，抱着她，手掌还像以前一样温暖，一下下抚摸着她身上的伤口，也抚慰了她心里的伤痛。
　　也不知过了多久，两人才稍稍平静了些。
　　云罗离开绣心的怀抱，脸色苍白地打量着对面人，小心地伸手抚上她的肩膀道："您肩上的伤，好些了吗？"
　　绣心安抚地拉下她的手，眼中带泪道："本就不严重，严重的是你呀。"她颤抖着手摸上她的断腿，又是痛心又是难过地说："好好的，把自己弄了一身伤，还不肯吃药

看大夫，云罗，你是要我急死吗？"

云罗无法直视那样的目光，唯有低下头，歉疚说："对不起……"

绣心瞧着她可怜的样子，终是不忍再责备，叹了口气说："算了，我给你带来了骨科圣手王御医的药贴，我先帮你贴上，然后再喂你吃些汤水。"说着，便站起身想去拿，却被云罗一把拉住。

云罗抬起头，咬唇，声音低，语气却坚定地说："我不要。"

"你！"绣心一愣，下一刻大怒，倏然扬起手掌，云罗却是闭上眼，纹丝不动，一副任打任骂的样子。

绣心的手掌在空中哆嗦半晌，却怎么也落不下去，最后"哇"的一声哭了出来，坐到床边一把搂紧了云罗道："你到底想怎么样啊，你是要我的命吗？"

"您……您别哭了，我知道是我不好，可我不能用王府的药，我也不想进王府的吃食，我真的受不了……"

"你可是气他打了你？其实他心里也是后悔了的，只是面上不肯说罢了。"绣心转身指着桌上的一大堆琉璃瓶子——宫中珍药，人参灵芝，急急道，"你看，这些都是王爷命人送来的。他……他虽叫人打断了你一条腿，却几乎搬空了王府的整个药库，这份心你该懂的。"

云罗扯扯嘴角，却根本看都没看那堆得到处都是的药材一眼，只是噙着悲凉的笑，说："您自小看着我长大，云罗是稀罕这些东西的人吗？我要的，他不会给。"

沉默，屋内的空气仿佛凝滞。

绣心盯着云罗执拗的表情，唇抖动着，忽然发出一声悠长的哭喊："你——你怎么这么傻？你以为在那些男人心里，咱们女人能跟他的天下有一比吗？"

"天下？"云罗却是惨淡地笑了笑，说，"我何曾敢跟他的天下比？"

她只是一度以为，凭自己在顾明渊身边长大，凭他们曾一起面对过生死关卡，凭他说过他爱她……她在那个男人的心中，总该比只是利益相关的赵太后要重要一些吧？

只是……曾经那么以为而已。

"好了，人你看过了，该劝的也劝了，她既然不肯听，也就罢了。"门"吱呀"一声被推开，小德子低着头走进来，在他的身后，顾明渊负手而立，面沉如水。

"扶王妃下去休息。"他掀袍迈进门，对小德子吩咐道。

"王爷，您再让我跟云罗谈谈吧？"绣心起身哀求，伸手拽住他的胳膊。

顾明渊微微蹙眉，一手扣住她的手，口气温和却不容置疑地说："你身上还有伤，别太操劳了。"就这样，半强硬地将绣心推到小德子那边。

"主子,咱回吧?"小德子低声劝着,将绣心往外拉。

绣心被带着倒退,眼睛还直盯着云罗那儿,忍不住苦苦劝说:"云罗,你不要再跟王爷顶撞了,听到没有?就算不顾及自个儿,你好歹为自己的双亲想想,身体发肤受之父母哇——"

最后一句话里浓重的哀戚与泪意,几乎听得人心都酸了。

云罗痴痴地望着绣心离去的身影,待她走得都看不见了,才听到身侧的人叹息一般道:"她待你是真好。"

云罗冷哼一声,低下头,一言不发。

顾明渊好像也不需要她的回答,自顾自坐下,淡淡道:"你可知这两日珍妃、俪妃在我这儿说了你多少坏话,绣心又是如何费心维护你?"

云罗耳尖微动,咬住牙,忍耐不语。

"你可知她身上现还发着热,但一听说你病了又不肯吃东西,马上就强撑着过来了?"顾明渊笑笑道,"罢了,想必你也不会在意。"

"我在不在意重要吗?"云罗再也忍不住,猛地抬起头,声音尖刻道,"将王妃打伤引致发热的不是我,有能力阻止她在病中乱跑的人也不是我,该管能管的人是个狼心狗肺的,王爷您跟我讲又有何用?"

"放肆!"顾明渊"砰"的一声拍上桌子,面容阴郁,言辞间锋利如刀,仿若要刺进人的皮肉里,生气道,"这就是你跟本王说话的态度?"

云罗昂首,勾唇,笑容里却没一丝生机地道:"是。王爷您已经打断了我一条腿,下面预备如何?要杀要剐,悉听尊便——"

顾明渊冷冷地注视了她一会儿,忽地笑了开,可那笑容却不达眼底地说:"看来良言你是听不进了,既如此,本王给你两样东西,你自己选吧。"

他抬手,两份奏折如飞刀般咻咻射向云罗的床榻,当当两声轻响,竟是入木三分!

云罗被这下马威骇了一下,又强撑着不动声色,桀骜道:"你要我选,我就得选吗?"

顾明渊垂眸,漫不经心地拿起茶杯道:"你若是不看,本王便替你选。"

云罗咬牙注视了他一会儿,终是强压着怒意,回身一个用力,拔出了两份奏章。

第一份,打开来,里面夹着两张草稿:

"圣谕:兹有淳化县女子云罗,上沐天家恩德被封为王府郡主,奈何其不知感恩,竟公然在宫中对太妃不敬,特此削去郡主头衔,除王室宗谱,钦此。"

"拜折:臣顾明渊,闻有淳化县县令女秀外慧中,才艺俱佳,特请封为王府侧妃,

结百年之好，望圣上恩许。"

薄薄两张纸，便是将她从王府郡主的身份，变成王爷侧妃了。

云罗大惊失色，他疯了吗？当初她几次试探，他都不愿去找太后给她个名分，如今怎的自己改变主意了？不怕天下人耻笑了吗？

她不由自主地朝顾明渊望去，那个男人却只回以一个极平淡的表情，她不愿主动开口问他，唯有先压下心中疑惑，打开了第二封奏折，里面却只有一张纸。

上书一个，硕大的"死"字。

云罗指尖微颤，那张纸随之一抖，就这么，轻飘飘地落在地上。

顾明渊垂眸，看了眼地上的纸，站起身，一步一步，仿佛踏着沉重的钟鼓走向她，每一步，都带着回响。

他看着她，眼神里带着些叹息：

"那日火烧清心小筑，外间已传言纷纷，本王能藏你一日、两日，却不能压制流言十日百日，在太后动作前，你必须要做个选择。"

"你若点头，本王马上带着奏折进宫，从今日起，你便是摄政王府独一无二的慧侧妃，份例与王府正妃相同，有治内之权。"

"本王曾经的许诺，都是算数的，你喜欢住府里，王府所有院子任你挑选，你若不喜欢，尽可搬进别院。你会是本王最宠爱的女人，一生都快快活活。"

云罗静静坐着，那安静的样子过了头，像是一尊雕塑，被冻僵了一般，她轻轻地问，好像还带着一点笑："那若是，我不同意呢，你就要我死吗？"

"不，本王不会让你死。"顾明渊淡淡笑开，刹那间，好像还是那晚月色下的温柔男子，可是，只有短短一瞬，便又回归冷酷地说，"但是，郡主云罗会抱病而亡，从此以后，你便只是府里一个微不足道的小丫鬟，永不见天日。"

云罗知道，顾明渊火烧清心小筑便是一个信号，一个她和顾明渊闹翻了的信号，太后为了保住自己的地位，一定会要求顾明渊杀了她，而如今，顾明渊明确表示不会杀她，可云罗，却一点喜悦的感觉都没有。

因为，顾明渊只给了她两个选择。一、她屈服，接受侧妃的位置，不再是赵氏皇族的女儿，只是顾明渊的女人，以表示自己再也不会对赵雅产生威胁；二、她"死去"，所有身份也随之消失，当然再也没有能力对赵雅产生任何威胁。

前者主动，后者被迫。他好像给了她选择，但这样的两个选项却分明都让她生不如死。

她死死地盯着顾明渊，愤怒、憎恨、悲伤、苦痛等情绪一起冲上脑海，冲击得她

头晕目眩,喉咙里像是涌上一阵腥甜,克制不住地想呕吐,她拼了命压下去,咬牙切齿问:"你——就这么重视赵雅?"

明明那个女人,是杀死她母亲的凶手哇……

泪,凶猛落下。

而后,她看到顾明渊平静地张口,问:"你同意,还是不同意?"

"你为什么不去死——"云罗微微一怔,忽然疯了一般跪趴起身,连断了的腿都顾不得,将奏折狠狠丢向顾明渊,怒吼着,好像绝望的野兽,"我恨你,我恨你!顾明渊,我就算是死也不会让你好过的!"

"你以为你的死能伤害到谁?"顾明渊极轻松地挥手,也不知怎的动作,飞向他的奏折便改了方向,说道,"不过,就是让绣心再经历一次失去亲人的痛苦罢了。"

他笑笑,转身而去,却在即将跨出门的前一瞬,淡淡撂下一句:"你入宫选秀,在本王与你重逢之前,赵雅想杀你易如反掌,那时她都没有动手,你却要在此刻自绝于世吗?"顿了顿,他又长舒口气道:"想想绣心的话吧,轻言生死只是辜负了敌人的美意,更白费了亲眷的苦心。"说完,他拔脚而去。

独留下云罗,颤抖着身体趴在原地。

子嗣 第十六章

沉香缭绕，顾明渊坐在小书房宽大的梨花木太师椅上，静静地啜着一杯清茶。在他身前不远处，跪着一个身材单薄的女人。

"徐氏，你可知本王今日宣你来所为何事？"

灵儿摇头，小声又略带虚弱道："妾身不知……"

顾明渊沉默了一下，问："身体还没好利索吗？本王那日是下手重了些，待会儿让小德子收拾些上好的人参鹿茸送到你院里。你还这么年轻，亏了身子就不好了。"

从未有过的温言软语，令灵儿的后背剧烈地哆嗦了一下，弯曲着的腰背更深地躬下去，她紧紧攥住手心，强忍着不让呜咽出声。已经委屈了太久，被无视了太久，只要一点点温暖和关怀就能让她失控。可是，她真的不想这么可怜，这样摇尾乞怜。

顾明渊犹豫着，骨节分明的手掌慢慢伸过去，终于，落到了徐氏的头顶。即使再对这个女人没有感觉，即使再因云罗有所迁怒，可当他面对一个刚及笄的女孩，一个作为他名义上妾室的女子跪在他脚边无助地哭泣的时候，他还是不由得心有不忍。

当久违的温暖落在头顶，灵儿终于再也忍不住，膝行几步，扑在顾明渊的腿上大哭起来。

"王爷，妾身知错了，妾身真的再也不敢了……您就原谅妾身这一次吧！您就是我的命，我只是……我只是不想就这样失去您哪！"

热泪洒在顾明渊的手背上，滚烫的温度，让男人忍不住叹息。

"……算了，过去的就过去吧，以后谨守规矩便是。"

一句话令灵儿如蒙大赦，流着泪，拼命朝顾明渊磕起头来谢道："妾身谢王爷恩典！妾身以后一定规行矩步，再不敢犯错了！谢王爷恩典！"

过了好半晌，灵儿的情绪才勉强平复下来。顾明渊叫她起来，又赐了座，接着竟如寻常人家的夫妻一般，和她有一搭没一搭地聊起家常来。

灵儿开始还有些紧张，慢慢地也放开了。

"听说你是江苏学政徐卫之的女儿，那才学想必是不错了？"

"不敢称才学不错。"灵儿柔顺地答道，"父亲母亲常说，女子无须学富五车，只要明白做人之道，为妻之道，为臣之道就好。"

"能明白这些就是上上才学，你父亲倒是个明白人。"顾明渊淡淡一笑，低头吹了吹茶，漫不经心地问，"闺阁里都念了什么书？"

"《女戒》《女则》是从小学的。孔孟之道、诗书礼乐也是常习的。"

"哦？那你想必知道三从四德的道理了？"

这样简单的问题让灵儿不由得心里突突一跳，小心地看了眼顾明渊，方拿捏着答道:"回王爷,三从意指在家从父,出嫁从夫,夫死从子。"

顾明渊笑开道:"答得不错,没辱没你家族的名声。"

灵儿再不敢坐着,立刻从椅子上滑着跪下道:"臣妾惶恐!"

顾明渊的眼睛轻轻扫视着地下跪着的女人,也不叫起,继续问:"你出身清贵,又有才学,可会觉得当个王府庶妃委屈了?"

砰!仿佛巨石砸上心,灵儿惊得没命地磕起头来道:"妾身从不敢这么想!王爷千万别轻信了小人的谗言,妾身绝无这个心思,更没和任何人说过这样的话呀!"

"没有谁来向本王进言。"一只黑色缎面绣着暗紫色龙纹的鞋子垫到她的额头下,瞬间隔绝了坚硬的青石地板,她抵着那柔软,只听到上方低沉缓慢的声音,"若是本王觉得你委屈呢?"

灵儿怔了,下意识抬起头来,男人英俊的面庞完全隐在一片暗影里,唯有一双眼睛幽深明亮得出奇,只听那高高在上的男人一字字道:"依本王看,徐氏你有侧妃之德呢!"

"我……我……怎么可能……"

"当然可能。"顾明渊笑了,表情却很诡秘,用冰凉的手将她扶起,轻声道,"只要你愿意向本王证明你的忠诚。这忠诚超越了你的家庭,超越了你的原则,超越了你的友谊……"

"友谊……"灵儿喃喃着,恍惚间觉得自己好像明白了什么。

"是呀。"顾明渊颔首,随手往香炉里又添了一把香粉,浓郁的香味瞬间蔓延开来,仿佛能将一切阴谋诡计的味道掩盖,他的声音,就这样轻轻袅袅地缠绕在烟雾中,"王妃似乎与郡主颇有渊源,感情之深超越亲子,实在让本王困惑得紧呢!"

王妃、云罗……灵儿屏住了呼吸,脑子里乱成一团,剧烈地挣扎。

顾明渊竟要她去调查云罗和一直充当着云罗保护伞角色的绣心?他和云罗之间到底发生了什么?为什么云罗忽然从众星捧月的郡主,变到现在连自由进出都做不到的阶下囚?

虽然不知道他到底要干什么,但一定是对云罗不利的……她真的能为了自己的前程陷云罗于险地?灵儿的心揪住了。

馥郁的香气,华丽的房间,静静等待着她回复的男人,眼前的一切都让她眩晕。这里是顾明渊的书房,眼前的男人是当朝第一人——一人之下万人之上。可以想见,只要她点头,以后这个地方就有了她的立足之地,她就有了在王府内一拼的机会;侧妃之位,足以让她满门荣耀——可如果,这一切都是靠踩着云罗换来的呢?

她要怎么办?她该怎么办?

半个时辰后，灵儿独自走出了蔽词，一袭素服，满身落寞，一步一步，渐行渐远。终于，只剩一个模糊的背影。

这浓墨重彩的王府中心，大约终究与她无缘。灵儿慢慢地，慢慢地走向自己的清虹苑，从繁华走向寂寥，步伐踟蹰，却始终没有回头。

她想着汹涌的黄河水中，云罗死死抓着她的手，不肯放松；她想着顾明渊那一掌劈下，云罗拼命抱住她，将她护在身后；她想着自己被燕巧踩在脚下，云罗冲进来的一瞬间，眼里闪过的愤怒和心痛……就这样，想了很多很多，最终，停在了自己安静的房屋门口，对自己说：我不会后悔的。

即使不能帮她，也不能再让云罗雪上加霜了。

子荷垂首走进书房，向顾明渊福身道："禀王爷，灵小主直接回了自己房，没去看郡主，也没有向王妃下拜帖求见。"

顾明渊沉默了一下，才道："知道了，你下去吧。"

"是。"子荷倒退着，缓缓往后走，忽然又听顾明渊出声道："等等，去传本王令：燕巧孕育子嗣有功，现为后嗣绵延计，特解除其幽禁，改为每日到王妃佛堂诵经一个时辰，为本王祈福，以此小惩大诫，警醒后院姬妾。"

"是，王爷还有吩咐吗？"子荷福身道。

顾明渊望向窗外有些阴下来的天气，嗓音越发低沉地道："……二少爷还没回来吗？"

"是，王爷。"

顾明渊闭了闭眼，叹口气道："叫银衣卫副统领带人去找，必要时可以叫九门提督协查，不论什么方法，三日内我要看到二少爷回家。"

"奴婢明白。"子荷点点头，又道，"王爷您不必忧心，京城近郊认得二少爷的人是极多的，想来不会有那不开眼的敢冒犯二少爷的。"

顾明渊无声地微微颔首。他是这丰启的王，他与梁氏的儿子顾文宇早夭，顾明和就是王位的顺位第二继承人，是顾王府目前血统最高贵的男孩。他对丰启王朝关系重大，无论如何不能让他长期流落在外。何况……那还是他的亲弟弟，与他血脉相连，同父同母。

或许，自己偶尔也该放下严兄的架子哄哄他，顾明渊盘算起自己的私库里，似乎还有几方看得过去的墨。

他将礼物备好，却不料，一直没等到接受礼物的人——顾明和就同在京都里蒸发了一般，了无痕迹。只有一个银庄那里传来了消息，顾明和曾经在他那里提了不少的金银碎子，说要出外散心。

顾明渊怒极，却也没了办法，碍于顾明和离他或许已远，怕张扬出去更给他惹祸，只好命银衣卫南下暗暗寻找。

且不说银衣卫为了顾明和如何在外翻了个底朝天，燕巧的一道恩旨就已经将王府后院的短暂平静打破。

拘禁燕巧是云罗提的建议，王妃盖的印鉴，云罗作为得宠的小辈也就罢了，绣心却是王府这么多年来独一无二的女主人。顾明渊对她向来尊重，这次居然公然推翻了绣心的意思，岂能不让人多想。

何况这新旨意也极耐人寻味，为王爷祈福也算惩罚？这种被点名给府里男主人效力的事，无论搁到谁家里，对女子都是莫大的荣耀。

没人知道顾明渊想做什么，众人只看到，燕巧的地位随着日日祈福水涨船高。

诵经第八日，顾明渊亲赐羹汤慰劳；诵经第十二日，顾明渊派人赐下西域珍品，宝石冠丝千蝶银镯，以佑世子；同一日下午，清虹苑内嘈杂大作。

燕巧一手扶着肚子，另一手戴着顾明渊赏赐的镯子，尖锐的指甲直指向灵儿，恶狠狠道："我让你跪，你竟敢不跪？"

灵儿浑身剧烈地哆嗦着，也不知是气的还是吓的，身后只有一个从宫里带出来的心腹丫鬟在扶着她。她竭力仰起头，即使被逼到这个地步，也还想维持仅剩的尊严。

"你要我跪，凭什么？"

"凭什么？就凭我手上戴着的是王爷的珍品，我肚子里的是王爷的儿子！"燕巧厉声喝道。

"王爷的赏赐固然珍贵，可也不是尚方宝剑，需要人见人拜；世子虽然尊崇，可现在还未出世，你要我跪你？呵呵，恕难从命。"

"你——你个连王爷身都没近过的丫头竟然敢瞧不起我？"燕巧全不顾颜面，大庭广众下点出闺阁事。

灵儿深吸一口气，强咽下屈辱，缓缓道："是，我是没近过王爷身，但论出身，我是朝廷官宦之女，你是一介布衣；论位分，我是王爷庶妃，你是通房丫头。尊卑有别，我一日在你之上，就该你给跪才是！"最后一句，终于忍不住吼出口。

她的双眸通红，嗓音沙哑。这段日子，她已对燕巧处处隐忍。被逼着给那个"未出生的小世子"缝制衣衫，不到午夜不准熄灯；午膳一再克扣，从庶妃应有的四菜一汤到残羹冷炙都要看小厨房脸色；当着满院子下人的面，对她动辄呵斥……

她一直忍，一直忍。她知道现在云罗自身难保，无法照应她，也知道自己才开罪了

顾明渊，必须处处小心，不该和燕巧起争执，但这并不意味着她能完全放弃自尊，放弃过去生活所带给她的一切。跪云罗，是为曾经的情谊，为将来的机会，至少云罗某种程度上和她是一样的人；而燕巧，蝼蚁之民，又算什么？她无法匍匐在一个酒家女面前摇尾乞怜，她做不到。

而这无疑更激怒了燕巧。这段时间顾明渊的抬举已经完全让她飘飘然了，她几乎都要忘记了，自己和这府里的许多女人是不一样的，即使偶尔有这样的念头，也很快被她自己掐灭。王爷亲口许诺过的呀，世子之母，至少会是王府侧妃；太医更断言，这个男胎会在明年二月二降生。二月二，龙抬头，是为大吉……

一切的一切，都让燕巧觉得，她和以前不一样了，她的命运已被更改。那么，过去那些曾看到她落魄，或一手导致她落魄的人，也该付出代价了。

珍妃有儿子傍身，云罗就关在顾明渊眼皮子底下，这些都是燕巧不敢轻易去动的人，而无依无靠的灵儿无疑是最好的发泄对象。但她怎么也没想到，貌似完全顺从了、任命了的灵儿竟然还敢忤逆她？鄙视她？

燕巧的脸因充血涨得通红，被点出出身的恼恨压倒了一切。她用力甩开搀扶着自己的丫鬟的手，扶着巨大的肚子，在院里焦躁地走了一圈，视线定格在了墙角边的一根篾条上。

"不给你点颜色看看，你就不知道我是谁！官宦之女……呸！什么东西！"她抄起篾条，没头没脑地朝灵儿身上打去！

灵儿痛得眼里浮起泪水，跟跟跄跄地左右闪避，奴役们爆出恶意的哄笑，仿佛中间正被追打的不是高贵的小姐，而是个供人取乐的玩意。

"你竟然打我？你没权力打我！"灵儿哭着喊道。

"我没权力？你看看我有没有权力！你看看我有没有！"

她最恨这张状若无辜的脸，还有那双清高不可一世的眼！灵儿有什么？除了一个好家境，还有什么？为什么一生下来就可以踩在她头上？

不过现在都没关系了，她一步登天了！燕巧激动地看着灵儿痛苦的表情露出了笑容。灵儿痛哭流涕，自小受到的教育让她即使在这样的情况下也无法对燕巧破口大骂出言诅咒，她只有流着泪，喃喃着求顾明渊来救她，求皇天后土能开开眼，派下哪个神明来帮帮她。

可是没有用，那些泪水不会打动燕巧，更召唤不来顾明渊或者哪一路神鬼，她只有一下一下地将那些伤害全盘收下。

血水渐渐湿透了她身下的青石地板，灵儿已无力动弹，苍白的脸贴在地上，嘴微微张着，眼见出的气都比进的气还多了。

动手的奴才有些怕了，轻声过去禀报，终于给燕巧炙热的心泼下一盆冷水。她立在原处，犹豫着，对灵儿狠狠喊道："喂！别装死！刚才不是还喊得跟杀猪的一样？"

灵儿那儿没有动静。

燕巧咽了口唾沫，慢慢走过去，挺着肚子，踢了踢灵儿，再次道："起来，别装死。"

灵儿依旧没反应。

燕巧终于有些怕了，眼睛有些慌地扫视周围的奴仆，干咳两声，故作镇定道："来人，帮我把一直给我安胎的太医请过来，就说我有些不舒服。"

一片安静中，一名奴才怯怯地应了声是，转头往外跑，燕巧却在后面阴着嗓子道："站住！不该说的话别多说！否则我没什么，你们可就没有好果子吃了！"

院里的人齐齐打了个哆嗦，面面相觑，不敢言声。

他们大多是近几天被送到燕巧房里伺候的，在此之前，清虹苑里的丫头嬷嬷们都因为燕巧的"胆大妄为"被杖毙的杖毙，发卖的发卖。他们虽然没有亲眼看到那惨况，却也是听说过的。只是因为这几天顾明渊对燕巧实在太宠着，让他们一时忘记了胆大妄为的后果。现在灵儿被打得半死，如果上面再清算一次，燕巧这个大肚婆没事，他们会不会成为替罪羊？

奴役们有些躁动了。

太医很快到了。

十日前刚被顾明渊指派给燕巧安胎的温太医一见灵儿的惨状不禁倒吸了一口冷气。

燕巧也有些害怕，却还是虚张声势地命令道："怎么样？她没什么事吧？我一看她就是在装死，你快想办法让她起来。"

起来？太医心下苦笑。那一身伤足以要了一个弱女子半条命，还能撑下去就不错了，还想让人起来？饶是见惯了后宫阴私，温太医依然觉得这燕巧太蠢太残忍了些。

心里想着，面上却不露半分，恭恭敬敬地回答道："回姑娘的话，这位小姐可能暂时不便移动，至于身上的伤臣只能尽力医治，但能否恢复如初臣就不敢保证了。"

"怎、怎么？你的意思是这区区小伤还能给她留下什么残疾不成？"燕巧紧张道。

"残疾或不会，但伤痕却是一定的。"

"……"深知府中森严戒律等级的燕巧心里一沉，她要找什么借口，才能为她以通房丫头之身鞭打庶妃的行为开脱逃罪？

然而绣心在府中管理多年，耳目灵通远超燕巧的想象，她还没想出借口如何瞒天过海，绣心身边的大丫头乌圆已经带着专治外伤的女大夫来到了清虹苑。

燕巧和那些下人诸多推诿阻碍，就是拦着不让乌圆等人进灵儿房，最后终于激怒了乌圆。

"燕巧姑娘，如今你身怀六甲，王爷体恤你才免了你的禁足，但可你也不要仗着有子就为所欲为了！我是带着王妃旨意来探灵主子的，代表的就是王妃！你一再阻拦，是不把王妃放在眼里了吗？"

这样大的一顶帽子压下来，燕巧不得不退开。

医女进屋诊病，乌圆冷着脸看着燕巧坐立不安地在堂屋里走动，几次想过来搭话，都被她不冷不热地顶回去了。

片刻工夫，医女便掀开帘子走了出来，一对上她的视线便叹了口气，擦着手走过来，低声道："真可怜，浑身都是伤，密密麻麻的，约摸打了几百鞭，都找不到几块好肉了……"

乌圆皱了眉道："可有性命之忧？"

"应是无碍的，但是她还发着高烧，不知要何时才会醒。"

乌圆沉着脸瞟了眼燕巧，燕巧则心虚地别过了头。

情况这么严重已经不是她能做主的了，乌圆想了想，指了个小丫头留下来看顾灵儿，准备自己先回去给王妃禀报。

燕巧眼见事情瞒不住，不禁急了，连自己金贵的肚子都顾不得，三步并作两步地跑上来，追着乌圆道："乌圆姑娘，您看这——这不过是一场误会嘛，就没必要惊动王妃了吧？"

乌圆没好气道："误会不误会的，王妃自有裁断，只是燕巧姑娘您可得当心，别再跟着奴婢了，万一有个好歹，岂不影响了王府福泽？"

一句话把燕巧堵得无言以对，讪讪停下，暗恨地瞪着乌圆，又气又怕，不知是该塞乌圆点好处以求大事化小小事化无好，还是应该拿出主子范儿，把乌圆先扣下再说。也就这一挣扎犹豫的工夫，乌圆早趁机走远了。

一个时辰后，王妃的呵斥就到了清虹苑。

"兹有陈氏女，破格选入王府为婢，不知感恩侍主，反以卑微之身殴打庶妃，是为以下犯上，罪不可恕。念起身怀王裔，特从轻发落，每日辰时到清虹苑正殿内跪诉己罪；并为灵妃侍疾，直至其病愈为止。陈氏骄纵，剥夺其通房身份，贬斥三等丫鬟，以观后效。"

待灵儿醒来，清虹苑内已换了一番天地。奴仆们都小心地躲着她，生怕被她找出错处怪责一样；但当她叫他们做事的时候，那些人再也不敢跟以前似的装听不见。

而燕巧，每日午间晚间竟然来服侍她吃药！灵儿心有余悸，看着她不甘愤恨的样子，在乌圆一再鼓励的眼神下，才壮着胆子轻轻抿了一口，不留神却呛到了。乌圆马上在后面绷着脸道："燕巧，没看到主子咳嗽了吗？还不快去拿帕子盥桶？"

灵儿越发惊讶，乌圆仿佛知道她的疑问，笑着福身道："灵主子怕是还不知道吧？我们王妃听说了这院里的闹剧非常生气，已经对燕巧大加斥责过了，而且贬她为三等丫鬟，专门服侍您汤药。"

燕巧低垂着头，紧咬着牙，看起来极其愤怒，却没有还嘴。

乌圆在绣心身边一向被娇惯着，最是嘴里不饶人的，她一向看不惯燕巧张狂的模样，哪有不借机奚落的道理？

嘴里跟莺歌似的噼里啪啦道："我们王妃还说了，虽然燕巧现在怀着身孕，但灵主子你也不要太仁善好性了，该做的活计也还是要让她做的。我可听说在蒙古的蛮荒之地，马女子即使怀了主人的孩子，也一样要接着喂马做粗活，而且儿子生下来也还是奴仆的身份——"最后一句，她特意拖长音调，引来身后带来的几个小丫头配合的哄笑。

燕巧则气得浑身哆嗦，连礼都不行，转头就出去了。

到了晚上，燕巧推说不舒服，不肯去端药伺候，捂着肚子在院子里哎哟哎哟地叫唤。一会儿说下人房里人太多根本休息不好，一会儿说伙食太差都影响孩子了。周围下人来来去去的只当没听见。

本来燕巧在这里的人缘就并不好。老实本分的奴才瞧不上她，以前虚以委蛇不过惧于燕巧未来可能的位分，现在燕巧身还不如他们，他们还巴结什么？而那些惯会押宝冒险的，倒是想趁机卖好，但当着满院王妃特意拨来的丫头的面，又不敢吭声。如此，燕巧倒真显得像个异类了，被所有人孤立。

灵儿斜靠在堂屋的榻上，远远瞧着屋外的情景，沉默地喝下一碗丫鬟恭送到嘴边的糖水，也不知想到了什么，忽然扯扯嘴角笑开。

"你，去把她叫进来。"灵儿对一个侍女道。

燕巧马上被带了进来，挺着大肚子站在离榻五步远的地方，眼含怨愤盯着她。

灵儿淡淡地瞥了她一眼，开口道："桌上的糖水赏给你了。"

燕巧看到她手边的碗和桌上已经打开盖子半凉了的汤盅，当即怒道："谁要你吃剩的东西！"

"你不是嫌弃伙食不好吗？"灵儿轻轻勾起嘴角道，"何况汤碗里的我并没有动过，你不用介意。"

"光是进过你的房，都足够让我介意的了。什么吃的都让人倒胃口。"乌圆没在，燕巧也没太多顾忌，张嘴就是恶毒的讽刺。

小丫鬟吓了一跳，忙去看灵儿的脸色，灵儿倒是云淡风轻的样子，抬手要了碗茶，漱了漱嘴，又吐了。

"怎么？这会儿不担心孩子吃不好了？"

"不用你担心。"燕巧傲慢道，"以后我的孩子会吃最好的东西，穿最好的绸缎，跟你绝不是一个等级。"

"嗯，我相信。"灵儿竟深以为然地点点头，在对上燕巧得意的视线后，继续笑着道，"但那又怎样？你的孩子依然改变不了你庶民的出身。你以前是布衣，现在和将来也一样会是布衣，哪怕一时因子嗣受到王爷关注，不还是王妃一句话就能将你打回原形了？"

燕巧气得脸色紫涨，一步上前就想开骂，早有机灵的下人一左一右过去，半拖着捂着她的嘴把她带下去了。

灵儿示意房里的丫头都下去，自己吃力地起身，拖着还有点伤痛的身体，一步一步往内间走去。

她面朝内，到床上躺下，看着眼前不新也不旧，不奢华也说不上多么寒酸的床榻内饰，心里不由得叹息一声。这大概就是自己以后的生活了吧？

她嘴上讥讽着燕巧，但心里何尝不是在羡慕着燕巧？如果可以，她宁可自己没有高贵的出身，没有可以立足的位分，但求有一个孩子就好。有了孩子，只要她能小心谨慎做人，勤勤恳恳将孩子带大，就总能等到柳暗花明的一天。即便无法成为小王爷的娘亲，最次也能跟着儿子出去分府单过，到时候，做个如绣心一般的大家女主，每日老佛爷一样调教调教新媳妇，看着儿孙满堂，也算熬出头了。不像如今，短暂的安稳也如同镜花水月，看不到希望。

忽地，她又想到自己第一日入主清虹苑的情状。那时的她，踌躇满志，有良好的出身，有众人的吹捧，有被王爷宠爱的可能。当时她以为，孩子、尊荣，都距离她不过咫尺之遥。可没想到，就是这咫尺之遥，却一辈子都到不了。

胸口里好像有一只手在搅，搅得她难受。灵儿用尽力气才让气息平稳下来，呼了口气，对门外高声喊道："进来个人，把桌上的糖水送到燕巧房里去，看着她喝下去。"

她只是想稍微出点怨气的，只是想让燕巧也体会一下自己身不由己的感觉。毕竟，

以前的燕巧嚣张跋扈,何曾顾忌过别人的感受。不料,就是这一时之气,却惹出了大麻烦。

是夜,燕巧屋里突然传出了哭声,燕巧捂着肚子大喊:"王爷救我!有人要害您的儿子!"

萧条了几日的清虹苑忽然灯火通明,人人俱是严阵以待。

正屋里,顾明渊半夜被闹起来,脸色自然极为难看,满屋奴仆瞧着他的样子都是大气也不敢出。

燕巧躺在屏风后,由两个太医一起诊治着,灵儿坐立不安地盯着那个完全看不到的地方,心里渐渐升起了绝望。

那碗糖水她很肯定是没有毒的,毕竟她自己也喝过的呀!但为什么燕巧会忽然腹痛动了胎气呢?难道是在送去的路上让人钻了空子……

珍妃、馨妃、林氏……她们个个都有对燕巧下手的动机,也有在这清虹苑里安插眼线的实力。灵儿越盘算,就越恨不得一头撞死,她真后悔自己为何要为了这一时之气引来滔天大祸!

"滴答、滴答——"更深露重,屋檐上的水滴掉落在石板地上,发出清脆的声响,敲得人心更慌。也不知过了多久,屏风后面终于有了动静。

两名太医面容疲惫地走出,跪在顾明渊面前道:"王爷洪福,里面的姑娘母子俱安,并无大碍。"

灵儿听了这话,吊着的一口气一松,险些没瘫在原处。

顾明渊微微扫了她一眼,却并不肯揭过此事,冷笑一声道:"什么叫并无大碍?她半夜喊肚子痛,说中了毒,惊得合府的人都起来了,这还叫没事?"

太医头上的汗"唰"的一下就落下了,跪伏在地上道:"王爷恕罪,是臣没有讲清楚,这位姑娘确是有腹痛的症状,但……但的确没有中毒的迹象。臣听闻她曾吃了冷食,或许这才是导致她腹痛的原因。而且这位姑娘几天都没有休息好了,饮食不规律,因此略杯弓蛇影了些也是有的……"

他的声音在顾明渊的冰冷视线下越来越小。

"心绪烦乱?饮食不调?"顾明渊的眼风扫过屋内的众姬妾,最终在灵儿身上停留,声音缓慢,带着压死人的威压,说道:"徐氏,你倒是告诉本王,为何你院里的人会吃下冷食,又在心烦什么?"

灵儿脸色苍白,"扑通"一声跪倒在地,眼里含着泪水,却是一句话都说不出来。

里面的燕巧早已喊了起来:"王爷!您要为我做主哇!那盆冷水就是徐灵儿让人硬

灌我喝下的,她诚心要让我一尸两命啊!可怜妾身怀着您的孩子就被贬为三等丫头,每日要做无数粗活,她们还说奴婢是仆人,这孩子将来生下来也就是奴仆——奴婢,奴婢真是生不如死呀!我可怜的儿子啊呜呜……"

真真假假的指控,却条条都能要了人的命。灵儿浑身哆嗦着,跪伏在地上拼命磕头道:"王爷明鉴,臣妾冤枉!臣妾冤枉……"而辩解的话,却是无从开口。

大约是她的样子太可怜,也可能是绣心的王妃之尊不愿让一个小小庶妃给自己承担罪过,几下之后终是忍不住开口道:"王爷,这次事出有因,是燕巧先打伤了灵儿,臣妾才做主贬燕巧为三等丫鬟的……"

"那些生子如奴仆的话总不会也是王妃所言吧?"顾明渊头一次没等绣心说完便不悦地打断了道,"一府主母自当心存博爱,又怎能因孩子出身而有所分别呢?"

绣心头一次在众人面前这样没脸面,还是因为一个小小的通房,顿时脸上血色尽失。

顾明渊依然在盯着绣心,绣心已低下了头。整个大厅陷入沉寂,人们只能听到自己心跳的声音,恐惧在这沉默中被无限延长,尤其是灵儿,若以王妃之尊都难逃顾明渊的怪责,那自己又当如何?

就在绣心耐不住这压力,几乎想屈辱地请罪的时候,心腹乌圆却已早一步昂首出来跪下。

年轻脸庞高仰起来,稚气,却带着绝不后悔的决绝。

"王爷您别再怪罪王妃了!我们主子只是听了我的撺掇,才处分燕巧姑娘的!那些奴仆不奴仆的话也是奴婢说的,跟王妃无关!主子娘娘出身名门,这些年一直为您辛勤打理,上到宫宴会请,中到各院妃妾,下至婢女奴仆,她无一不呕心沥血、尽善尽美……您……您可千万不要为了一点小事误会了主子娘娘,伤了夫妻情分哪!"

"倒是个忠心的奴才——"顾明渊却是淡漠地轻笑道,"只是你有一句话说错了。关系到王府后嗣就一定不会是小事。念在你是王妃身边的人,本王就从轻发落,你嘴巴坏,便给你洗洗嘴吧。"

他回头道:"来人,赏她三十石。"

灵儿不知三十石是什么意思,可其他人早已面如死灰。

女子的眼睛紧闭着,眼角已不自禁地流下泪水。

灵儿浑身颤抖着跪在地上,只恨不能捂上耳朵,但是她不敢,只能听着声音。

也不知过了多久,那声音才终于停了,乌圆已完全昏死过去。

绣心的手紧紧按在椅子的扶手上,脸色苍白到了极致,也隐忍到了极致。入府至今,从未受过如此奇耻大辱。

偏偏顾明渊还轻笑着问她："本王越权教训了你身边的奴才，绣心不会生本王的气吧？"

"怎么会？"绣心强挤出一丝笑道，"府里所有人都是王爷的奴才，生杀予夺全是您的一句话，何来越权之说。"

顾明渊好像没听出她的言外之意一般，还满意地点点头，说："绣心果然最识大体。本王也是怕有乌圆那样恃宠而骄的奴才在你身边会影响你的声名，你能明白本王的苦心就最好了。"

"那么——"他的目光转向地上跪着的灵儿，一字字，慢慢道，"徐氏又该如何处置呢？"

绣心生怕他一个不顺意也赏灵儿三十石，马上起身求情道："王爷明鉴！徐氏现在身上的伤还没好，恐经不起重刑，何况这次的事本来就是双方互有过错，说不上谁应受罚，不如就这样算了——"

"王妃此言差矣。"顾明渊勾起嘴角，心情竟像是不错的样子，决定着两名女子的生死荣辱，脸上的表情却如同聊天气那么轻松。

"陈氏燕巧虽然脾气暴躁了些，但毕竟怀有子嗣有功，徐氏作为清虹苑主位，本来就该多规劝着她些，若规劝不成，也该多容让着些。怎么能仗着有王妃撑腰，便生灌燕巧凉食，意图伤害他们母子这么歹毒呢？"

灵儿趴在地上，眼角的余光能看到自己露在外面的手腕上的瘀伤，青青紫紫，如此可怕，顾明渊却视而不见。而自己，不过赏赐了燕巧一碗汤，就被扣上了意图伤害王府子嗣这样诛心的罪名。

这一刻，她如此清晰地体会到了绣心的话，顾明渊就是这王府的天，所有人都是他的奴仆。他要谁生，谁就生；他要谁死，谁就死。

而现在，这个男人，想要她的命。

灵儿闭上眼，几乎，在等待那个命定的结果。

顾明渊瞧着她的样子，却好像觉得有趣一样道："怎么？你都不为自己告饶请罪？"

灵儿已全然绝望，唇角牵起悲伤自嘲的笑，道："王爷自有决断，妾身说什么有用吗？"

顾明渊笑开，没有回答。所有人都以为，灵儿这次不死也要半条命了，包括绣心和燕巧也是这么想的。不料，这个男人在喝下半盏茶后，竟无所谓一样放下。

"这几日先闭门思过，想想自己是不是担得起庶妃之责，若是不能，那什么位置才适合你——滕妾，通房？"他笑笑，长腿迈过灵儿身侧，繁复的紫色龙纹王服在烛光的映衬下折射出无数象征权力的金色光芒。

一句轻飘飘的话，就这样消散在风中："本王依稀记得，初见你时还是十分柔顺讨喜的。为何弄到如今模样……"

没人懂他的话是什么意思，只有地上，紧攥着手的灵儿懂。

姐妹

第十七章

贬灵儿位分的旨意迟迟未来,燕巧却在顾明渊的口谕下鲤跃龙门:

"兹有陈氏燕巧,秀外慧中,贤良淑德,特擢升为庶妃,赐封号鹂,主事清虹苑,以告后府。"

燕巧跪谢,接过顾明渊手谕,展开看了会儿,忽然疯魔一样大笑开,笑得眼泪都流了出来。她攥住手谕,直奔灵儿的房间!

"燕巧姑娘!我们家主子在休息——"一个小丫头惊慌地想去拦,却被燕巧恶狠狠一个巴掌扇倒在地!

"滚开!什么燕巧姑娘!以后要叫我鹂妃娘娘了!"燕巧一步跨进去,轻车熟路地冲向灵儿内间的床榻!

"你给我起来!睁大你的狗眼看看这是什么!"她掀开帘幕,毫不顾忌地拎起灵儿的衣领,灵儿柔弱的身体在她的蛮力下仿佛个破败娃娃一样,不堪一击。

而那道旨意,灵儿只看了一眼就呆住了,颤抖着手想拿近些,想看得更清。

"不可能……不可能的……"她喃喃着。

"什么不可能!"燕巧冷笑道,"对我冷嘲热讽,跟王妃告状贬我为丫鬟,你对不起我的地方还少吗?"燕巧狞笑道,"不过没关系!以后我是鹂妃,你是庶妃,我为主,你为副,我们一起在清虹苑里,日子还长着呢,我的学政小姐!"

"哈哈哈!"她大笑着昂首而出。这是她来到清虹苑以来,头一次这么畅快,这么开心。

王爷终于开眼了,终于看到她的好了。她可是有儿子的人,将来母凭子贵,好日子还在后头呢!

燕巧越想越得意,踏出灵儿院的时候停下,回头瞪了眼身后的三进院,吩咐道:"她一个被王爷责令闭门思过的丫头,也配住这么好的房子?把她给我迁到厨房后面那间房去!以后每天只给她一顿饭,让她好好清净清净,向佛祖忏悔自己的罪过!"

"是——"奴仆们齐齐答应。

寒冬腊月,灵儿与贴身丫鬟流珠费力地凿开冰池,丫鬟将木桶扔进窟窿里,两个人拼命往后拽,将木桶往上拉,丫鬟一个不留神,"啊"的一声摔倒,眼见就要滑进冰窟里!危急时刻灵儿飞扑过去,一把抱住流珠的脚,拼死将她拉了上来!

流珠的头已经泡进了冰水里,整张脸冻得发紫,劫后余生,眼睛怔怔地看着灵儿,忽然"哇"的一声哭了出来!紧紧抱住了灵儿。

灵儿抱着她,眼里也湿润了,冻到僵硬的手拍着她的后背,一声声安慰着:"别

怕，没事了，没事了……"

两个人费力地站起，互相依靠着，慢慢往冰冷的木屋里走去。

一进房，灵儿便点起了仅剩的几块木炭，烟火的味道顿时弥漫了整个屋子，她呛得咳嗽几声，却还是贪婪地伸出手，凑近那火苗，汲取一点点温暖。很快，她又想到了身后的流珠，忙抱起炭盆到床边，轻声道："流珠，来，烤烤火会舒服点……"

"主子，别浪费炭了，咱们可能要指着这个过冬呢……"流珠浑身哆嗦着，抱着肩膀瑟瑟发抖，却还是狠下心，想熄灭那炭火。

灵儿抬手拦住了她，温柔笑道："别担心，炭没了我再去想办法，王妃总不会见死不救的。"

流珠呆看了灵儿一会儿，情绪倏然失控，泪如泉涌地喊道："那天杀的燕巧！主子、我可怜的主子呀呜呜……您这么好的人，老天爷为什么就不开开眼哪！为什么要让您受这样的罪呀！"她哭着捶向坚硬的木床，已完全冻僵的手根本承受不住这样的力道，几处破皮立刻渗出了血来。

灵儿慌得赶紧抓住她的手，生气道："你这是做什么？眼下咱们这个处境，你若真有个什么伤痛，要我如何是好？"

"主子……"流珠哭倒在灵儿的身上。

好半晌，她的情绪才平复下来，抹着眼泪道："奴婢失态，让主子笑话了。"

"没事……"灵儿却是怅然笑笑道，"本来就是我把你连累到了这一步，若不是我，你还在宫里锦衣玉食地做着精细丫头，何至于受这些苦……"

"主子千万别这么说！会折了奴婢的福的！"流珠急急打断，脸上换上愤恨的神情道，"依奴婢看，那个燕巧也得意不了多久了。王爷封她个鹂字，她还真当成宝了！谁不知道帝王之家分封妃号都是以贤良淑德命名，至少也该是个丽、珍之流赞美容貌的，鹂算什么？不就是个逗趣的鸟吗？等下了崽，看还谁把她那只鸟当回事！"

"快住嘴！"灵儿见她口无遮拦地说个不停，吓得忙捂上她的嘴，起身几步到了门口，打开门，小心翼翼往外瞧，确定没人了才松了一口气，回身责备地对流珠道，"你又不是不知道，这院里现在全都是燕巧的人，都恨不得抓咱们的错处，你还敢乱说。"

流珠低下头，抽泣两声，小声道："奴婢——奴婢就是替主子你不值，毕竟王爷也没有废黜您的庶妃位，她们怎么就敢这样作践您？"

作践吗？灵儿自嘲一般地笑了下，默默环视着简陋得如同柴房的房间，墙角生火起灶用的黑炭，单薄的被褥，粗陋的床榻……这样的生活，在她过去的人生里几乎是无法想象的，而现在，她就在经历这些。真的是燕巧将她害到这步田地的吗？不，不是，是这个府里的天——顾明渊让她一步步走到现在的。他坐视着这一切的发生，也推动着这一切。

君要臣死，臣，不得不死。

在这漫长而又艰难的十几天，灵儿经历了初升妃位的燕巧的种种刁难；经历了人间冷暖、世态炎凉；经历了丰启国都十年难遇的大雪……她的心哪，就如这天一样冷。

夜深人静时，她也曾想过，她当初的选择是不是错了？她是不是应该出卖云罗，去做顾明渊的眼线，用姐妹来换取富贵荣华？

但是，终究是过不了自己那关。

她至少四肢健全，辛苦点，还能有口饭吃，有口水喝，甚至还有个丫鬟陪着，卑微点总能活下去。而云罗，听说让顾明渊亲手打断了双腿，监禁在守卫森严的蔽词里，不知道有没有人给她熬一碗药，不知道有没有人理会，甚至不知道，她还能不能站起来……

姐妹俩，一起熬着，或许能等到重生的一日；而若是她用云罗来祭奠自己的未来，却不知数十年后死了，还有没有颜面见她的姐姐……

别后悔，别后悔……灵儿闭上眼，默默地在心里对自己说。

燕巧高坐在紫楠木铺满丝绸锦绣的大椅上，骄傲地挺着肚子，眼睛得意地打量着翻修一新的花厅，神情犹如巡视着自己国土的藩王。

她慢慢地张嘴，噙住一颗奴婢喂到她嘴边的葡萄，嚼了嚼，又"噗"的一声吐了出来。

"天天都吃这些，腻死了——"她不耐烦地埋怨道，忽然眼珠一转，向身旁人问，"那个丫头怎么样了？"

早有谄媚的老嬷嬷上来凑趣道："主子您放心，奴婢们没有让她好过，现在全院的绣活都堆给她了，只怕她连给自己做身冬衣的时间都没有了哟！"

"绣活……"燕巧笑笑，眼神却是阴郁得瘆人，低语道，"她是哪个排名的人物，落魄到这个地步，还做着这些高贵轻省的活计？"

嬷嬷不料马屁拍到了马腿上，吓得"扑通"一声跪地，冲燕巧磕头告罪道："主子恕罪，主子恕罪！都是奴才蠢……"

"行了！"燕巧一挥手，打断了她的磕头，不悦道，"知道自己办了蠢事，还不快想点聪明的主意来？"

"主子，不如让那徐妃来服侍您穿衣洗漱？"一个小丫头道。

"不不，让她到外头打扫庭院才好，冰天雪地，累不死也冻死她了！"另一个伶俐小丫头生怕落下自己一样赶紧献策。

燕巧想了会儿，却冷冷笑道："服侍我，打扫院子，这些算什么？要做，就要让她做最低劣的活计——当初那个乌圆说我什么来着？马女子……呵呵，我就要那个徐灵儿给我去马厩喂马！"

此话一出，花厅里顿时安静了下来。

丫鬟们互相看看，你推我我推你，终是鼓动了个小太监出来，战战兢兢对燕巧道："娘娘，这……这不太好吧？让徐妃洗衣服做绣活，好歹都在这清虹苑里，没人注意，一旦逼着徐氏去喂马，这动静就大了……毕竟她还是王府册立的庶妃……"

"她这个庶妃算个屁！王爷都不认了！"燕巧怒道。

"主子说的是……"那伶俐丫鬟又小心地出来道，"正因为徐氏都失爱于王爷了，您再为了她违反王府条例才不值当，反正她都翻不出什么花样了，倒不如看她慢慢自取灭亡。"

燕巧脸上怒色更甚，盯住那言语伶俐的丫鬟，把那丫鬟吓得够呛，片刻过后却展颜笑道："自取灭亡？不错不错，你倒似八哥一样很会说话嘛，叫什么名字？"

伶俐丫鬟立刻跪下，高声道："奴婢八哥，谢主子赐名，给主子娘娘请安！"

"哈哈哈！好，很好！"燕巧被逗乐，大笑起来道，"以后你就跟在我身边做一等丫头。"

"是！"丫鬟大喜道，"谢主子恩典，奴婢一定鞠躬尽瘁以报主子恩德！"

"别在那儿咬文嚼字的。"燕巧最不喜欢听那些，皱着眉道，"先说说怎么让那个丫头去马场，又不叫旁人说出我什么来。"

丫鬟低头想了一会儿，附耳过去，对燕巧低语。

片刻过后，燕巧拍手大笑道："好好！就这样办！"

晌午时分，顾明渊被请进了清虹苑，他样子明显有些不耐烦，一进门便对燕巧问："到底有什么急事必须要本王过来？"

今日的燕巧竟没穿她一贯喜欢的绫罗绸缎，而是换了一身素衣，眨眨眼，模样竟瞧出几分脆弱可怜的味道："王爷恕罪，实在是刚才大师给孩子的测算吓到我了，奴婢一急就……"

顾明渊皱眉回头，看向门边穿着道服，在他眼里无异于神棍的男人道："你是钦天监的？给孩子算什么？"

燕巧马上过去道："王爷，他并非钦天监的，奴婢听说凡是王府子嗣诞生前都得请钦天监大人来估测生辰八字，可是——可是奴婢是哪个排位的人呢？哪里敢劳动钦天监，便拿了私房托人从白云观为我请来最德高望重的道长，替我儿祈福问缘……"

难得燕巧也有这么识大体的时候，不管顾明渊心里如何想，脸上终是缓和了些，说："你也不必太妄自菲薄。我已经封了你为鹂妃，你又是王子的生母，大可以拿了王府的帖子递给钦天监，大大方方让人过来。"

燕巧温婉笑笑，抚摸着自己的肚子道："多谢王爷厚爱。最近我苦读经书，日日为王爷、孩子祷告祝福，忽然觉得过去种种仿佛一场梦。世间种种皆有因由，得王爷赐封已经是奴婢和奴婢一家几辈子修来的福气了，不敢再和其他娘娘攀比这些。"

顾明渊面露满意，点头道："你如今有孩子，多读读佛经也好。"顿了顿，他又主动问："你说孩子的八字测算得不好？"

"回禀王爷——"道士对顾明渊行了个方外人的礼，慢悠悠道，"依贫道看，未出生的小世子将来龙虎精神，一生为宝马庇佑，应在现在就接近些汗血马之气才好。"见顾明渊皱眉，他停下，又继续笑道："当然，我也知道鹂妃娘娘现在金尊玉贵，不适宜触碰生猛之物，贫道亦有一法可化解。"

"哦？"顾明渊挑眉道，"你且说说看。"

"贫道觉得可以让鹂妃娘娘挑选一亲近女眷，代她去接触汗血宝马，回来后再为小世子亲手做贴身衣物，视为马神之气传递，可保世子一生平安顺遂，大吉大利。"

顾明渊似笑非笑地盯了那道士一会儿，目光转向燕巧道："爱妃心中想必已有人选了？"

"是……"燕巧被他看得莫名有点心慌，咽了口唾沫，鼓鼓气道，"妾身以为，徐妃秉性温和，又与我同在一院，是上上人选。"

顾明渊沉默着，脸上依旧是轻讽的笑容，仿佛什么都知道，只是不戳破。就在燕巧几乎受不住想收回自己的话的时候，却听到那男人漫不经心的一个字："准。"

"走快点！"灵儿被四个丫鬟婆子推攘着往珍禽院方向走。

"你们说清楚，王爷到底是要我去干什么？"灵儿几次想挣扎走出她们的包围，却都被她们推回去。

"不是都跟你说了吗？让你去陪伴汗血宝马，替我们小世子沾沾马神之气。"一个婆子嘲笑道。

灵儿被她的轻慢气到，涨红脸道："简直荒谬！什么马神之气，我……我从没听过！"

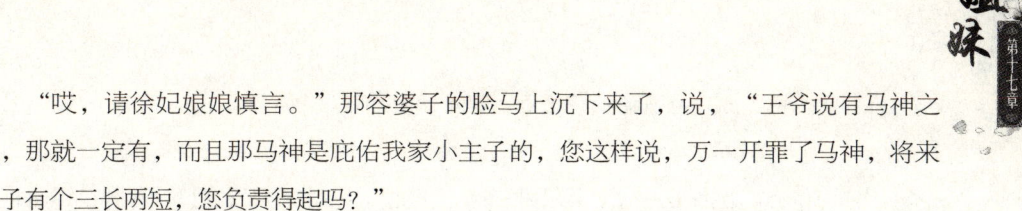

"哎，请徐妃娘娘慎言。"那容婆子的脸马上沉下来了，说，"王爷说有马神之气，那就一定有，而且那马神是庇佑我家小主子的，您这样说，万一开罪了马神，将来世子有个三长两短，您负责得起吗？"

灵儿张张嘴，愤怒至极，却不敢再说。

一路被推搡到马厩，老远负责珍禽院的管事苏大胖就迎了过来，见到灵儿眼睛都绿了，贪婪地将她从头打量到脚，才转头问婆子："容嬷嬷，这女子可是犯了错被发配过来的？这好相貌，着实可惜了些嘿嘿……"说着，竟想上手去摸！

"啊！放肆！"灵儿大叫一声，慌得往后躲，不料一个婆子故意绊了她一脚，她顿时跌坐到地上，引来四个婆子一片哄笑声。

笑过了，为首的容婆子才慢条斯理地对苏胖子道："这是咱们王爷新纳的徐庶妃，特意来马厩为我们主子祈福的。"

庶妃？苏胖子初时一听，吓得差点跪下磕头请罪，可随即又听到后面的话——来马厩给别的妃子祈福？

这无疑透露出两个重要的信息：一、这个女子是王爷的女人，还是有封位的。二、这位娘娘在后院地位极低，且不得王爷喜欢，所以才会被赶到马厩来"祈福"。

一个这么貌美的，属于王爷的女人，显然让苏胖子很不高兴。他不敢沾染，也懒得恭敬，遂随意地一摆手道："马房就在里面，几位自己看吧。"

容嬷嬷点点头，又问："汗血宝马可也在里面？"

"容嬷嬷是要这位——这位娘娘去看汗血宝马？"苏胖子看起来有些迟疑地说，"那宝马脾气可烈着呢，怕会伤人哪……"

"这个无妨，那宝马是庇佑我们小主子的，必然不会伤害诚心为小主子祈祷的徐妃娘娘，娘娘您说是吗？"最后一句，容嬷嬷笑着转向灵儿问道。

灵儿微微咬着唇里一点肉，沉默地盯着那婆子，心知这是燕巧恨不得让她去死了。她若没被马伤到，就一直在这儿"祈福"；她若被马伤了，便是她不诚心为世子祈祷！

她别过头，不搭理容婆子。

那容嬷嬷见灵儿并不讨好告饶，眼里一闪，越发阴笑起来，对苏胖子道："还有，为了体现娘娘和马神的亲近，以后汗血马的一应所有事宜，全都由徐妃娘娘亲自打点。"

"……所有？"

"对，所有。"容嬷嬷加重语气道，顿了顿，又故意慢条斯理地说："我们王爷对即将出生的儿子可是非常看重的，你们千万不要怠慢了！"

苏胖子神色一凛，立刻道："是是，奴才一定办好。"

"快点快点，已经正午了，再不把膳食放进去，马神要生气的！"苏胖子甩着根柳条，狐假虎威道。

灵儿拎着比她大腿还要粗重得多的木桶，里面装满充满腥味儿的生肉碎，宝马闻到了食物味儿，脾气更暴，打着响鼻大叫起来！双腿一跃老高，几乎到了灵儿的头顶！眼见就要踏下来！

"啊！"灵儿吓得尖叫一声，木桶没拿稳，"啪"的一下掉在地上！食物散落一地，身上手上也全是，狼狈至极。

"你！"苏胖子几步走进马房，看着这一地的狼藉，脸色难看地盯着灵儿。

灵儿心有余悸，手指指着里面的马，颤抖着道："它……它差点踩到我……"

"奴才不是已经告诉您了，那马拴着呢，伤不了人！"苏胖子嘴里自称着奴才，却是满脸的厌烦傲慢地说，"您看看这稻草堆上都是菜肉了，烦劳您待会儿等马吃完了，进去清扫干净，否则马神也是要生气的！奴才还有别的事，就不在这儿陪着您了。"说完，甩手而去，径自午睡去了。

灵儿看着眼前大快朵颐的烈马，满地的碎渣，头顶暴晒的烈日，一个没忍住，眼泪落了下来。

天阳升起又落下，转眼灵儿已经在这里待了三日。

日出时分，她穿着粗布衣裳，鼻子上蒙着挡味儿的面巾，拎着专门收拾马粪的桶，吃力地往马厩方向挪。

远远地几个前院的小厮与她走了个对面，一名白净的小厮赶紧拉住另一个说："让那婆子先走，怪脏的。"说着，还捂着鼻子扇了扇。

灵儿低下头，捏住木桶的手指攥紧，又慢慢放开，一言不发地从他们身边过去。

从未想过这样的生活。马厩，烈日，粗布麻衣……这些居然成了她生活的一部分。而她现在正在习惯这些。

也不知流珠找不见她会不会着急，有没有人给她安排新的活计，只希望她别再被自己连累就好。

这样的日子，如果一定要说好处，大概只是过得简单了许多吧。

在这里，她不会再想为什么不得宠，为什么顾明渊不喜欢她，为什么家族不能给她更多的助力。这些都离珍禽园太遥远了……

王妃、珍妃、燕巧……那些曾经是她心目中的敌人的人，都已经仿佛是上辈子的事，是另一个世界的事了。

晚上躺在比清虹苑的柴房还要破的房间里睡觉的时候，灵儿也会想，自己这辈子就要这样了吗？这样被燕巧任搓圆扁，生死完全掌控在她人手中？

她真的好想摆脱这样的命运，却又不知从何开始……

灵儿叹了口气，出了破败的院子，习惯性地拿出帕子垫在石头上，坐在树下短暂休息，一会儿又要去给宝马提午饭了。

一个抱着孩子的女人就坐在旁边，瞧见她的做派，竟扑哧一笑，极嘲讽的样子。

灵儿咬唇，想忽视，那女人却一直看着她，只得问道："你笑什么？"

"你就是那个被送到马厩祈福的徐妃吧？"

"是又怎么样？"

"你现在还能装装太太款，几个月后也就和我一样了，呵呵。"

灵儿实在受不了一个马厩的婆子明知她的身份还敢和她这么说话，大声斥责道："放肆！不管我多么落魄，我总是王爷的女人，你敢和我相提并论？"

"王爷的女人……王爷的女人……"那女子讽刺地默念了两遍，忽然别过脸道，"我也曾是王爷的女人。"

"……"灵儿惊讶地睁大双眼，目光不由得瞟向她手里抱的孩子，还有她身上明显不是什么好料子的衣裳。

"别看了，这不是王爷的孩子。"那女子将孩子又往上抱了抱。

灵儿自瞪口呆，看着她好像自言自语一般道："我叫秀秀，你是新人，大约已经不知道我了。三年前我初入王府，是王爷的媵妾，被分到珍妃的院子里。一次珍妃寿宴宴请，我跟去伺候，因为王爷赞了我的镯子，珍妃就疑我故意争宠给她难堪，所以栽赃嫁祸我对小王爷不利。就这样，王爷除了我的名，把我发配到了这珍禽园，后来又跟了这儿的管事苏胖子……"

"啊！"灵儿捂上耳朵，大喊道，"无耻！别说了！"

秀秀大笑开道："不用说我无耻！你很快就会跟我一样了！哈哈哈，咱们都是一样的！"

"我和你不一样！不一样！"灵儿噌地站起来，踉跄着倒退着往后走，仿佛秀秀身上有什么传染病一样。一不留神，却踩到了身后的人。

"哎哟！要死了你！"一个粗壮汉子喊了一声，扳着灵儿的肩膀就将她硬转过来，当对上灵儿那双惊慌无措，如小鹿般无助的眼睛时，凶恶的眼睛瞬间笑成了一条线。

"哎呀，原来是个小美人，快给哥哥看看，撞到没有？"

灵儿吓得闭上眼，浑身哆嗦地转头就往外冲！

跌倒了，手心瞬间磨破，痛楚钻心，她看也不看继续爬起来跑！

她再也不要待在这个鬼地方了！再也不要和这些人在一起了！

她和秀秀是不一样的！永远不会一样！

就这么闭着眼乱冲乱撞，开始还隐隐有人指点说教，后面就只能听到自己心跳的声音。

等灵儿终于力竭倒地，却是摔在一个假山后面，她捂着胸口，心在里面跳得很快，眼泪在眼眶里打转，好像眨一眨，就会掉出来。

没事了……没事了……灵儿默默对自己说。

远处渐渐有脚步声传来，灵儿抬起头张望了下，发现自己不知何时已经跑进了前院，一身粗布麻衣还没有换下。她赶紧朝山岩里动了动，将自己藏起。

"我说，你不是去给那位云罗小姐裁新衣裳的吗？怎么这么快就出来了？"一个较粗重的女声响起。

"别提了，那个姑娘气性是真大，一听我是王爷派去为她做新衣的，大吵着就把我赶出来了。算我跑得快，那个德公公，王爷身边的近身太监你知道吗？就因我跑得慢了些，被倒了一头的茶水！"宫廷绣娘抱怨道。

奴婆吓了一跳道："好家伙！不是说那位金枝玉叶开罪了王爷被打了一顿，现在都关了禁闭了吗？怎么这么大的气性，还敢打王爷身边的人？"

"禁闭？"绣娘笑了一声，刻意左右看看，见没人在附近才小声道，"我瞧着，是王爷打了人又后悔，怕那位小姐一气之下跑了才是真的，天天好吃好喝地供着，德总管日日得去请安，整个蔽词的丫头都接了旨意，凡逗郡主一笑者，赏银一两！"

那两个人慢慢走远了，灵儿呆呆地瘫坐在背光处，脑子里来来回回都是仆役刚才的话。

原来，云罗并不是她想的那样，被打断了腿，无人看管地丢在蔽词自生自灭？

原来，云罗得罪顾明渊，却依然过着众星捧月，高高在上的生活？

原来，自己所想的，姐妹俩一起熬日子，其实只是臆测，是个笑话？

那么，她的付出又算什么！她为了云罗的处境开罪顾明渊，一步步走到今时今日的地步，又是为了什么！

灵儿趁着夜晚跑回了自己在清虹苑所住的杂货屋，给云罗写了一封长长的信，字字泣血，道尽心酸委屈，其中不乏言辞激烈之处。大约她也是怨的吧？怨云罗明明养尊处优，却没有来关心过她过的是什么样的日子。

信的末尾，灵儿恳求云罗能在顾明渊面前为自己美言，说她在偌大王府中已无容身之处。

流珠看着灵儿偷跑回来时的样子，看着她的信，跪在地上哭得泣不成声。

"我的主子，可怜的主子呀……您放心，郡主必会来搭救咱们的……"

灵儿呆呆地盯了那信许久，才缓缓点了点头。她相信云罗不会坐视她的求救不管，但即使处境改变，也是她"求"来的，这姐妹间的心结呀，大概是永远也消失不了了。

灵儿的信在次日傍晚得到了回复：

"惊闻妹妹惨状，姐姐痛不可扼，奈何我和顾王缘分已尽，只愿死生不相见，妹妹所说'美言'，实难做到。若妹妹决议离府，姐姐倒可相帮一二，谨送上假死药一服，自此之后世上便再无徐灵儿此人，天大地大，任妹妹逍遥去了。

云罗拜上。"

云罗……云罗……云罗！

这就是她的姐姐！她的好姐姐！灵儿攥着那信，浑身颤抖，双眼血红，忽然疯了一般将那信扯得粉碎！

黑暗的房间，星星点点的烛光，只照出了一双恐怖的眼。

她竟要自己假死，要世上再无徐灵儿此人，要自己抛弃王爷庶妃的身份，抛弃学政之女的家世，做一个无依无靠甚至没有户籍的黑人。

她没有考虑过自己会遇到什么，她只是想着将自己打发走就完了。

什么姐妹情深，什么相互扶持。她在那儿高床暖枕，矫情造作地说着与王爷死生不相见，而自己，却求见王爷一面而不得！在地狱中辗转反侧，随时面临着失去清白、生不如死的危险！

既然这样——既然这样……自己还犹豫什么？

灵儿笑开，笑得眼泪都流了下来，蓦然间想到顾明渊之前问的话：

"你应不应该待在庶妃的位置上，如果不该，什么又适合你？媵妾？通房？"

现在她已经知道了自己的位置，她应该做个宠妃，做顾明渊身边的第一侧妃。在这王府后院中——

一人之下，万人之上。

顾明渊听见灵儿求见时并没急着传召，而是摆摆手，继续写自己的字，对子荷道："让她先候着吧。"

子荷出去传了话，灵儿的表情很平静，有种看尽世间沧桑的淡漠。

"多谢姑娘，我在此等着便是。"说着，一撩裙摆，便垂头跪在了廊下。

经历了燕巧、贬斥、马场种种沉浮后，她终于明白能在顾明渊的书房外跪着，本身就是一种福气了。

书房的灯熄灭了，男人睡下了，而灵儿依旧保持着这个姿势，跪在台阶上一动不动。

子荷难得动了一点儿恻隐之心，进去拿了个软垫出来，轻声道："王爷已经就寝了，娘娘你可以先跪这上面，天亮奴婢再拿走。"

"多谢姑娘，妾身不需要它。"灵儿微笑着摇摇头，继续双目微低地盯着自己面前三块砖左右的位置，后背挺直。

子荷看着她，心里蓦地闪过一个念头，这个姑娘终于长大，终于成了一名合格的……王府庶妃。

"娘娘聪颖过人，此后必一切顺利。"子荷似有叹息，然后，缄默着躬身退下。

太阳落下又升起，一夜就这样过去。

灵儿的肩膀已经被露水打湿了，脸上带出倦容，嘴唇已失了血色，唯有一双眼睛，里面的坚定之色丝毫未改。

"咯吱——"沉重的紫檀木木门开启，灵儿抬起头，顾明渊高大的身影就站在她身前，他的背后是一片耀目的，几乎让人睁不开眼的金色光芒。

这就是顾明渊，当朝一品摄政王，顺他者昌，逆他者亡。

灵儿慢慢地，恭敬地，一丝不苟地磕头下去道："妾身顾徐氏，给王爷请安。"

这还是她，头一次使用这样的自称。不是臣妾，不是灵儿，不是别的什么，而是顾徐氏。

顾明渊唇角勾起一点弧度道："看来，卿很清楚何为三纲五常了。"

"是。"灵儿笔直地跪起，神色郑重地回答道，"夫为妻纲，父为子纲，君为臣纲，是为三纲。"

"很好，进来吧。"顾明渊转身进去，留下一道开启的门。

灵儿盯着那扇门，泫然欲泣，她缓缓站起，脚下因发麻踉跄了一下，却是强撑着仪态走了进去。一进门，便再次跪倒在地。

顾明渊品着冬雪化出的上好龙井，漫不经心道："卿并未答错，何以一进来又行这样大礼？"

"是妾身以前错得太多。"灵儿低头道。

"如今，可想清楚了？"

"是，妾身的能力太小，除了自身护不住太多人，以前是我痴了。"

"现在明白也不迟。只要你以后完全忠心于本王便可。"顾明渊终于柔和了神色，伸出手，朝着灵儿的方向道，"起吧。"

灵儿却微微侧了身体，躲开了那只让全天下女人都梦寐以求的手，她知道，真正的赢家必须敢于冒险。

"妾身还有两个不情之请，万望王爷答应。"

顾明渊挑挑眉，慢慢收回手，要笑不笑的样子，说："本王已允诺你侧妃之位，定不会食言。"

"妾身所指并不是这个。"

顾明渊笑意更盛，却看不出什么愉悦的样子，说："原来爱妃胃口不小哇，你且说说看。"

灵儿的心跳得很厉害，她知道成败就在这一刻了，鼓足勇气，面容沉静地开口道："一、奴婢这段日子深知子嗣对于女子的重要性，所以想恳求王爷，由奴婢代为抚养燕巧之子。"

"由你抚养燕巧之子？"顾明渊笑出声来，说，"明明她生母健在，且还是庶妃之位呢！"

"今日健在，却不一定明日还在。"灵儿垂下眸，声音小了些道，"燕巧出身乡鄙，王爷却抬举她为庶妃，焉知不是……捧杀。"

"捧杀"二字一出，顾明渊脸色顿时阴沉如墨，他一语不发，盯住灵儿的眼神几乎要让灵儿透不过气来！

"徐氏，妄自揣摩本王心思的人，大多没有好结果的……"

灵儿头上滴下了豆大的汗滴，身体从内而外地微微哆嗦着，却是一句话都辩解不出来。

顾明渊就这么看了她许久，直到灵儿几乎要瘫软在地上时，才大声笑了起来，带着目空一切的傲然，说："不过本王喜欢聪明的女人，所以，这次给你一个例外。本王准了！"

"多谢王爷！"灵儿颤抖着声音道，话一出口才发现自己的音量大到僭越了，立刻更深地将头埋下去。幸亏顾明渊没介意，反而问道："现在，说说你的第二个愿望吧。"

第二个，便好说很多了。

"妾身希望，王爷能让妾身成为一个真正的妃子。"

灵儿深吸一口气，抬起头，看住顾明渊的眼睛，再一次轻声重复道："请王爷，让妾身成为一个真正的妃子。"

顾明渊伸出手，捏住灵儿的下巴，脸色淡淡的："本王有没有说过，你真的很大胆？"

灵儿有些痛，却一动不动地任他捏着，唇边带着一点点笑意，眼里却慢慢弥漫起泪水，说："嫁入王府，妾身并不敢求能有丈夫长久的陪伴，并不敢求能亲自孕育子嗣，更不敢求暮年有亲子孝顺承欢膝下——但至少，让我试一次，知道嫁人是这个样子的……"话到此处，再也无法忍住，泪汹涌落下。

她的话，她的姿态，她的一切，简直卑微到了尘埃里。饶是铁石心肠如顾明渊，也无法再说出什么刺伤人的话。

真正想来，灵儿做错了什么呢？她一步步走到这样的地步，无非，只因为是云罗的朋友。

一个字，就这样轻轻落地："准。"

"嗡——"远方，已屹立数十年的古老钟楼传来了新一天初始的钟声。

这一日，立冬。

门"吱呀"一声被推开，光线照进来，让云罗不禁厌烦地闭上了眼。

"出去……"沙哑的声音响起。

"是我……"熟悉的音调令云罗顿时惊愕地转过头来，看到来人的一刻，险些没激动得哭出来。

"灵儿！"她挣扎着想坐起来，却因虚弱而无力地重新跌坐回床上。灵儿赶紧放下食盒，几步过去扶起她，将上好的蜀锦缎面大枕头塞到云罗的背后，当触及那些柔软高档的布品的时候，灵儿的神情有一瞬间的僵硬，不过很快就又恢复自然了。

"你看看你，急什么？还是姐姐呢，竟没我这个做妹妹的稳当。"她谈笑自若道。

云罗抓住她的手叹道："我是担心你，这段日子我不得自由，竟无法去看看你好不好，过得如何……"

灵儿垂下眸子，借着端茶的机会，将手从云罗身边抽走道："别说这个了，我目前一切都好，倒是你，看着不怎么好，嗓子都这样了……快，喝口水，润润。"

云罗依言抿了一口，还想问她现状，却被灵儿很快将话带了过去。

"我这次是专门奉了王妃的旨意才能进来探望你的。她让我给你带了许多吃食和药品，你得听我的，一定要把它们都吃了。"

饶是云罗这阵子极度抑郁，也被灵儿状作生气的噘嘴表情逗笑了，说："好妹妹，你可饶了我吧？这么一大堆东西吃进去，我一定会噎死的——"

"什么噎死！呸呸呸，童言无忌！"灵儿大声打断，倒把云罗吓了一跳。

看着眼前女子紧张生气的表情，云罗许久未感受到的温暖再次浮到心间，她闭上眼，轻轻靠到灵儿的肩膀上，语气间似有鼻音，说："灵儿，灵儿……你不知道我这段时间有多难过……"

灵儿沉默地静坐着，好半响，才慢慢抬手，搂住云罗的肩膀，一字一字道："我知道你一定很难过，比我的日子，还要难过许多……"

沉浸在悲伤和欣慰中的云罗，竟没听出灵儿的声音，仿佛死了一样地沉寂阴冷。

待云罗吃完了，也大概听灵儿讲述了她这几天的遭遇。

"这么说，是王妃娘娘将你从清虹苑里挪了出来，还力荐你成为侧妃？"

"是呀。"灵儿点头，一脸喜悦道，"王妃对我的恩情简直如同再生父母，阿弥陀佛，我一定日日给她供奉长生牌位。"

"哈哈，什么长生牌位，你可别胡搞。"云罗伸手，亲昵地戳戳灵儿的额头道，"王妃与我相识多年，我知道她惯不相信鬼神的，你别惹她不高兴才好。而且你得到侧妃之位，也算分数应当，论家世论人品，这个位置你都不亏，娘娘也只是秉公处理而

已。"

"嗯。"灵儿点点头,看了云罗一眼,不知想到了什么,似有忧色。

云罗瞧出她的不对劲,问:"怎么了?"

"没……没什么……"灵儿低头,欲言又止。

云罗轻轻将头低下,从下面看灵儿的神色,忽然一摆脸道:"什么没事,一定有!快和我说说。"

"唉,好吧,你一定要我说……"灵儿顿了顿,说,"我只是觉得,王妃之所以这么厚待我,和你大有关系。"

"这——"云罗踟蹰了下,说,"既然你看出来了,我也不瞒你,我和王妃曾经有一段缘分,她将我当心爱的妹妹。如今我们是朋友,她多少照拂你些也是应当的……"

"不是不是!"灵儿高声打断了她的话,样子看起来极为烦乱,好像在挣扎,突然她下定了决心一般,目光郑重地盯住云罗说,"姐姐,我要告诉你一件事。"

她左右看看,确定屋里的确没人了,才凑过去,到云罗耳边低声道:"我曾听到王妃半夜里说梦话,大喊:云罗、云罗,我对不起你……"

云罗的身体,顿时僵住了……

"你……可确定,没听错?"

"不会听错。"灵儿很肯定地道,"之前我为了感谢王妃救我出苦海,日日前去侍奉,晚间偶尔也去她房里看看,瞧她可有什么需要的没,这句话是我亲耳听见的。"

云罗沉默下来,完全想不明白,绣心为何会在睡梦中说出这样的话来,而灵儿,也没有理由骗她才是。她抬头,看了眼灵儿,又低下眼去。

这边,灵儿已经收拾好了食盒,起身对她道:"好了,我不能在这里待太久,你且好好休息,过两日我再想办法来看你。"

云罗点点头,就见灵儿笑笑挎起食盒走向门口,手搭上门闩,却一时没拉开,犹豫着回过身道:"王妃的事你不要想太久,会伤神,也许她只是难受自己不能帮你出去,并没有什么特别的……"

这样的安慰,却让云罗心中越加不安,但她又不想让灵儿看出来,白白为她操心,脸上只能做出放心的样子,颔首道:"嗯,我都知道,你快去吧。"

灵儿这才安心离去。

这一晚,小德子再替顾明渊过来传些乱七八糟的赏赐时,云罗没像往常一样赶他走,反倒语气平静地说了几句闲话。

小德子明显受宠若惊,问一句答十句。

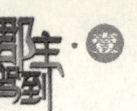

"王爷现在还是很晚才下朝吗?"

"是是,王爷忧心朝政,虽然才与太后闹了些不愉快,可也未敢一日懈怠。"

"不愉快?"云罗看过去。

小德子好似毫无戒心,大大咧咧道:"嗨,还不是前些日子刘将军对敌不力,连累王爷也跟着交出虎符暂避风头的事儿嘛。依奴才说呀,这胜败乃兵家常事,王爷也忒认真了——"

云罗沉默了一下,才要笑不笑道:"王爷和太后都是胸有大沟壑的人,他们在想什么,又岂是你我这样的人能料的。"

小德子看她面色不善,一时噤声,微微弯下腰,不敢再说。

"对了,和我同时进府的灵庶妃怎么样了?我与她曾同在宫中,感情不错。"云罗倒是转了话题,佯作不经意般问道。

小德子忙打起笑脸道:"回郡主的话,您请放心,灵娘娘好着呢!这庶妃说不准过些日子就可以改口称一声侧妃了——王妃娘娘瞧着灵主子十分投缘,已经向咱们王爷上奏请封了,眼下都快到王妃寿诞了,我看王爷的意思,八成是不会驳的!"

"是吗?"云罗脸上总算露出点真实的欢颜,舒了口气,轻声道,"那可太好了……"

小德子偷眼瞧着云罗的唇角慢慢浮起了一个弧度,忽地也偷笑了起来,说:"哎,可不是好嘛!奴才今日运气不错,谢郡主赐赏黄金一两!"说着,直接跪地行了个大礼。

云罗皱眉道:"你胡说些什么?我何曾赏过银两给你?"

小德子嘿嘿一笑道:"郡主您怕是还不知道吧?王爷在院里下了悬赏令,凡能逗郡主一笑者,赏银一两,第一个得到的人直接就是一两金子!亏了郡主您厚爱,让奴才得了这头彩,好家伙,这一两黄金,您说奴才是到郊外置点薄地,还是给弟弟让他讨婆娘呢……"一副苦恼没见过钱的小农民样。

云罗被他的样子逗乐,忍不住又是淡淡一笑,随即又消失了,如往常一样,面无表情地透过狭窄的窗扇,看向远方。

小德子见云罗没了刚才的轻快,也不敢再放肆,小心地说:"郡主,恕奴才放肆,别说是灵主子,就连咱们王妃娘娘,现在过得好与不好,其实都和您有着莫大的关联。您喜,则王爷喜,咱们整个王府皆大欢喜;您忧,王爷忧,大家都没好日子过。郡主您菩萨心肠,就可怜可怜咱们吧?"

"我可怜了你们,谁来可怜我?"她的话蓦地停住,神色冷冷道,"够了,你下去

吧。"顿了顿，又说："代我向王妃问好，说她的寿诞我可能无法参加了，在这里遥祝她身体健康，福泽绵长，感谢她为我做的一切，云罗下辈子结草衔环以报这恩德。"

"这……是，奴才一定带到。"小德子倒退着，一步步出去。

屋内再次恢复了沉寂，云罗吃力地躺下，她现在已经有一只脚勉强能挨到地面了，却不敢让顾明渊知道，免得他心狠手辣又做出什么事来。

她现在已经不对那个男人抱有什么期望了，只要他别伤害绣心王妃和灵儿就好。王妃出身大家，又与顾明渊少年相识，应不至于出什么大岔子，唯有灵儿最让她放心不下。幸好那个男人说话还算数，竟还愿兑现当初的诺言，也不枉自己与灵儿姐妹相交一场了。

灵儿，你一定要好好的，以后的日子都要好好的，姐姐能为你做的只有这么多了。她在心里默默说道。

至于绣心……云罗叹了口气，将所有杂念摒弃于脑后。不论灵儿所说的，绣心在睡梦中大喊对不起自己的事是真还是假，她都不想去详究了。人生在世，难得糊涂。绣心肯为她的姐妹，用寿诞这样大的事去向顾明渊讨个人情求册封，可见是真心爱护她，还爱屋及乌地惠泽到她身边的每一个人。既如此，哪怕真有对不住她的地方，也一定是无心之失。过分去想，只是伤害了她们之间数年的情分。

也许，是时候离开了。去做自己应该做的事，然后，再来和顾明渊清一笔未清的账。

距离绣心三十一岁寿辰的日子一天天近了，云罗也开始暗暗盘算着，如何给府外的人联系，让她们接应自己，将自己带出去。

就在她刚刚给琴娘写完字条，准备将字条装入笔筒里时，门突然"咣当"一声被从外猛地推开！

云罗吓得手一哆嗦，立刻将笔筒塞到自己身下，心跳得厉害，她虽不惧怕皮肉之苦，可断腿之痛，她也并不想再经历一次了。

急促的脚步声过后，眼前的帘子被人忽地掀开，出现的却是灵儿惊慌失措，满脸是泪水的脸！

"云罗，怎么办？你一定要救救我！"她哭着跪倒在自己的床边……

"怎么了怎么了？你先起来再说！"云罗吃力地伸手想将她拉起来，一摸到灵儿的胳膊，却发现她的身体冰冷得吓人，还在微微哆嗦着。

灵儿顺着她的力道，起了两次才站起身，坐到她的床上。她用被子围住灵儿，尽量抱住她，安慰着："到底出了什么事？先别怕，告诉我。"

灵儿抖着手抬起头，惊慌的眸子对上云罗肯定的眼神，可能是多少受到了点影响。

灵儿咽了口唾沫，终于一字字道："我发现，王妃想造反！"

"什么？"云罗忽地收回自己的手，不可置信地瞪大了双眼。

"真的！"灵儿哭着攥住了云罗的手，仿佛已六神无主地说，"我知道你和王妃娘娘感情甚笃，可我实在不晓得该跟谁说这惊天秘闻了，我……我太害怕了，你千万不要告诉王妃！这事可大可小的！"话到最后，几乎是急促到了极致，已经喊出来了，显然是惊骇至极。

云罗沉着脸，一下子伸手捂住灵儿的口，低喝道："你镇定点！这么大声是想把蔽词的人都招来吗？"

"……"灵儿惊慌四望，而后含泪点头，示意自己明白了。

云罗这才慢慢放下了手，皱紧眉头问："你到底为何说王妃要谋反？这种事可不是听哪个丫头婆子信口嘴碎两句就能乱讲的。"

"我没有！"灵儿拼命摇头道，"我是亲眼所见的！"

"你看到了什么？"

"我……我看到，王妃娘娘跪在她的小佛堂里，朝着一块用明黄色布料盖着的牌位磕头念经！就是那个她平日根本不许人进的小佛堂！"

云罗惊住，也没了言语，陷入沉思。

黄色是皇家符号，从来都只有皇室才能用，而明黄更是帝后的象征。不论在谁家搜出一块用明黄布料盖着的祖先灵位，都可以用大不敬的谋反之罪论处了。可是，绣心她一介女子，造反来干什么呢？她梦想当女皇？

云罗暗暗摇头，觉得完全不可能。

那么，想造反的是顾明渊？那就更不可能了。

顾家祖训，世代忠于赵氏皇朝，连她这个只在此住过几年的外人都知道。何况顾明渊想造反，还需要准备什么明黄布料？他就是黄袍加身，以摄政王的通天之权，铁血手段，赵牧又能拿他如何？

牌位上的，到底是谁……

云罗苦思冥想，心跳却渐渐加快，脑子里灵光一现，某个念头浮现，让她如遭雷劈，整个人都呆住了。

假如，造反之说根本不成立；假如，那个明黄布料盖着的牌位的人，原就该使用这样的颜色，那又代表什么？

只有一个人，曾和绣心有过多年牵绊，又配使用这明黄。

她的母亲，先皇曾在临终前册封为孝康端仁皇后的母亲，这天朝名正言顺的正宫

皇后。

恍惚间，一切不合理的事情似乎都有了解释……

顾明渊说：王妃待你比亲子更甚。

那探究的眼神……

绣心说：随遇而安，此处既安便是家。

灵儿说：王妃曾在午夜大喊对不起你，云罗。

一个人，如果对亡者有着长久的追悼，不是因为有着最深的思念羁绊，便是因为有着最深的愧疚。

绣心，你每次祭拜过佛堂里那个不知名的人后，便会对我更好，到底是为什么？一股强烈的憎恨和厌恶蓦地冲上心口，还伴着对自己的恨弃，几乎要将她整个人搅得粉碎！顾明渊背弃自己的伤心难过比起这个简直不值一提。

她有可能对着杀母仇人叫了无数的姐姐！

过去的生活全盘颠覆，谁是恩人，谁是仇人，谁是她能依靠的，谁又是她应杀死的！云罗不知道了，她什么都不知道了！

云罗蓦地蜷缩住身体，神经质一般伸手捂住自己的耳朵，神情痛苦。她想呐喊，神色狰狞到了极致，可嗓子里却像堵住了什么一般，发出的只是"啊啊"的声音。片刻之后，只听"噗"的一声，一口鲜血吐了出来，云罗就这样栽倒在床上，人事不知了。

再醒来时，屋外已天黑，灵儿哭着扑上来，紧抱着她的手道："云罗！你吓死我了！你这是怎么了？我看你吐血都六神无主了！想出去叫大夫又怕你再出什么事！"

"别……别去……我没事。"云罗吃力道，脸色苍白，一句话便是豆大的汗珠落下。

"不行！"灵儿站起身，一跺脚道，"你看你现在的样子，简直是活死人，我一定要出去给你宣太医！"这么说着，动作却是极慢，正好让云罗能拉住她。

"我真的没事……你现在若非要惊动别人，那才是害我，咳咳……"她一手拉着灵儿，一手抚胸咳嗽起来。

灵儿顺势坐回床上，满脸忧心地给她拍背道："姐姐别着急，我不去就是了。可是——可是王妃的事怎么办呢？"顿了顿，她看着云罗，抿唇沉默了一下，忽然像鼓起勇气一般道："你别怪我多嘴，那个牌位，是不是和你有什么关系？"

云罗抬起头来，神情依旧虚弱，眼神却是冷厉了。

灵儿忍不住往后退了退，仿佛吓到了一般，说："我也是担心你……"

云罗摇摇头，不再看她，低声道："这件事你还是不知道的好，牵连可能远比谋反大得多。"

"你这是什么话！"灵儿倏然站起，看起来极生气地道，"是！我是害怕被王妃牵累，不想跟着她出事，但若和你有关，我又怎能置身事外？我们一起从黄河水里爬上来，一起进宫，又一起入府，咱们说过要福祸与共的，你不记得了吗？"

云罗望着她，似有感动，伸出手，拉住她，语气更低了些，说："你别急，我不告诉你这些，只是怕徒增你的困扰，毕竟这些事你也帮不了我什么——"

"怎么帮不了？"灵儿好似一时冲动地打断了她，说，"我……我可以帮你去闯小佛堂！看看那个牌位到底有什么古怪！对了，那儿好像隐约还供奉着一个檀木盒子，你等我给你一起偷过来！"说着，起身就要去！

"回来！"云罗硬是拉住她道，"你又不会武功！光明正大地跑去闯王妃院子里的禁地，岂不是送死？这事我另有打算，你不要声张就是帮我了。"

"可是……"

"没有可是，若你还认我这个姐姐，就听我的。"云罗紧了紧她的手，严肃道。

灵儿迟疑许久，终于，点了点头。

云罗这才松了口气，对她微微一笑，然后，当着灵儿的面，将身下那只笔筒拿了出来，把那字条揉碎，又重新书写了一张：

"五日后，王妃府宴恐有变，速派人相助。"

然后，将笔筒封好，交给灵儿，并嘱咐道："把这笔筒放到后花园的角门处。"

灵儿迟疑地接过道："随便……哪个地方都行？"

云罗点点头，自信地笑道："稍隐蔽些就可。"

她想和府外沟通，竟是这样简单，看来云罗姐姐从来不像自己想的那么孤独无助哇……灵儿在心里默默叹了口气，接过笔筒，望着云罗笑了一下，身体里却是一片冰冷。

云罗，不是我不愿与你祸福与共，而是你早已不记得过去的誓言哪。

窗外，北风伴着冬雪簌簌吹落，掉下的，又是谁心底曾以为永不磨灭的记忆。

铺天盖地的红色挂满了整个王府，道路两旁到处是喜气洋洋的杂役仆人，朝堂三品以上的大员到了大半，全都为庆祝王妃三十一岁华诞而来。这可是顾明渊亲自下的帖子，除非真是摔断了腿动不了的，谁敢不到？

后院里有点位分的女人也基本都到了，看着这满堂宾客，高官在座，宫廷乐手，齐声吹奏的景象，心里不是不嫉妒的。正妃果然是正妃，就算因为燕巧的事情被王爷扫了面子又怎样？还不是照样深受王爷尊重？

宠爱不如地位，地位不如子嗣，这似乎是后院永恒不变的定理。

　　而在所有人或恭敬或欣羡的注视下，今日的主角，坐在顾明渊身边的绣心笑容却显得有些勉强。

　　别人都以为她与顾明渊已经和好，但只有她自己知道，顾明渊对她的态度并没有恢复如昔。前几天例行公事一般到她的房里坐了坐，非但没有留宿，甚至晚膳都没用，不咸不淡地说了几句话就走了。这在以前，几乎是不会发生的事。

　　这次寿宴绣心本来也是不想大办的，毕竟不是整寿，再加上顾明渊最近对她心气不顺，避避风头也好。不料顾明渊却坚持弄出了这样大的排场。绣心看了眼坐在她旁边，浅笑着把玩着玉佩，神情喜怒难辨的男人，心里不由得默默叹了口气，她一手拿起装满果酒的琉璃杯，一手用宽大的袖袍微微遮住脸，仰头喝下。即使结为夫妻这么多年，她还是不懂自己的枕边人。

　　丝竹管弦声声入耳，随着一声鸣锣，满堂宾客上前为王妃贺寿及献上贺礼的时候到了。

　　官员们送上的大多都是珊瑚宝石之类，而顾王爷的侧妃们献上的便五花八门许多，其中不乏为了讨好绣心，而亲自缝制百寿图、制作祈福灯之流。特别是珍妃因着这些日子顾明渊对她一直淡淡的，这次可谓想尽了脑汁，居然让儿子顾文杰当庭上前，向绣心跪拜，要认其为母！

　　绣心第一反应便是拒绝："珍妃你何必如此？府中的子嗣，不论母亲是谁，我都是他们的嫡母无疑。记于我名下，或记于你名下，本就没有区别。"

　　"姐姐看你说的，怎会没有区别呢？"珍妃巧笑嫣然，挥着香扇亲昵地走前几步道，"妹妹才疏学浅，地位卑微，难登大雅，恐会耽误孩子成才。可姐姐您就不同了，您出身王府，又贵为正妃，胸怀广博，泽被王府，这孩子若跟着您，我也就放心了。再说，如今您膝下空虚，有个孩子时常尽孝于前，多少也能增加些生活欢欣，将来他娶妻生子，您儿孙满堂，享尽天伦之乐，也不失为人间乐事。"

　　侧妃当众要将孩子记在正妃名下，这几乎是亘古未有的事，除非侧妃已被逼到绝处，必须用这样的方法来退隐保命。可如今，绣心自问对府里众人一视同仁，还能让珍妃放弃亲生儿子的，一定不是简单的平和度日，恐怕还有个更大的目的——比如，王世子之位。

　　看来，新封庶妃的燕巧和那个所谓会降生在二月二的男婴，委实给珍妃带来了不小的压力。

　　绣心叹了口气道："我并没有什么意见，只是……这未免太难为珍妃你了。"

　　珍妃却是喜形于色："不会不会。王妃您代王爷打理王府辛苦，我们也帮不上什

么，若那孩子能代我稍尽孝两分，便是我们母子二人的福气了。"

绣心又看了眼顾明渊，而顾明渊只是不置可否的样子，绣心考虑了下，终于应道："好吧，那就将那孩子记在我名下吧，不过仍是养在你身边，也不需要什么过继礼节了，在宗谱上改了便是。"

这一句话，让珍妃脸上堆满的笑容竟僵了僵，片刻之后，她含泪跪地道："妾身……谢王妃恩典。"

绣心含笑点头，端庄高贵，她的眼神那样纯净悠远，好像看明白了一切，又将一切压在了心里。

"你且别开心得太早，孩子虽然养在你那里，但他已经是这王府的半个嫡子，从明天起，他每日早上仍旧去上书房上课，晚上下学却要到我那里报备一日的功课，答好了才可以回去休息，知道吗？那孩子让你养得娇惯了一些，以后却要严加管束了。"

"是、是、是！妾身一定谨遵王妃教诲！"珍妃说着，一把拉过文杰，按着他，声线微颤道，"还不快拜见你母妃！"

文杰委屈地看了看自己的母亲，又看了看上面高高在座的王妃，终于顶不住，小声抽泣着磕下头去道："孩儿给母妃请安。"

绣心从腰带上解下一块玉，竟是梁王府家传宝物，招手示意文杰过去，亲自为他系上。

台下响起一片山呼般的祝贺："恭喜王妃，喜得麟儿！恭喜王爷，得获嫡子！王爷千岁千岁千千岁——"

顾明渊眼看着这一切的发生，笑着，如同一个普通的满足于妻妾和睦的男人一样，只是，一直没有开口说一句话。

在这一片热闹之中，没人注意到，一名宫廷乐师早已悄然离去。

蔽词。

云罗靠坐在床边，脸上的神色木然而僵硬，她在等待琴娘，等待那个命定的或许会将她撕裂的结果。

半个时辰前，琴娘坐在她的梳妆台边，沉默地给自己化上小丫鬟的妆容。放下眉笔的时候，琴娘低声问："真的要我去王妃的院子？"

云罗缓慢地点点头。

琴娘挣扎了下终于开口道："也许这都是误会呢？也许是那个灵儿太多心了呢？这根本不可能啊——"

云罗望向她，惨然一笑道："你真的觉得是误会吗？在这深宅大院中，明明最不可

能发生的事,也许就是真相……"

琴娘与她对视,片刻之后,心里一酸,长叹口气,别过脸道:"云罗,如果你不活得那么明白,或许会在这深宅大院里过得快乐一些。"

云罗眼神幽暗,仿佛被千年寒潭笼罩,那迷雾终年不散,她说:"若我不想活得明白,我根本不会出现在这深宅大院里。"

琴娘终于无言,走过去,起身轻轻按了按云罗的肩膀,低头看着单薄的女子道:"我快去快回,你在这里等我。"

云罗看向她,慢慢垂下眼,应了个字:"好。"

而寂静的时间是那么长,云罗恨死了这样的感觉。

绣心与她相处的一幕幕都像画片一样在她脑海里飞快闪现。幼时将她当作掌上明珠,视若亲女,待她长大一些,日日叫她到身边,亲自教养问询,她的衣食起居,绣心莫不关心,甚至早早为她考虑终身大事。

直到她不告而别,又在几年后,忽然以郡主的名义,顾明渊爱宠的实际身份回到王府,原本以为会受到冷待、责备、疑问,但什么都没有。她只送了自己四个字:随遇而安。她一心想要撮合自己和顾明渊。

这世上怎么会有那样好的女人……云罗曾经疑惑过,她不像她的姐姐,却亦胜似她的姐姐。她想当她的妹妹,绣心便一心照看;她想成为这王府后院的一分子,绣心便以正妃身份为她披荆斩棘,开出一条青云路。她真的,是用生命在呵护自己。

但如果,这一切都是骗局,都是假的。云罗控制不住地开始哆嗦起来,心跳如捶鼓一样,她痛苦地弯下腰,用枕头狠狠垫住自己的胸口。

门"吱呀"一声被推开,打断了云罗的思绪,她回过头,看向琴娘。

琴娘的脸色极为难看,手在身后慢慢推上门,一步步朝自己走来,轻轻的脚步,却仿佛踩踏在云罗的心上。

"怎样?"云罗问,声音不知何时已经沙哑。

琴娘低下头,从怀里掏出一样东西道:"那黄色绸布下面的确是个牌位,写的是梵文,我看不懂,不过我从牌位后的檀木盒里找到了这个。"她张开手心,手上赫然是一个绣着金龙,还未完成的荷包!那针法不只云罗觉得熟悉,就连琴娘都一眼认了出来。

或者,根本不需要辨别针法,只要稍想一想,在这王府,有可能给当今皇帝绣荷包,有资格为当今皇帝绣荷包的女人,除了慧娘,云罗的母亲——孝康端仁皇后,还会有谁?

牌位后摆的是云罗母亲的遗物,牌位上的名字是谁,已经不言而喻。

云罗忽地站起身，一瞬间几乎觉得天旋地转！她想哭，想哭得昏天暗地，却也想笑，笑这贼老天对她太过不公！

如果所有的疼爱都是假的，如果她必须要在杀母仇人的庇护下才能安然坐在此处，那么，活着又怎样？不活又如何？

"啊！"云罗忽然疯了一样站起身，尖叫着，大哭着扫光了桌上所有的东西！她用力冲向梳妆台，使尽全身力气，紫檀木的妆台应声轰然倒地！

"为什么！为什么！为什么！"云罗捂住耳朵，拼命大喊，眼泪不受控制地落下，突然，她一把推开想要抱住她的琴娘，猛地朝门口冲去！

琴娘在她身后大吼："你做什么去！"音量之大，连自己是否会暴露都顾不上了。

云罗头也不回，哭着，声线尖锐地大喊："你别管！我要去问问梁绣心，她为什么要害我的母亲！"

此时此刻，她的脑海里分明一片空白，不知道自己问了又能如何，也没有精力去想最后的后果，大概，在那一瞬间，她是希望一切都能毁灭，包括她，包括这肮脏的世界。

她就这样一路疯了般朝绣心的院子奔跑，先是蔽词的下人惊呼着跟上了她，而后，凡是遇到云罗的，全都惊慌失措地追了过去。

"郡主，你慢点！"

"郡主，王爷吩咐不许让你出蔽词的！"

这样的声音很快便响成了一片！

但是云罗不管，她通通不理！腿疼得几乎要断掉，摔倒了爬起来继续！她的眼前只有一个终点，就是绣心的小佛堂！

你是不是因为愧疚才对我这么好？

你是不是杀了我的母亲？

这两句话，不停地在她的脑海里回荡，几乎要冲破喉咙，喊出来了！

终于，跑得披头散发的云罗来到了小佛堂前，门口却有已经接到消息的小厮太监站在门口，紧张地注视着她。

"郡主，王妃吩咐了，这个地方任何人都不许进去的！"

"任何人？呵呵，她在里面藏了些什么东西！我偏要进去看看！"云罗毫不顾忌地就朝里头冲！

太监们不敢真的弄伤她，却也不敢违抗绣心的命令，当即便拉扯到了一起。

"放肆！"身后，传来了顾明渊阴沉的声音。

云罗的动作有了一瞬的僵硬，她一点点转回身，回头看向那个被众星捧月的男

人，他长身而立，威仪天成，所有王府的女人，朝堂的大臣，全都跟在他身后，一言不敢发。

这么一个有能力的男人，为什么就庇护不了她的母亲！

"你无故擅闯王妃院子，该当何罪？看来本王和王妃平日真是太宠你了是不是？"

面对顾明渊的责问，她竟一句话都说不出来。

恨意汹涌，并非最难受的，最令人五脏俱焚生不如死的，却是爱恨交加。

顾明渊身边站着一个女子，一个唯一能站在他身边的女子，此刻，正脸带不安，却还满怀担心地望着她。

这对夫妻的存在，几乎改变了她和她母亲的一生。可是，她们的一生，为什么要被这些无关紧要的人操纵哪？

周边仿佛出现了短暂的安静，母亲的呼唤，以及绣心温柔的声音，同时在耳边响起。云罗闭了闭眼，忽然认命，结束吧，一切都结束吧。

心痛的感觉渐渐过去，灵魂从肉体剥离，她睁开眸子，望着绣心和顾明渊的眼神变得澄澈而平静。

她感觉自己抬起了手，那手，直指向绣心，一字一字，插着自己的心道："我来到这里，是因为她杀了孝康端仁皇后。"

死一般地沉寂。

就连顾明渊，都惊得说不出话来，愕然地看向自己身边的女人。

满堂大臣姬妾，更是如被当场点了穴一样，大气不敢喘。

在这一触即发的情况下，云罗竟扯扯嘴角，笑了出来，好像无所谓一样道："是真的，证据就在她的小佛堂内。"

顾明渊的眼神极为阴郁，目光在云罗和绣心之间打了无数的转，云罗一副看破生死，什么都无所谓的样子，绣心却是脸色惨白，看都不敢看他。

顾明渊垂眸思索片刻后，冰冷的眼神掠起，咬着一口细碎的牙道："给本王——开门。"

"王爷！"绣心如大祸临头一般，"扑通"一声跪地，眼中含泪地抱住顾明渊的腿，凄厉地喊道，"云罗年少无知才会信口浑说，臣妾陪伴您十余年，您还不了解臣妾的为人吗？今日若真搜了臣妾的屋子，以后臣妾还有何颜面统领后院？"

顾明渊久久地盯着跪在自己脚下的女人，从有记忆以来，她似乎从来都是云淡风轻的样子，无喜亦无怒，无悲亦无嗔，不介意恩宠，也并不那么介意——颜面。因而，他笑了，却是冷淡，用高高在上的声音道："本王就是太知道你的为人……"顿了顿，仿佛咀嚼了下什么，是旧有的情义，还是曾经的不满，终于，全都抛去，一个字如利剑般射出："搜！"

他们生来便拥有一切，地位、尊荣、权力、女人。所以，就算是妻子，也不过是这眨眼间的停顿。绣心，你为了这样一个男人，谋害了一条性命，谋害了我的母亲，真的值得吗？云罗低头看着地下无力瘫倒着的女人，终是冷下心，从她身边昂首走过。

堂屋里，小厮们早已将绣心的小佛堂翻得一团乱，香炉掉在地上，佛像摔在案上，蒲团被随意丢在一边，但就是翻找到这个地步，也没有出现云罗所说的"证据"。

云罗面无表情地站在一边，并没有给出什么提示，她知道以这个男人的精明，根本不需要自己多说。果然，顾明渊的视线在屋里转了一圈，很快便落到了装着香烛的木格里。

小德子低着头，默不作声地走上去，把香烛拿出来，手在里面摸索了几下，只听到"咔吧"一声，机关被触动了！巨大的金玟背景缓缓震动，震得案台上的佛像都在跟随移动，终于，掉在地上摔了个粉碎。

蒙着明黄色布料的牌位出现在所有人眼前，这次，再没有人敢上去触碰。

顾明渊的胸膛剧烈地起伏着，望着那牌位的目光极其阴郁，呼吸几下之后，他大步走过去，一掌风扇掉了那块布！

所有人都惊呆了，恨不得当场拔步而出！一个胆小的大臣在看到了上面的字后，脸色青紫，如被掐住了脖子一般，立时就晕过去了！

牌位上赫然用梵文写着：承广运圣德仁孝睿光皇帝！

当朝摄政王妃，竟在密室里偷偷供奉着先帝的灵位！这，意味着什么？

云罗呆怔许久，突然疯了一般拨开前面的人跑过去，用手拼命搓那牌位上的字！

"不可能的！不可能的！"当她发现那字真的是搓不掉的，整个人都被惊慌绝望包围，她颤抖着手从怀里摸出那个绣着金龙香囊，连滚带爬地冲到绣心面前，抓住绣心的手，好像抓着自己未来生存的唯一希望，哆嗦着问："这……这不是我母亲绣的吗？"

从没像现在这样怀疑自己活着的意义，从没想过还有比绣心杀害了自己母亲更可怕的事，从没想过自己会成为恩将仇报，变成害死姐姐的千古罪人。这一刻，她甚至希望自己根本没有误会，绣心罪有应得，如果上天愿意满足她的愿望，她可以付出任何代价。否则，她的后半生将真的求生不得，求死不能，上天入地，再无立足安心之处。

而绣心，目光始终落在自己正妃的华丽大红衣摆上，脸上又恢复了惯有的淡然表情，轻轻道："这是我绣给先皇的。"

"但……但这分明是我母亲的针法……"

"你母亲来自西域，原就不会刺绣，她所学的一切，都是我教的……"

云罗觉得自己无法呼吸了，天旋地转，世界在这一刻坍塌，她不知何时跪坐在地上，目光呆滞，已无法思考。

顾明渊冷冷地看着这一切，像是在看一场闹剧。

顾明渊沉默着，思索着，官员和下人们哆哆嗦嗦地一个个跪下，无声地，连求饶都不敢。

许久之后，大约是这次牵连的人的确太多，这个掌控着所有人生死的修罗终于大发慈悲，一字一字，缓慢地开了口说道："今天的寿宴到此为止，你们，都下去吧。"

靠门口近的人，如蒙大赦，几乎是跪爬着就想往外逃！

顾明渊却在此时又慢悠悠地启唇，刀光一闪，那跪趴的大臣便被拦住了去路，惊得如筛糠一般！

男人淡淡地看过他们，像在将这些人的名字一一记在心里，用漫不经心却不容忤逆的口气道："今日之事，若有半字被泄露，本王必诛各位卿家十族，可懂？"

没有人答出声音，所有人，都无声地抖着唇磕头。

顾明渊微微仰着头，如平日一般，高傲地一步步踏出院子，就仿佛绣心与皇帝的奸情，整个王府的莫大耻辱，都从未进到他的心里。

只是，在经过绣心身边的时候，他微微停顿了一下，一句极低的话，就这样飘散在风中：

"梁王府，会为你陪葬。"

十年夫妻，他对她并无真心，她亦对他尽是假意。他并不太在乎每一个妃子真正恋慕的人是谁，只是绣心的命运在这一刻便注定——她非死不可。

彼时，阳光正盛，而在这日头之下，却冷得瘆人。

友谊 第十九章

破败的茅草屋前，云罗脸色苍白地站在门外，手举在半空中，几次想要落到门上又哆嗦着收回。最终，一闭眼，狠下心猛地推开。

屋里的绣心正坐在铺着茅草的破石台上，一看那光好像有些不适应一般，下意识伸出五指挡住脸，别过了头，过了片刻，才认出眼前的人是云罗。

她慢慢放下手，淡淡地笑开，好像一切事都没发生过一般，问："怎么过来了？"

云罗却没有她这样看破一切的本事，几步几乎是冲过去，紧紧攥住她的手问："告诉我，到底是怎么回事？那个灵位上不应该是我母亲的名字吗？到底是不是你杀了我的母亲？"她神经质一样不停地追问，不敢有一刻停下，她问着，却害怕绣心的回答，她怕那个答案会将她打入万劫不复的境地。

而绣心，只是用另一只手轻轻抚摸她的头发，沉默着，一言不发，那模样悲天悯人。

佛说，我不入地狱谁入地狱，但真正慈悲的人哪，却仍在担心、怜悯那一手将她打入地狱的人会痛苦，内疚。

云罗呆怔了许久，终于崩溃地坐在地上放声大哭！那一刻，她觉得自己的世界真的完了，她从前的恨世嫉俗、憎恶仇杀，她的爱她的恨，她的一切，都变成了一场命运的笑话！她为什么要活着？为什么即将死去的人不是她？她微微合上眼，颤抖着身体缓缓滑跪在地，抱住绣心的腿，痉挛一样地无声哭泣。

她觉得自己真的没办法了，她还是死掉吧……对，死了一切就都结束了，也许还会发现眼下的这些都是一场梦……

肩膀蓦地传来一阵痛感，却是绣心用力攥住了她的肩膀，云罗睁开眼，只见绣心正极为严厉地盯着她，然后，一字一顿道："你并没有对不起我什么，但如果你真存了傻念头，才叫我死后无颜去见你的父皇。他虽没有教养过你一天，但是无时无刻不在记挂着你……"

父皇……当从这位雍容淡雅的女子口中吐出这两个字时，那些最隐秘最应该被埋起的秘密，大约，也是到了公布的时候。

绣心叹了口气，放下手，站起身，一步步走到窗边的位置，眼神里好似含着雾，静静地望着远方，许久才开口道："我是个罪人，早不该活在这世上了，可我并不后悔，能遇到你的父皇，是我这一生最美好的事……"

如果这是在戏楼内，大约不过是个凄美可怜的故事，可惜它偏偏真实地发生了。

十几年前的绣心不过是个对爱情还有幻想的少女，却奉当今圣上之命，要嫁给连一次面都没有见过的顾明渊。顾明渊小小年纪就已誉满京城，所有人都说她真是沾了祖上的福气，才能嫁给这样的一个男人。

这种话听得多了，绣心心里的忐忑也淡了，等到出嫁前夕，倒真如同早已相恋的少女一般，期盼着被夫君掀开盖头的刹那幸福。只不料，这幸福，真是刹那而已。

那时的顾明渊不论才学谋略兵事武功，的确样样都称得上是个少年英雄，只一个——他天生冷情冷性，十几岁的年纪，还没能让他学会对后院虚与委蛇，对没看上眼的人做柔情状。

于是，新婚之夜，一个少女的心就这样被打碎。

绣心不愿回想次日嬷嬷来时竟发现只有她一个人在时的古怪眼神，虽然，她隐隐觉得顾明渊是错的。但在那个时代，她所受到的教育，顾家滔天的权势，都在无形之中告诉她，无论顾明渊怎么对她，都是对的，都一定是对的。她能嫁入顾家是福气，她得不到顾明渊的宠爱就是她做得不够好。

若她一辈子没有进宫，没有遇上那个人，大概……也就认命了。

可偏偏，那一夜，她进宫谢恩，所有夫人贵妇都知她不被顾明渊所宠爱，怀着恶意的心情灌她酒。

喝到中途，她两次难过地出来吐，坐在地上无助地大哭，可吐过了，哭过了，这个不过二八年华的少女，还是得整理好自己的妆容，撑起笑脸，再次回去面对所有女人或恶意，或看好戏的眼神。

因为，这样的场合她不能逃，第一次都逃了，她将永远融不进去。

这个在家时滴酒不沾的女子几乎以为，自己那一夜会醉死在酒桌上，但是，一道懿旨却将她解救了。

就在她喝得晕晕乎乎，已经半趴在桌子上时，来自皇太后的懿旨到了：

"兹有王府小姐绣心，贤良淑德，恭谦明顺，嫁与顾家子实乃天作之合。绣心打理王府井井有条，驭下有方，是为有功当赏，特传召其到慈宁宫见驾，接受皇太后慈训。"

"臣妾……谢皇太后恩典。"她被人搀扶着跪下，又起身，当接过那道懿旨的时候，她睁着蒙眬的眼看向周围，那些女人的眼神已全部换为了善意与关怀。

不论真假，绣心知道，这些人已经接受了她，没有经过苛责，没有通过自己太多的努力，在皇太后的一道懿旨下，自己就这样做到了。

洗漱过后，换上新衣，她跟着太监朝慈宁宫方向走去，一路都在想，太后为什么会帮她。

然而，当到了慈宁宫的偏殿，深夜的回廊里空无一人，尽头只有一个负手而立，背对着她的男人。

绣心警觉地喊了一声:"谁在那里?"

跟在她旁边的太监立刻尖声低喝:"大胆!"

"哎——"那男人慢慢转过身,微微摆手,太监便如同哑了一般,低着头退下。

月光下,他看起来三四十岁,器宇轩昂,剑眉星目,正是一个男人最好的时光,更不用说,那通身的高贵温润气质。

绣心在那一刻,就这样怦然心动了。

她心里隐隐已知道这个男人是谁,却不敢承认。深夜,太后寝殿,无人的回廊,她,还有这个……陌生的男人,这一切太过骇人听闻,真相亦不敢触碰。所以,她低下头,哑着嗓子道:"不知阁下是谁,为何以太后名义哄我前来?"

男人淡淡一笑,仿佛知道她那点小伎俩,却不戳破,轻轻开口,威仪天成地说:"我是谁并不重要,重要的是你不必再回那个酒场去了。在这里住一宿,明日便出宫吧。"

他慢慢地,一步步朝着来处走,在经过她身边时,带起一股淡淡的龙涎香……绣心身体僵硬,心在那一刻跳得飞快!几乎要冲破喉咙钻出来了!

他在她身边微微停顿,一句低沉磁性的话就这样顺着风,飘散在她心中:"王府小姐尊贵,你本不该——狼狈成这般模样。"

原来,他在经过百花园时,将她的放声大哭,浑身酒气,全都看在了眼里。

绣心有些无力站立,在那一瞬间,真的觉得好难过。她微微闭上眼,一点点滑跪在地,垂着头,无声地哭泣。

男人仿佛轻轻叹了口气,然后,就这么背着手,从身边走过。

绣心望着他的背影,渐渐融在黑夜里,唇微动,发出几不可闻的喃喃:"我又怎会不知,我本不该狼狈成这般模样。"

出嫁前,她是王府小姐,有爹娘娇宠,自然金尊玉贵。但是,一旦出阁,她便是别人家的媳妇,生死荣辱,不过在她嫁的那个人一念之间。

她得他喜欢,自然所有人都会赞她捧她,可若她不得他青睐,便是谁都可以来踩她一脚。

其实,绣心并不明白自己到底做错了什么,为何就是得不到顾明渊的疼爱呢?

第二天早上,她顶着一对熊猫眼,沉默着回府,在进自己的院子时,与顾明渊擦肩而过。

少年在看到她的样子时微微一怔,就在绣心几乎又起了期盼的时候,顾明渊却吐出一句厌恶的低语:"你既嫁入我家,一言一行都代表着摄政王府,需注意仪态。"说

完，抬脚而去。

舒适的清晨，和风习习，绣心僵立在原地，身上却如同被寒冰腊月的冷水从头浇下去一样。

那就是少年时的顾明渊，爱憎分明，他不喜欢的，连稍微装一装都不肯。

白日，他们慢慢形同陌路，夜晚，偶尔的垂幸也在她的僵直难以放松下不欢而散。所有人都知道，她这个福晋被打入冷宫不过是早晚的事了。

她也以为，自己该认命了。但是，却在一年后，她随众命妇进宫向皇太后请安时，命运的齿轮发生了扭转。

当时，她正在随着贵妇们退下，当今皇帝在众人的簇拥下朝里走。他目不斜视，高高在上，她低眉顺目，卑微在下，他们一个天，一个地。可是绣心不知怎的，就想到一年前那一夜，他在头顶的轻语：你本不该，变成如今模样。那声音里，有着令人羞涩的怜惜。然后，她做了毕生之中最大胆的事——绣心微微松开手，任手里的帕子随风飞向那个男人的方向。

可是，她失望了，那块帕子在黑夜之中根本看不清飘去哪里，而那个男人，在大队侍卫太监的前呼后拥下，也根本没有往她的方向看一眼。

绣心觉得自己该死心了……

但是，当她独自走向宫门，准备登上回府的马车时，捧着太后懿旨的小太监，再次不期而至：

"奉皇太后慈谕，请顾夫人今夜留宿宫中，为太后燃香祈福。"

绣心下了马车，垂首跪下，磕头谢恩。

跟着太监，一路沉默地往宫闱最深处走去。这一次，她没有问太监要带她去哪里，因为不论走到哪里，这条路都是她自己选的。

荷花池边，太监停下，对她躬着身子道："福晋请登船吧。"

船里，伸出了一只男人的手，大拇指上象征权势与无上尊荣的翡翠扳指，在暗夜里散发出幽然的光。

她强抑下心跳，微微吸了口气，伸手，搭上男人的手，抬脚走进另一个世界。

"今日饮宴，可没有再喝醉了？"

绣心摇摇头，脸发烫，幸好在黑夜里也看不出来。

对面的男人似乎低笑了一声，伴着周围风吹动荷叶的沙沙声，也听不清，只是让人心乱，让人心跳。

"你家中的族弟在边塞立了大功，朕准备等他回来给他赐一门婚事，以后他就是大

193

人了,正正经经封个统领,为家国立功——你可有哪家姑娘喜欢?"

绣心稳了稳心神,仔细想了会儿才道:"臣妾觉得,户部尚书家的二女儿很不错,自小便有善持家的美名;此外,苏翰林家的小姐也才名远播,正好能压一压我弟弟那身子兵匪气……"

男人一直在含笑听着,直到听到此处却忍不住打断,不怎么严厉地斥责:"什么兵匪气,我丰启本来就是马背上得天下,都像你们这些闺阁小姐一样,柔柔弱弱谈经论书的,如何开国治国?"

绣心仿佛被堵了一下,片刻之后,她不怎么服气地嘀咕了一句:"所以——所以我们是小女子,你们是大丈夫嘛。"说完,自己倒笑了。

男人也被她的强盗理论逗乐了,伸手点点绣心的额头,半是宠溺半是嗔怪地叹了一声:"你哟……"

那亲昵,却是万分自然,好像他们天生就该如此。

而后那一晚,他们并没有什么更亲密的动作,两个人谈着绣心弟弟的婚事,聊着皇家子侄或优秀或不争气的孩子,聊了很多。有短暂的时刻,绣心几乎恍惚觉得,坐在自己对面的男人,才是她将要一生相依相伴的良人。

就这样,谈天说地,到了后半夜,她才终于伏在男人的膝上睡着了。嘴角微微翘起,显然做了个好梦。而男人的大手,渐渐放到了她的头顶,慢慢抚摸着,终是叹息。

第三次,他们的见面自然而然,没有了谁暗示谁主动。绣心留在了太后的小佛堂里,面对着满脸悲悯,看透世人的菩萨,心怀虔诚地跪下,喃喃祷告:"信女梁氏绣心,嫁与王府为新妇,本想与夫君琴瑟和鸣,兢兢业业打理府邸,奈何落花有意流水无情。信女今日若做出越轨之事,则罪责全在我一身,万望菩萨明鉴,千万莫牵扯他人,日后因果报应,信女自当一力承担……"

低沉浑厚的声音在身后不期然响起:"由你一力承担了,那朕又算什么人呢?"

到了天明时分,赵靖面容沉静地掀被下床,早有丫鬟太监守在门口,一听动静就安静有序地捧着各色梳洗用品走了进来。皇帝的近身太监看到床里的贵人主子还没醒,想了想,便欲上前叫人,毕竟这些活儿通常是由侍寝的妃子做的,也算是跟皇上交流感情的机会。

岂不料,他才走近两步,就被赵靖拦了下来。九五之尊竟压低声音吩咐道:"别吵着她,让她睡吧。"然后,便带着这些下人去外间梳洗了,只是在走到门口时,他微微停顿,神色有些晦暗,过了会儿,看着远方吩咐道:"给福晋准备一碗避子汤。"

躲在被子里的绣心,在听到这句话的刹那,泪如雨下。

其实她知道的,赵靖这样做是为她好,毕竟皇家子嗣因为各种各样的原因流落在外,古往今来都不是新鲜事。皇子皇女还好说些,大不了寻个由头封为贝子、县主,给块封地就解决了。可这些孩子的生母就难过了。

好一点的,官位极低的,也就是把女子恭恭敬敬地供奉在小楼里,不轻易让她见外人,更不会让她出来走动;而那些勋贵人家,顾忌却少了,过个三五年等皇帝淡忘了,直接把女子弄死都是有的。

顾王府是勋贵人家,还不是一般的勋贵人家,真闹大了,皇帝是保不住她的。

这些道理,绣心明白,真的都明白,但是她还是好难受。她是个女子,她也想有个自己的孩子,顾明渊大约不会和她有孩子了,可当今的龙子……她却没福分留下。

尽管注定没有未来,她却如饮鸩止渴一样,爱上了这样的生活。皇太后隔三岔五便宣她进宫,偶尔还要她留宿,再回去时,总是带着数不清的赏赐。

绣心这个原本地位摇摇欲坠的福晋,却在皇家的扶持下,由一颗东珠,加到两颗,三颗,五颗,终于与正式的王妃比肩。这时候,已经没有人再敢轻视她了,甚至连顾明渊的父亲,也因此将顾明渊叫到了书房。

"你可是不喜这位皇家指派来的福晋?"顾父威严道。

顾明渊微微敛身道:"儿子不喜她并非因为指婚,而是梁氏为人古板无趣,儿子与她确实无话可说。"

"混账,胡闹!"顾父斥责道,"娶妻娶贤,正妻乃为管理后院,绵延嫡子而来,为人方正不阿才是最好,你连这点道理都不懂,莫不是这些年读书都读到狗肚子里去了?"顾父年轻时是个带兵的大将,恼起来语出粗俗也是常有的。

而顾明渊见父亲真生气了,也沉默下来,微微躬身行礼,算是认错。

顾父看到他的样子,气总算稍微顺了些,喝了口茶,才语重心长地继续道:"我知道你年轻气盛,就是图新鲜有趣也是正常的,将来大可多纳姬妾,想要大家闺秀、小家碧玉,甚至教坊女子都不是什么难事。但切记,万万不可本末倒置——你还未承袭王位,梁氏却已有了王妃之实,你可知这意味着什么?"

顾明渊垂眸,心里有数。

顾父却不喜他这我一切都懂,但就是放在心里的做派,忽地站起,走到他身边,恨铁不成钢道:"这代表着皇家已经默认你为下一任摄政王!我顾家虽为擎天保驾之臣,但与皇室关系向来微妙,每一次新王继任,总有和当今圣上的拉锯战,这次皇室竟主动给了台阶,你若因一个女子而坏了大事,多引纷争,可对得起家国祖宗?"

顾明渊如醍醐灌顶，彻底意识到问题的严重性，干脆跪地，深深叩首道："儿子不孝，让父王担心了，此后行事一定以王府为先，以丰启皇朝为先。"

顾父叹了口气，心中也有不忍，伸出手，亲自扶起这个一直被自己引以为傲的儿子，看着他青涩却过早被逼成熟起来的面庞，不是不心疼的，只是……

"孩儿，为父也想你能多过两年轻省日子，如我军中副将家里的儿子一般，就在校场舞刀弄剑，嘻嘻哈哈就好。但你不是他们，你是未来这王朝的保驾王，你既享受了常人难有的富贵，便也只能承担起常人难忍的责任，懂吗？"

顾明渊懂了，也确实这样做了，他开始学会掩藏自己的喜恶，开始关心绣心的行踪，开始在绣心房里留宿。

太后的小佛堂内，赵靖背对着绣心，站在一人高的金佛像前，哑着声音道："以后，你不要再到这里来了。"

"君上！"绣心痛哭一声，跪下膝行着上前，抱住赵靖的腿，不肯放开。

赵靖低下头，看着这个死死抱住自己的女人，眼眶也微微红了。他慢慢蹲下，半抱住她，轻声哄着："心儿，别这样，以后你会过得好好的，顾明渊一定尊你重你，你会是摄政王府独一无二的女主人，地位堪比贵妃……"

"我不要，我不要！"绣心哭着，拼命摇头道，"我不要他的尊重，不要做那个什么独一无二的王妃，我不稀罕！你让我留下来好不好，封我一个答应，不，常在就好！只要我能陪着你就好……"

"绣心，你听我——"

"我不想听你说！你是皇帝，你是天底下最尊贵的人，只要你想纳我，一定有办法的对不对！"

面对女子期盼而绝望的视线，赵靖不堪对视，唯有狠下心道："皇室和顾家的关系不能因为一个女人而有了裂痕，你就当，是朕对不住你吧！"说着，硬生生扒掉了绣心的双手，大步离去。

"君上！"身后，是绣心撕心裂肺的呼喊。

这是绣心最后一次与赵靖单独相见。他离开了她，但他分明无时不刻不在庇佑着她。

后来，在她发现自己怀有顾家骨血的时候，果断地将顾明渊推了出去，所有人都说，她是最贤慧的王妃。

贤慧……呵呵，说白了，不过是不在乎而已。她将那个孩子想象成她和赵靖的儿子，悉心培养，精心呵护，只是午夜梦回，看着那张越发像顾明渊的脸，却忍不住厌恶。

或许，连上天都感受到了她的心，那个孩子不过稚龄就在一场大病中去了。绣心仓

皇茫然，那几日，她过得浑浑噩噩，就连府里多了个女人和小女孩都没有注意到。

直到，赵靖的一封书函到来：

慧娘不为宫中所容，唯遣其入王府避祸，万望王妃善待；另有女云罗，是朕亲女，幼龄便为朕所弃，天应谴之。今生难得你我二人亲子，王妃请以亲子待云罗。

玄穆上。

玄穆，是赵靖的字。

他竟是也以这一生没有我和他二人的孩子为憾吗……

绣心将那信深深地摁到自己胸口，低下头，潸然泪下。

上天终究待她不薄，她与顾明渊的孩子去了，但是她有了他的孩子——云罗。

她想，她的后半生大概就是要为那个年幼的女孩操劳了。

绣心回过头，缓缓地，朝着云罗走过去，终于半蹲到她的面前，微笑着，含着泪，轻声道："孩子，我可以为你做尽一切。"

云罗哆嗦着唇道："所以，那个刺绣……"

"香囊是我为你父皇缝制的，至于跟你母亲针法相似，那是因为，她本不会刺绣，一切针织绣法，都是我带着她为你缝制小衣时学来的……"

云罗像失了魂魄，坐在地上，一点点摇头，流着泪道："不是这样的！不该是这样的！"她哭得不可自已，哭得恨不得在此刻昏死过去，脑子里一片空白，只有一个念头在闪烁。

绣心要被她害死了！这个什么都为她的女人，要被自己害死了！

仿佛晴天霹雳，云罗忽然擦了泪，眼神决绝地跟跄起身，转头就往外冲！

"你要干什么？"绣心紧跟着站起，急急地呼喊。

"我不会让你死的！绝对不会让你死的！"云罗大喊着，人早已跑远。

就这么一路直冲着来到蔽词，小德子看到她的样子吓坏了，一下跪倒在书房外，拦住云罗的去路，张着两手着急道："郡主你这是要干吗？相见王爷也得容奴才通禀一声啊！"

"不需要！"云罗狠狠推开他，一掌硬生生地撞开了书房的门！

"放肆！"顾明渊丢下书，坐在大太师椅上，脸色阴沉得能滴出墨来似的，道，"未经通传便闯入议事堂，你是嫌命长了是不是！"

云罗古怪地笑了下，竟发现自己已经一点不介意顾明渊对她的态度了。她上前两步，忽地无所谓一样跪下，挺胸抬头道："你杀了我吧，饶了绣心姐姐。"

"混账东西！"顾明渊气急，一手将一块名贵的砚台砸在了云罗脚下，云罗却躲都不躲。

顾明渊眼神一暗，身体微动，却又忍着坐了回去，沉声道："谁该死，谁不该死，本王心里自有决断，还轮不到你来置喙。"

"那王爷你的决断是什么？就是要杀了这么多年来一直兢兢业业为你打理王府上下，还带着自己的娘家，一起保你在朝堂上奋勇拼杀的王妃？"云罗大声道。

顾明渊气得猛地拍了下桌子，倏然站起，直走到云罗面前，俯视着她，恨声笑道："梁氏有功？是，本王算她有功！但她那点子功劳跟她的错相比，简直不值一提！本王赏她个体面的死法，就是给了梁王府祖宗八辈的面子了！"

云罗也站了起来，跟顾明渊针锋相对，斗鸡一样丝毫不让地道："你拉姐姐去浸猪笼，你凭什么！是你一直不珍惜她，她才会爱上别人，如果是我，一去不回也是有可能的！"

一去不回。

云罗当年的失踪是顾明渊心底最隐秘的痛。此刻被她毫不留情地揭开，甚至还这样无所顾忌地指出，顾明渊怒气陡升，在屋里原地转了两圈，随手抄起一根鸡毛掸子，就朝云罗没头没脑地抽了下去！

"叫你忤逆犯上！叫你不知尊卑！叫你顶撞本王！"

虽说用力不重，但对女孩儿来说终归是痛的，云罗却紧咬着唇，一声不吭。

屋里的动静传到了外面，小德子和子荷吓着了，冲进屋来，一左一右抱住顾明渊的腿，齐声哀求："王爷息怒！郡主身子才刚有好转，太医吩咐万万不可再伤着了，否则会损了元气呀！"

小德子更是哭丧着脸道："主子你有气就打奴才吧，奴才皮糙肉厚的……"

这些人，对云罗自然谈不上有多么深的情分，虽受各自主子所托，要看顾云罗些，但也不至于要为云罗生为云罗死。只是，他们都深知这位郡主在顾明渊心中的地位，若她真折损在顾明渊手里，他们这些今日在外面却没有来阻拦的下人，一定是活不了的。

顾明渊又抽了几下，被劝着，终是住了手，看着倔强的云罗，冷声问："你，可知错了？"

云罗扯着嘴角，沙哑着嗓子问："你，可会放了我母妃？"

顾明渊气得手都在哆嗦，小德子跟子荷更是面容惨白，不知该如何是好。

云罗看着自己眼前的男人，眼神阴寒，一言不发，有一瞬间，她几乎以为他会一掌打死自己。但是，在短暂的沉默后，顾明渊却伸出手，点向她额头的方向冷声道："你给本王，滚出去下跪思过。"

云罗嗤笑一声，极轻，却充满着对身前人的厌恶与轻视，一手推开了子荷的搀扶，就那么跟跟跄跄地出了门。

她到台阶下跪住，眼睛望向顾明渊书房已经紧闭的门，心里一片平静，从未有过地平静。她的思想，好像从来没有这样单纯简单过。什么仇恨，什么爱情，都太缥缈，没有意义了，她现在只想让绣心活下去。

她从日上中天，跪到夕阳西下，周围奴仆来来回回，总有人回头看她。专事服侍她的小太监趁着人少的时候过来哭丧着脸劝她："我的郡主姑奶奶哎，您自己都快顾不上自己了，还管别人做什么。听奴才一句，回去给王爷磕头认个错，这件事就这么过去了。"

云罗一动不动，眼神都没晃一下，整个人像是座雕塑。

露夜时分，顾明渊喝下子荷送来的暖身汤，低头批了会儿折子，终是忍不住问："她还在那儿跪着吗？"

"回王爷，郡主还在。"子荷福了下身，轻声道，"可要奴婢去叫她起来？"

"哼，她起不起关本王何事？就是跪死在那里，也不要来回禀！"顾明渊发狠道。

子荷看着男人故作凶狠的表情，心里默默叹息，倒退着出去，却顺手拿了一块丝绸坐垫。

顾明渊余光瞧见了，只作未觉，继续喝汤看文书去了。直到门关上了，他才放下那些装腔作势的东西，神情阴鸷地长出了一口气。

他精心布下这样一个局，没想到，困住的只是他自己。

金龙荷包，明黄丝绸，神秘牌位，这一切误导的不只是灵儿、云罗，连他也未能免俗。毕竟，谁能想到作为一个王府正妃，心里的男人却不是摄政王呢？

他本想让云罗失去所谓的姐妹之情，失去朋友，将她的世界全盘打散，让她只有他。却不料，最后乱了生活，成为全天下笑柄的，竟是他自己。

绣心……本王不会放过你的。顾明渊面无表情地把玩着一块奇石，再放下时，那石头却如粉末般碎在桌上。

子荷踏着夜色来到云罗身边，悄悄放下坐垫，压低声音道："主子您把这个跪到膝盖下吧，没人瞧见的。"顿了顿又道："王爷不知道。"

云罗慢慢转过视线，看着子荷，却是冷笑，缓声问："他不知道？试问以当今摄政王的神通，恐怕就连这府里的一石一草都瞒不过他，何况我这个大活人？回去告诉他，我情愿跪死在这儿，只要他饶了母妃。"然后，便继续低下头，再不说话。

再一次天亮时，顾明渊拉开了门，男人的身影在清晨的阳光下被包裹住一层金光，显得遥远不可及。只是，双眼模糊，身体状态已经很差的云罗，完全没发现顾明渊亦是双眸通红，神态疲乏，一夜未眠。

"即使梁氏不在，你在这府里的地位依旧无人可以动摇，过去的事，本王既往不咎。"他淡淡道，漠然的语气里藏着常人难以觉察的柔软，甚至是，认输。

云罗却丝毫不领情，低笑一声，抬头直视着他的视线道："过去的事，王爷想如何追究我都好，只望你对姐姐从轻发落。她若活着，我即使死了也不枉为人一场；可她若死了，我即使活着，天下之大也再无我容身之处。"

顾明渊神色难看，低沉着声音，一字字道："有本王在，怎会没你容身之处？"

云罗讥讽一笑，仿佛漫不经心一样道："就是因为有王爷在，云罗才觉得无处容身哪……"

一句话里，暗藏的意思太多。

她难道以为，自己会不惜损害整个王府的颜面，让自己成为天下笑柄，也要让绣心的丑事暴露，让她不得好过？在她心里，他与她就对立仇视到了这种地步吗？

顾明渊怒极要笑，但是，看着云罗那副看破生死的样子，却忽然连发怒的力气都没有了，心底变得一片冰冷。他开口，依旧是掌控天下生死的冷漠威吓："你坚持要梁氏活着？"

云罗垂首道："是，请王爷成全。"

"哪怕她的存在会是本王永远的耻辱？"

云罗笑笑，竟如同孩童一般，带出几分青春稚气的模样道："王爷您的颜面太大，云罗的能力却太小，我只能在我有限的能力里，求我在意的人安好，别的什么，请恕云罗无力多想。"说罢，深深地叩头下去。

她竟是如此直言，她已毫不在意他，哪怕在这样的时候，她跪在廊下，也再不愿向他温言软语半句。许是日光太盛了，顾明渊竟觉得头有点晕，脚下微微晃了晃，又极快地稳住了，他苍白着脸，看着台下这个最熟悉也是最陌生的女人，往日一幕幕在眼前浮现。

他们曾经那么亲密，却一步一步，在命运或是在所有人的捉弄下，走到如今地步。那些伤痕，别说云罗无法忘记，就连他，又真的能忘记得了吗？

如果，如果他们注定不能好好的，如果他的铁汉柔情注定无法打动这个女人，如果他的爱远不能让她的心留下，那么，他情愿撕下那层柔情蜜意的表象，让这个女人怕他，惧他，恨他，却这一生都不敢离开他。

"好、好。"顾明渊笑着，连说了两个好字，脸上的笑容却越来越淡，忽然转向墙根下暗影处吩咐道，"子荷，宣徐侧妃过来侍寝，告诉她这次做得很好，本王会兑现自己的承诺。"

云罗忽地瞪大双眼，一瞬间跪直了身体，不可置信地盯着顾明渊。而顾明渊，只是讥诮地回视，一字不辩解，默认一般任她去想，任她去猜。

云罗脸色惨白，身体里的力气好像一分分被抽离，就这样慢慢跪坐到了自己的双腿上。她想到灵儿的蓦然闯入，想到她说王妃不对劲，她带着所谓的小佛堂消息急急找到自己……她一步一步，引着自己误会绣心，带着满朝文武去绣心的暗堂大闹，亲手揭开了那个秘密。

她从没有怀疑过灵儿，她以为那是她在这个偌大的王府里唯一能相信的人，那是她的妹妹呀……她们一路跌跌撞撞，互相搀扶着从黄河水里爬出来，躲过海贼的刀刃，从吃人不吐骨头的皇宫手拉手来到这里，她们曾发誓这一生共富贵同苦难的呀。灵儿怎么可能出卖她呢？

云罗一下一下摇着头，低喃着："不会的，不会的。"而脸上，不知何时已泪流满面。

灵儿跨进蔽词的时候，身上已经换了簇新的侧妃服饰，头戴金步摇，脚下踩着苏绣的鞋子，身后跟着四个同样精致美丽的大丫头，打着侧妃的正式仪仗，一步步朝廊下走来。

灵儿注意到了跪在地上哭泣的云罗，然而她的视线在云罗身上停留连一个呼吸都不到，便又转回自己身前一米左右的地上，微垂着头，露出一段白皙的颈，那模样，温顺贤良，就如同云罗初次见她时一样。

在灵儿即将从她身边走过去的一刹那，她忽然忍不住伸手抓住了灵儿的腿，哆嗦着唇道："告诉我，这不是真的，告诉我……"

灵儿沉默地看着她，一言不发。

云罗呆了片刻，猛地直起身，用力晃着灵儿身体，带着凄厉的哭腔道："为什么？灵儿你为什么这样做！我们不是好姐妹吗？我们不是说好要一辈子相互扶助的吗？"

"好姐妹？"灵儿轻笑着打断，低下头，看进云罗的眼睛里，说，"你真有把我当妹妹吗？那么，当初我走投无路，被燕巧逼得入马厩，给你写信求你救命的时候，你又是怎么回复我的呢？你说，你与王爷正不和，无法顾及我呀……"灵儿笑开，笑得眼泪都落了下来说道，"好姐妹，这就是你说的好姐妹吗？"

云罗怔着，浑身都在颤抖地说："什么信？你在说什么？我根本就没有收到过你求救的信！"

灵儿也呆住，与云罗对视，但云罗的视线太真太迷茫，让她根本无法怀疑，下意识地，她转头望向那个站在廊下的男人。

云罗也不由自主地跟着她看过去，顾明渊毫不躲闪地迎上她的视线，面容淡淡的，手里把玩着一串紫檀香的佛珠。他看着她，又分明没有，仿佛这世人，这天下，不过是他手中任他玩弄搓摆的一粒珠子。

云罗喉中终于发出一声撕心裂肺的尖叫："顾！明！渊！"她站起身，疯了一样地就朝顾明渊冲过去！可是还没跑出两步，就被不知从哪里出来的暗卫劈手拦下，再次按跪在地。

"顾明渊！你为何要这么对我？我恨你！我要杀了你！我要杀了你！"她大吼着，拼命挣扎，头发乱了，外衫也挣扎开了。而灵儿，只是回头看了她一眼，就那么一眼，然后，便转过身，一步一步朝顾明渊走去，唇边发出一声几不可察的叹息。是怅然，遗憾，甚或是别的什么。灵儿自己也说不清楚。她只记得，自己似乎已经很久，很久没有这种站在云罗之上的感觉了。

打从步入摄政王府，每一次，她与云罗的相见都是那么狼狈。她穿着丫鬟服饰伺候王府人用膳，她被其他妃子呵斥，她被燕巧踩着身体辱骂……每一次，她都要靠云罗来解救。而这一回，她终于不用再看云罗怜悯的目光了。太好了，真是太好了。

事到如今，那封信有与没有已不再重要；云罗和绣心之间到底有什么秘密也不再重要。重要的是，她终于有了站在摄政王身边，与王爷身边所有女人一较高下的资格。她挽住了顾明渊的手，微笑。

那两个人的消失和灵儿最后的笑容，让云罗身上最后一分力气也没有了，她浑身瘫软地倒在地上，暗卫不知何时已悉数退下。云罗脸上的表情僵硬而麻木，她知道，灵儿已作出了选择，在友谊与荣华富贵之间。那个男人，她曾以为是她毕生的依靠，但是，他却这样设下圈套，让她失去了最重要的姐姐，失去了朋友，失去了年幼的爱情，他毁掉了她的人生，毁掉了她对人性的信任，毁了她的一切。

顾明渊，上穷碧落下黄泉，你，待如何赔我。

姑娘 第二十章

那两个人在屋内，她在门外，一门之隔，就将曾经他们所有的关系斩断。她不敢走，不能走。绣心的恩旨她还没有求到。

也许只过了半个时辰，也许已经过了很长的岁月，门"吱呀"一声再次开启。灵儿抬脚迈出了门，望了眼廊下的奴仆们，伸手将耳边的发顺到后面，然后回身双手把顾明渊的门关上，退后两步，恭恭敬敬地跪下，对着门内的人磕头道："妾身谢王爷恩典。"

然后，头深深触地。

云罗冷冷看着这一切，直到她站起身，准备走了，才开口道："你真以为你找到了终身的依靠吗？顾明渊这个人没有心的，我和王妃的今天就是你的明日。"

灵儿垂眸浅笑道："姐姐你说笑了，我是什么排名上的人，敢与你和王妃比肩？至于王爷的心，我从来不敢奢求，我求的，只不过是在这王府里有一席之地罢了。"

云罗久久地盯着她，忽然转过头，轻笑一声道："看来，你是不准备认我这个姐姐了。"

"我还愿不愿意并不重要，重要的是，你还能拿我当妹妹吗？"灵儿微微偏头，看向跪在地上的云罗，轻轻的，一字一字道，"姐姐你当初享尽荣华富贵时，也没有想着来拉我一把，现如今，我用你换了这富贵，只盼你，也别太怪我。"说完，裙摆翻飞，翩然而去，袖口的橘色鸾鸟随风抖动，仿佛终于有了乘风而上的资本。

云罗久久地看着她离去的背影，透过那身影，仿佛能看到两个人之间的过去也随之越走越远，当年胆怯善良的女孩长大了，回忆终将留在回忆里。

身后蓦地响起一声嘲讽的笑语："人都走远了，还看什么？"

云罗回过头，就见顾明渊不知何时竟已出来了，就站在门口，眼神冷漠地望着她。

"跟我进来。"他说道，然后便转身进门。

云罗看着他眼神一凛，咬紧牙关，强撑着起身，已跪了许久的身体早已麻木，几次都几乎要摔倒，又让她努力站稳。她厌恶地别过头去问："你叫我进来干什么？"

顾明渊嗤笑一声，反问道："那你跪在我门外又是为什么？"

云罗听懂了顾明渊的言外之意，慢慢回过头，一步步走近，用已平淡冷静下来的语气问道："你肯饶了绣心姐姐了？"

她的动作，却让顾明渊的心变得更冷硬，这就是云罗，哪怕他与她已闹到不可收拾的地步，但为了绣心，她好像什么都能忘记，她还是愿意靠近自己，还是能平平静静地与自己说话。在这个女人心里，他大约真的是无足轻重的吧。

顾明渊垂下漆黑的眸，掩住里面的自嘲与寒意，朝着书桌方向随意一指道："自己

去看吧。"

云罗望了他一眼，三步并作两步过去，一目十行地看完，捂住嘴，胸口剧烈地起伏着，眼角隐隐闪出泪光。那是顾明渊的一道手谕，上面斥责绣心贪墨府中银钱，被发往城郊的庄子里闭门思过，而后面关于灵儿举发有功应赏云云，就被云罗自动忽视了。

"有什么条件，你说吧。"云罗擦干眼泪，收回外露的情绪，将那手谕放下，对顾明渊冷声问道。

顾明渊扯扯嘴角，微微仰起下巴，神色漠然而不可一世，仿若确认，又仿佛根本不在乎云罗的回答。他说："为了梁氏你当真什么都愿意做？"

"是，只要你肯放过她，我可以答应任何事。"云罗轻声道，伴着这句话，心一直一直往下沉。她几乎可以预见到那个男人会说什么。

母亲，对不起，我不能为你报仇了。你已死去，绣心姐姐却还活着。她对我们母女俩有大恩，您一定会理解我的是吗？

然而，那个男人的恶劣显然超过她的想象，在短暂的沉寂后，他嘴里吐出了几个冷淡的字眼："本王要你，成为我的人。"

云罗的后背剧烈地颤抖着，男人在她身后揽住她的手，此时对她而言却简直如同铁钳利刃，她一点一点摇着头，脸色苍白，低声地，一句句重复着："顾明渊，你不是人……"

顾明渊慢慢收紧手臂，搂紧她道："自今日起，你老实在我身边一日，梁氏就在庄子里好好活一日。你若是再闹绝食或干脆消失，梁氏必不得好死。"

云罗闭上眼一言不发，整张脸比之刚才更苍白了几分，几乎全无血色，一动不动的，良久之后，她的嘴唇才慢慢翕动了一下，顾明渊初时没有听清她在说什么，再靠近了些，方听到她的低喃："我真是瞎了眼……"

她对他，应是彻底失望了吧。顾明渊扯扯嘴角。没有吵闹，没有针锋相对，没有讨价还价，什么都没有了。她好像……已心如死灰。

他将下巴慢慢放到她的肩上，就这样从后拥着她，慢慢地，也闭上了眼睛。如果柔情蜜意不能打动她，如果隐忍退让无法震慑她，如果两情相悦真是如此难做到。那么，爱了又怎样，不爱又如何。

天亮了，云罗掀开帘子，斜靠坐在床边，目光冰冷地盯着身侧的男人，微微张开白皙的手，五指悬在顾明渊的脖颈上，待了很久很久。她在考虑，如果此时杀了顾明渊，再带着绣心与他同归于尽，到底值不值得。

最终，还是保护绣心的念头占了上风，她慢慢仰起头，放下手。

身下忽然传来男人的声音，有些低沉沙哑，却一点没有才睡醒的人的慵懒，清醒得让人心里发寒。

"这就对了，别做傻事。"顾明渊道。

"你真让我恶心。"云罗盯着顾明渊，厌恶地一字一顿道。

顾明渊那边沉默了一下，片刻之后，传来了男人低沉的声音："与本王何干？"

云罗听到，在这样的情况下，竟忍不住低下头，发出一声轻笑。真没想到，有一日她会对顾明渊如此痛恨，而顾明渊已全不在乎。

好，真是好得很。

"你最好信守承诺，饶过母妃，否则我要你阖府鸡犬不宁。"云罗深吸一口气，望着他的眼睛道，声音里仿若带着无尽的剑气，恨不得将眼前人切碎。

顾明渊坐起身，微微垂着眸，说："你放心，本王自会守信。两个时辰后我会派马车送绣心去庄子里，许她带两个丫鬟随行。"

"我想去送她。"云罗硬邦邦道，看着男人的眼神充满挑衅，大有他同意与否自己都会去的架势。

顾明渊低笑了一下，漫不经心道："腿长在你自己身上，只要不出王府，你愿意去哪里本王没兴趣管。"

"多谢摄政王。"云罗淡淡道，径自离开。

看着云罗走远了，子荷才犹豫着上前，轻唤了一声："王爷，这……"

"由她去吧，服侍本王穿衣。"顾明渊站起身，张开双手，闭上眼，显然不愿再谈。子荷只有压下心中叹息，上前轻手轻脚地为顾明渊净面梳头，整理衣服。

她自幼长在王府，见过人间最珍贵的珠宝，也看过这世上最惨烈的酷刑。她熬过金钱的诱惑，战胜了自身的恐惧，沉默寡言，以主子的喜为喜，以主子的忧为忧，她将自己视为顾明渊的一只鞋，一块墨，一个可以随意把玩和丢弃的饰物，就这样将自我全盘抛弃，好不容易才熬到了现在的位置。

顾明渊的近身侍婢，蔽词的一等大丫头。

子荷知道，只有一个人能改变她的命运，那就是顾明渊——她心目中的神。可是，顾明渊对她从来没有展现过一点其他的意思。那个男人将自己所有的心神都放在云罗身上，哪怕根本得不到回报。

有时她心里也会觉得不公平，为什么云罗可以轻易得到她子荷梦寐以求的一切还嗤之以鼻？她知道自己不该想，不配想，不过，总归意难平。

　　心头百转千回，子荷的表情却丝毫未动，眼角的余光极快地掠向远去的云罗的方向，然后垂下眼，轻轻吸了一口气，又吐出来，将所有心神集中到为顾明渊佩戴饰品的动作上。只盼望着日复一日的小心翼翼勤勤恳恳，能水滴石穿，在这个心肠冷硬、权掌天下的男人心里留下一点点痕迹。

　　"本王是不是过分了些？"男人忽然开口，声线沉寂。

　　子荷两手轻轻置于腹前，后退两步，蹲身一礼，目光虔诚如对待她毕生的信仰，开口道："王爷，凡摄政王府之物都为方便您而设，凡摄政王府之人皆为取悦您而存，您没有错。"

　　顾明渊沉默了一下，不再继续这个话题，而是挥手道："不必准备早膳了，你下去吧。"

　　"是。"子荷再次恭敬地行礼，面朝顾明渊，一步步后退出了门槛，她才要从外关上门扇，一个小丫头就已跑了过来，对子荷福身低语："姐姐，有人求见王爷。"

　　"谁？"子荷皱眉。

　　小丫头犹豫着附耳过去，吐出两个字。

　　里面，摄政王已注意到这边的情景，不悦地问："是谁来了？"

　　子荷抿唇，再次走进去，答道："王爷，是王妃接了您的旨意，坚持要在走之前见您一次。"

　　"不见。"顾明渊听到绣心的名字，脸上马上露出厌恶之色，阴寒着脸道，"本王破例饶她不死，已是厚德天恩，你让她有多快走多快，免得本王改变主意。"

　　"可是王爷……"

　　"还可是什么？"

　　子荷低下头，不敢再称绣心为王妃，模糊代指道："她说事关两千精卫军，请王爷听她一句。"

　　顾明渊久久不语，暗沉的眸子里闪着可怕的光芒，终于，吐出了一个字："传。"

　　绣心进门的时候，还穿着当时她被关押下去时的衣服，区别只在她已脱下了华丽正红色的妃子外袍，仅穿着素白的内罩衫，头上发簪尽去，褪尽铅华。

　　顾明渊漆黑的双眸盯住她负荆请罪的样子，短暂的瞬间，眼前流转过的却是他们之间二十年的岁月，其间不乏琴瑟和鸣，相敬如宾，只是那微弱的情分终究抵不过她给他带来的巨大耻辱。最终，男人倏然转开视线，用阴冷的声音道："你非要见本王，想说什么？"

　　绣心面容平静，跪在地上，听到他的问话，将头深深叩下道："罪妾有一事恳求王爷。"

顾明渊唇角猛地抿紧，攥住茶杯的手微微一动，神情浮上薄怒，忽然，那情绪像是烧沸的水，压抑不住般喷薄而出！

"既然知道自己是罪妇，还敢诸多要求？本王真该剐了你！"

绣心脸色惨白，眼里隐隐闪出泪花，她仰起头，将所有眼泪咽下，轻声道："罪妾知道自己十恶不赦，其罪当诛，不论您如何处置我，我都没有怨言。但是，请王爷明鉴，我所做的事情家族一概不知，请您千万不要迁怒我的父亲弟弟……"

"他们无罪？呵呵，他们怎会无罪？他们所有的罪孽，都在于教养出了你这样一个女子。"顾明渊慢慢站起身，走到离绣心两步之远的地方，俯视着这个佝偻着背，曾经也是自己枕边人的女子，一字字道，"梁氏，本王真希望自己这一生从没遇到过你这样一个狼心狗肺的东西。"

绣心沉默了一下，突然扯扯嘴角，却是惨淡地笑了，道："王爷，这么多年过去，我们竟然是头一次有了此心同彼心的时候……"

她话还没说完，就被顾明渊狠狠擒住了下巴，男人语调平淡，却蕴含着几乎要吞噬万物的危险道："什么意思？"他钳制着她，用力之大，几乎捏得她的骨头嘎吱作响。很痛，但就是这样的痛，才让她有勇气说完她想说的话。

"王爷，您恨我背叛了您，我其实也恨哪！我恨您明明不喜欢我，甚至连善待我的打算都没有，当初为何要同意这门婚事！"绣心流着泪大喊，"幼时我贵为梁王府郡主，确实没有在这里这般千般富贵，但是父母疼宠，哥哥照顾，比困在这个牢笼里何止幸福百倍！我的父王从没想过卖女求荣，只为您誉满京华，是所有人交口称赞的好儿郎，所以才拒绝了十数高官求亲，将我许给了您！而从我过门，梁王府作为我的外家，何曾对您不尽心过？我的父亲在朝上为您多番奔走，只求您能早日继承王位，我的哥哥在沙场上为您开疆拓土，他是带着虎符和自己的尸体回京的呀！梁王府为您损失了长子，为您献上了唯一的女儿，而你，又是怎么对我们的？"

"本王对梁王府还不够厚待吗？"顾明渊冷笑，"我一路扶持梁王到了文官之首，古往今来，他是头一个异姓王兼中枢大臣！而对你，这二十年来可有哪个女人动摇过你的正妃之位？"

"王爷，您以为对于一个女人来说，名位就足够了吗？"绣心惨笑道，"若是我有得选……我有得选的话，我宁可放弃所有一切，换一个与我知心的丈夫……"

"本王有对你弃之不顾过吗？除却你刚过门时，我待你稍许冷淡了，后面每月初一十五，逢年过节，我有哪一日没去探你！"

"是……"绣心流着泪，慢慢摇着头，低笑道，"除了刚过门时，除了第一年我嫁入府，那三百六十五天哪，那数不清的不眠之夜，您就将我放在那个空荡荡的大院子里。您以为我是什么？在您不喜欢时，就先丢在一旁，觉得我有用时，就对我好一点，我就可以死心塌地了？王爷，您这辈子，有对哪个女人动过情吗？您真的有心吗？"

"够了！"顾明渊怒声低喝，"本王没有，你以为先皇对你就有真心了吗？他早就已经在为慧娘准备后路了！你，就是慧娘的后路！"

绣心怔了，仿佛被人当头一棒，白着脸，不言语，脑子里一幕幕如画片一样闪现。他对她别有用意是真的，可他对她，也是真的。对于一个女人，有些东西是骗不了的。

就这样，想通了，想明白了，绣心垂下头，缓缓道："是吗？可是我并不后悔。就算他对孝康端仁皇后有十分，对我只有一分，我也满足了。"

顾明渊负手而立，眼神阴狠得骇人，片刻之后，怒极要笑，从牙根里挤出一句话："本王就不该饶你死罪，早在先皇死的时候，你就该去陪他了——"

绣心昂起头，毫不畏惧道："不劳王爷您费心，绣心绝不会活着回来，等到去了庄子上，罪妾很快会染病不治而亡。这个天下，罪妾早就没有留恋了。"

"好好好！"顾明渊大笑，笑得让人打从心里害怕，突然他收了笑，目光冷厉如刀一样盯住她道，"既然如此，你还与本王废话什么？滚出去！"

"王爷！"绣心大喊，"妾身愿意一死结束这一切，这也是妾身该得的，无悔的！但是求你放过梁王府无干人等，妾身已往家中留书，一月之内，梁王府所有为官亲眷都会告病还乡，您再也不会看到他们了！"

"不可能！"顾明渊说着，便要拂袖离去。

"王爷！"绣心尖声叫出，阻止了顾明渊离去的脚步，"虎符已失，大丈夫不可一日无兵，您不想充实摄政王府的私军吗？"

顾明渊慢慢回转过身来，眼神看着绣心像在看一个死人，声音冷冰冰的，慢慢道："你在说什么？本王如何会有私人军队？私藏兵士可是罪同谋反。"

绣心笑笑，那淡然的样子倒似将生死置之度外，开口道："王爷，我只是个将死之人，没有不敢说的，也没有不能听的了。梁王府祖上积累多年，到如今已有两千心腹死士，待梁王府安全离开后，我想将他们托付给王爷。"

顾明渊眸子微微一闪，短暂的权衡后，凉薄地笑开，没说同意绣心的意思，却也没有否定道："既然他们是梁王府的人，等梁王府烟消云散了，本王再将他们一一收编论罪又有何不可？"

"王爷，您应该明白什么叫死士吧？"绣心面容平淡道，"您可以靠通天权柄将这些散落在丰启的死士一个个找出来，杀掉，但是想将他们收编却难如登天。您真要费如此大的力气，收获两千个人头吗？还是要两千名精兵任您差遣呢？"

顾明渊冷冷地盯着绣心，看了许久，终于，一甩袍袖，落下一句话："十日之内，本王要看到梁王告老还乡的折子。"说罢，头也不回地大步离去。

在他身后，绣心慢慢弯下腰，磕头谢恩道："罪妾代梁氏全族，谢王爷恩典。"

一辆蓝色的简单马车，一个穿着粗衣的马夫，两个畏畏缩缩大气都不敢喘的小婢，而绣心，已脱下锦衣华裳，换上一袭青衣道袍，长发绾起，妆容尽褪。曾经叱咤一时的摄政王妃，就这样轻车简从地上路离去。

她觉得，自己似乎从没有像现在这样轻松过。心中的大石落下了，唯一的牵挂没有了，若真要说她担心的，大概只有眼前这个傻孩子了……

云罗拉着她的手，看得出是在强忍着眼泪，但是忍耐再三，终是控制不住地扑通跪地，失声痛哭道："姐姐，我对不起你！"她哭得不能自抑，浑身都在颤抖，头深深低下，只有一双手始终紧紧拉着绣心的手。

绣心看着她这样难受，眼眶也红了，蹲下身，用力托住云罗，哽咽道："傻孩子，你别这样，这不是让我走都走得不安心吗？咱们不是说好了，都不许哭，啊……"

"不，不……"云罗哭着摇头道，"我欠您的这辈子都还不清了！您这辈子被我害苦了，被我害苦了呀！"

"胡说——"绣心故意绷起脸，轻叹了一声，柔柔道，"若不是你，我还哪里有一辈子？早就成了王爷的刀下亡魂了……"她望向远处有些失神，蓦地想起自己之前问顾明渊的话——你这辈子，有对哪个女人动过情吗？

他有吗？

没有吗？

绣心自失般地笑了，收回视线，慈爱地为云罗顺了顺乱了的鬓发，安慰道："别哭，别哭。云罗，或许你真的比我有福气，你会比我好。"

"不！我不想比您好，我宁可代你受苦，代你去挨……"云罗流着泪道。

绣心却笑出了声，说道："受苦？何为受苦？何为享福？你以为，在这王府中便是福，离开这里便是苦吗？"她顿了顿，突然不想再说，转而长吐了口气道："好了，你不要担心，其实这么多年我什么福没有享过，什么罪没有受过？锦衣玉食的生活于我而言早就是负累了，要是可以的话，我早就想到一个山清水秀、安安生生的地方待着，静静地思念逝者……"语到最后，她的眼神间倒真的闪过了一点淡淡的笑容和幸福。

　　她轻轻竖起一手，对云罗微微施礼，然后，便在小婢的搀扶下，稳稳上了马车。坐进去的时候，她没有回头对这偌大的王府看一眼。

　　马车启动了，云罗忍不住追着它跑了起来，微风吹过，窗帘被吹起，露出的竟是绣心靠在车后，微微闭着眼，带笑的安详容颜。

　　云罗呆住，那一刻竟忘了奔跑，怔愣在了原地。在绣心身边多年，她好像真的是第一次见到绣心这样毫无包袱，单纯喜悦，轻轻松松的样子。

　　直到马车走远，云罗依然站在远处不愿离开，旁边却过来一个面目平凡的奴才，下跪向她请安，并双手呈上一个荷包，说："郡主，这是王妃让奴才交给您的。"

　　云罗仍旧出神地望着远方，过了好一会儿，才慢慢低下头，接过了下人递上的绣包。拿到手里，她没有急于打开，而是轻轻抚摸着荷包上的绣纹，上面绣着两条鱼，在无边的水里徜徉，活灵活现的线条，让她不由得回忆起那个引出所有事的龙纹荷包……

　　她眼底闪过一抹痛楚，狠狠地合上眸子，缓了缓精神，才再睁开，打开荷包，里面竟是一张字条，上书着极熟悉的几个字——随遇而安。这正是当初她以郡主身份初进王府的时候，绣心曾赠给她的，这么多事过去，她给她的竟然还是这几个字。

　　云罗扯扯嘴角，似笑，却是惨淡。她明白，绣心是希望她能放下所有一切，好好和顾明渊生活，过着所谓的太平日子。但是顾明渊一手设下这个局，此仇此怨，早已不共戴天。

　　云罗的眼神一点一点冷下来，目光望着空气中虚无的一点，手渐渐攥紧，将字条揉烂在手心里。

"哇，好香啊！"

"王爷对娘娘可真好！听说这可是西洋玩意，坐着大船过来的，什么时候我也能得一样这个就好了……"

"你得一样，别开玩笑了，让你家二马买去——"

"哈哈哈……"

深冬季节，难得出了极好的太阳，丫鬟们发出一阵嬉笑声，叽叽喳喳地堵在花园里，围着中间的圆桌凑趣。而桌子旁边，只坐着一个穿着粉色侧妃服饰，外罩着华丽白狐皮草，头戴华丽金步摇的女子，听着丫头们的恭维，她只是淡笑着，并未应答，然后慢慢伸出一段莲藕般白嫩的手指，将那考究的玻璃瓶里面装的香水倒出来一点，擦上去。立刻整个花园都香氛四溢！

吵嚷的凑趣声微微沉寂了一下，所有奴婢都露出了艳羡惊讶的眼神，随后便是更大更多的赞美声，直把灵儿夸得天上有地上无。

灵儿轻轻仰着头，眉宇间神采飞扬，带着点克制的得色。这才是她该有的生活，她是学政的女儿，是摄政王的侧妃，是朝廷有品级有诰命的夫人，未来荣华富贵，权力名望，都在等着她呢。

"都吵什么！"一声尖厉的质问在后面响起，众人不自觉地分开，都向后看去，却见燕巧穿着与灵儿样式相近的侧妃常服，外套着灰色的棕鼬皮毛，在丫鬟的搀扶下，挺着肚子，不可一世地昂首走过来。而且她因为怀着孩子，自恃身份更尊贵，所着的服饰是接近正妃大红的玫红。

燕巧身边的丫鬟神气活现的，在将燕巧交托到另一个丫鬟手里，并且向自己主子福过身后，便一步走上前，狐假虎威地对奴婢们恐吓道："你们这帮作死的丫头，不知道我们鹂妃娘娘正在午歇吗？吵到娘娘，影响了小世子，你们有几个脑袋可以砍！是不是准备把爹娘老子的头一起拿出来了！"

"红蕊姑娘，王爷才给我们灵妃娘娘赏了西洋香水，我们这些下人不过是没见过世面，来灵娘娘这儿开开眼，陪主子说说话，您何必讲得这么难听呢？再说，您这口口声声打打杀杀的，不怕冲撞了王裔吗？"

红蕊是之前燕巧身边近身丫头的名字，在被云罗下令打死后，她把新的丫鬟的名字又改成了红蕊。新红蕊并不觉得自己继承了一个死人的名字有什么晦气和不受重视的，反而觉得这是燕巧对她的认可，遂她很快就抖起了侧妃大丫头的范儿。

这会儿，她听流珠竟敢出言顶撞，马上露出怒容，竟推倒一个正好挡在她跟前的丫头，"噌"地冲到流珠身前，"啪"的一声，一个耳光扇了过去！

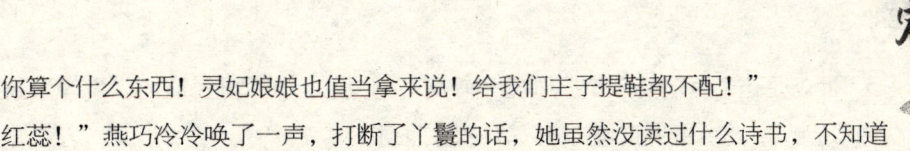

"你算个什么东西！灵妃娘娘也值当拿来说！给我们主子提鞋都不配！"

"红蕊！"燕巧冷冷唤了一声，打断了丫鬟的话，她虽然没读过什么诗书，不知道大家庭有身份的女人该是怎样的，但她还长了眼睛，会看。她知道自己作为侧妃，是不该对另一个同为侧妃的女子辱骂的，尤其这种辱骂还是出自她近身丫鬟之口。

不过，她还是觉得自己的地位本身就比灵儿高，因而不甚严厉地对红蕊责备道："教训奴才就教训奴才，怎么能对灵妹妹出言不敬呢？还不快向灵妹妹赔个不是。"

灵儿年纪比她长，母家地位比她高，除了册封侧妃比她晚几日外，没哪点比她差的。眼下她却如此自然地喊灵儿为妹妹，显然以自己为主位自居。

灵儿的瞳孔微微收缩了一下，随即又淡淡笑开，站起身，款款行到燕巧面前道："鹂妃严重了，不过是丫头一时口无遮拦，何况她是忠心为主，赔礼就不必了。"

红蕊原本就不甘愿向灵儿行礼，福身的动作才到一半，听到这话马上站起来，笑着道："是是，灵妃娘娘果然体恤我们做奴婢的。"顿了顿，又道："其实什么西洋对象的，有何珍贵的呢？王爷把全府的药材都快堆到咱们清虹苑了，说白了不就是为了咱们主子和主子肚子里的小阿哥。您这边这么闹腾，真吵到咱们主子安寝了，您肯定也不愿意的，对不对？"

她口口声声咱们主子咱们主子，竟是把灵儿拉到和她一般的奴仆身份上了！

流珠一手捂着脸颊，眼眶都红了，一步过去就要和她理论，却被灵儿伸手扯住。

灵儿拉着身边婢女，面色不改，竟还能保持着淡笑，对红蕊微微颔首道："红蕊姑娘说得是，我想得左了。既然这样，就都散了吧，别吵着鹂妃了。"她回头，对奴婢们吩咐道，然后抬起手，朝着流珠的方向，在流珠扶住后，便踩着绣鞋，从燕巧身边径自绕过去了。那姿态，倒真是谦卑得很。

红蕊得意地朝燕巧邀功道："主子您看，她就这么走了，可真是没出息极了。以后清虹苑里谁不知道，真正的主子就您一位……"

红蕊径自吹捧着，燕巧并没全听进去，反而有些心不在焉地盯着灵儿离去的方向，心里不由得思索起来。

随着月份渐大，临近生产，府里女人的小动作也多了起来。燕巧明里暗里吃了几次亏后，多少长了点脑子，也不敢再像以前那样张狂了。

对于灵儿，她虽知道自己现下是比她强的，可也并不敢过分压人。毕竟她除了一个儿子，在顾明渊那里并不算多得宠。而灵儿刚刚得到顾明渊的宠幸，还专门被叫去过一次侍茶，拿到的赏赐更是府里许多女人没有的。比如她的狐狸毛大氅，还有那个西洋香水，都是她摸不着的好东西。

而就是这个明明有点资本跟她一较高下的灵儿，却对她身边的丫鬟容忍到这个地步，是为了什么？难道真是自己以前将她打怕了？

燕巧的脸色变了几变，忽然回头不耐烦地打断了红蕊的奉承，压低声音道："行了！别啰唆了！你带着五十两银子去徐灵儿的院子，想办法收买个她的近身丫鬟，我要知道她最近都做了什么说了什么。"

"是……"红蕊明显不理解自家主子想干什么，踟蹰着答应。

燕巧看着她的样子，冷下脸补充道："这事办好了重重有赏，办不好就把你卖了！"

这句话红蕊可是听懂了，当即一个激灵，答应的声音都利索了："是！主子你放心。"然后噔噔噔就跑了。

到了晚间，燕巧正坐在铺满锦缎的大软椅里喝着安胎药，却见红蕊白着一张脸，哆哆嗦嗦地回来了。

"主……主子……"她怯怯地蹲下身给燕巧请安。

"起来吧。"燕巧放下安胎药，随意一抹嘴，却觉得这几日的药药性都稍重了些，不似平日温和，想叫人宣太医来问问，但转念又想到自己快到生产月份了，太医加重了药量也是有的，遂又放下了念头。但心情终归不好，抬头再加上看到红蕊那么一副怪样子，当即一拍桌子发作起道来："你见鬼了！拿副死样子给谁看！"

红蕊吓得慌忙跪倒在地，磕头道："奴婢该死！奴婢该死！"

"够了够了——"燕巧皱眉一挥手道，"先告诉我徐灵儿那边的消息打听出来了没有，要是没有……呵呵，就怕你想死都是好的——"

燕巧的声音让红蕊又打了个冷战，想到接下来要说的话更紧张了，可是不答又不行，只能强撑着哆嗦着唇道："奴婢打听出来了……奴婢带了五十两银子，到灵妃娘娘院子里找到一个叫岑儿的二等丫头。奴婢听人闲话说过，她哥哥爱赌，在外头欠了一屁股债，而她又不是很得灵妃娘娘宠爱，很难短时间凑到这笔钱，于是奴婢就去了。岑儿见到这些钱果然心动了，不过还有些犹豫，于是奴婢答应再给她加十两银子，她这才答应做这事。借着上茶的工夫她接近了灵妃娘娘的房间，果然听到灵妃正在和她的丫头流珠说话……"

"说什么？"燕巧微微坐直了身体，眼睛眯起。

红蕊深吸了一口气道："灵妃娘娘跟流珠说，你与她争这一时之气干什么，那个……那个粗妇有福怀孩子，却不见得有福养孩子。王爷答应过的话一定算数，以后我们的好日子还在后头呢……"

"混账东西!"燕巧猛地一扫桌子,上好的珍釉瓷碗应声落地摔了个粉碎!

她猛地站起来,连自己七个多月的身孕都顾不上了,怒气冲冲地在屋里走来走去,脸色狂躁明显已失去理智。红蕊吓得膝行过去,猛地抱住了燕巧的双腿,哭喊道:"主子您可当心小世子呀!您要真出了什么事,岂不是亲者痛仇者快!想想老爷和夫人,他们还在等着享您的福呢!"

燕巧想到自己还在乡下每日辛苦劳作的老子娘,再想到这王府里的锦绣生活,回忆着自己这一路从底层爬到现在位置的艰辛不易。她只差一步,只差一步就要登天了……

燕巧站在远处,脸色冷淡而平静,深吸深吐了几口气后,终于渐渐冷静下来,开始思考起来。

徐灵儿那个丫头既然能说到王爷的承诺,那恐怕就不是无的放矢了。可是说她有福怀孩子没福养孩子是什么意思,难道王爷要把这个孩子拿掉?燕巧放在肚子上的手忽地紧了紧。

不对,她眼底一闪,不会是王爷要打了她的孩子。这府里的孩子太少了,作为王族保证子孙绵延根本就是义务。她肚子里是个男丁,意义重大,不会轻易被放弃。再说就是真的不想让她生,何必好吃好喝供着她到了七个多月快八个月?还每日贵重的安胎药不断?

等等——安胎药?燕巧的脑中蓦地闪过一个可怕的念头,眼睛忽地转向地上,那破碎的碗。今日的安胎药,残汁直到现在都还散发着呛鼻霸道的味道……

燕巧面如死灰,踉跄几步后,跌坐到了身后的软椅上,惊得红蕊又是一声惨叫。

燕巧却狠狠瞪了她一眼,咬牙低喝道:"闭嘴!听着,你现在马上去门房,说我不小心打碎了今天的安胎药,让她们再送一碗进来。然后你偷偷带着这安胎药出去,找个大夫问问,这到底是什么。"顿了顿,她又慢慢仰起头,神情冷淡至极,一字一顿道,"记得,千万别走漏了一点风声,否则,不消我动手,王爷都不会放过你……"

听着安胎药有问题,红蕊早已吓傻,再听见王爷会处置,红蕊更手足无措,她捂住嘴,眼里闪着泪光,忙不迭地点头,连滚带爬地跑了出去。

从日头西斜等到天彻底黑下来,燕巧始终一动不动地坐在桌边,有想进来点蜡烛的下人,看着她的样子,连进门都不敢。

也不知过了多久,门上终于响起了一点动静,一个畏畏缩缩的人影进来,跪下,只是哭,却不敢言声。

燕巧闭上眼,吐出一个字:"说。"

"大夫说……说……"红蕊将头深深叩下道,"说这是一种去母留子的霸气保胎药，是为将母体所有营养在短期内全都灌注在孩子体内。服食这药一月，不论月份到了没有，孩子都会出生，一般还可保健康，但是母亲……母亲就……"

"……就怎样？"

红蕊狠狠心地答道："当场而亡！"

果然是这样……燕巧的面容僵住，当心里的猜测真的被证实，她竟不再暴怒，大约在刚才漫长的时间里她已气愤了太久，恨了太久。现在，她只觉得冷，刻骨地寒冷。

"你先下去吧。"她对红蕊道。

待门关上后，她小心地捂着自己的肚子，慢慢走回床边，给自己披上一床毯子，抱着肩，就那么想，想自己从认识顾明渊以来，到底做错了什么，为何顾明渊连她的生存都容忍不了，即使她是他儿子的母亲。

她还记得自己第一次见到顾明渊，是在她阿爹的酒楼，二层的雅间里。那会儿店里伙计忙不过来，乡下没那么多讲究，就由她去上酒。她一看到顾明渊就呆住了，她都不知道怎么形容，这辈子她就没有见过这么好看的人儿，跟仙子一样。

她呆呆傻傻的行为引得他身后的侍卫怒喝，吓得她摔碎了酒壶，这下更捅了马蜂窝，那侍卫抬手就要打她！

顾明渊却在这时轻轻蹙眉，淡雅的声音道："算了，叫她再去拿一壶就是。"

那时，燕巧就觉得，自己陷下去了。

那么气度不凡、英武不凡的男子，要是能跟了他多好……

燕巧看着他，就知道他不是一般人家，但她也不妄想啊，做个妾还不行吗？

但是到了下午，她知道真的不行了……

府尹竟带着本地所有大小官员来给这个男人请安，他是个王爷呀！

燕巧这辈子见过的最大的官就是府尹身边的师爷。王爷——这个词语已超出了她的想象。她觉得自己短暂的梦碎了，就是妾，妾的丫头，她恐怕都不配。那个摄政王府和她的酒楼根本是天上地下。

谁知道，老天怜见，连根本不可能的事都让她碰上了。晚上府台和附近一些高级武将也都赶了过来，陪摄政王饮宴，摄政王在宴会上喝多了，府尹不知道怎么想的，竟想到召她入府。接待她的是府尹的夫人。

那个浑身华丽的微胖女人见到她就笑得极开心，拉着她的手说一见她就投缘得很。还说自己没有女儿，很想认她做女儿。

她又惊又喜，知道这是天上掉下来、百年难遇的好事，马上跪下，叫了声干娘。

府尹夫人，哦不，应该是她的干娘，喜得连声说好，还马上从自己手腕上摘下一只

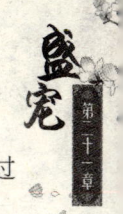

翠绿翠绿的镯子给她。然后才试探着问："听说，王爷在你们那里吃酒的时候，曾夸过你容颜好？"

燕巧当时心神一凛，王爷……对了，就是那个男人，他的确为自己说过话，但没有夸自己的容颜哪。是说真话，还是假话，短暂的瞬间，燕巧心里已经过了剧烈的挣扎，然后，她做出了一个影响她一辈子的回答。

"民女惭愧，配不起王爷的谬赞……"

那是当时的她能说出的最文绉绉的话了，还是在戏词里听来的，而府尹夫人显然只对答案介意，对她的言谈倒忽视了，当即拍手笑道："太好了，太好了，看来这天大的机缘就让我儿赶上了。"

她被干娘身边的侍女带下去梳洗打扮，换了一身她从来都没有穿过的绫罗衣衫，那衣服可真好，真舒服，穿在身上几乎都没什么感觉的。

当她进屋的时候，顾明渊正微闭着眼，蹙着眉靠坐在床头，身上散发着极大的酒气。

她轻声道："王爷，奴婢来伺候您沐浴。"

顾明渊睁开眼，一言不发地盯着她，那眼神漆黑如墨，叫她害怕，她不由自主地低下头去，颤巍巍地又喊了一声："王爷……"

顾明渊依然没有说话，片刻之后，她的视线里却出现了一只骨节分明的白皙的手，那个男人，朝她伸出了手。她走上前，抓住，自此改变了一生命运。

她知道自己和顾明渊的身份天差地别，所以一路上倾尽全力，想办法讨好。那个男人对她始终淡淡的，她对自己的未来也很忐忑，幸好上苍待她不薄，她竟有了一个孩子！这个孩子让她有了希望，她明白，一个王爷的子嗣对她有多么重要。

后院的阴私权谋没有人教过她，她并不知道怎样才能保护这个孩子平安降生，她只能靠着做母亲的本能，将浑身的刺竖起，做出一副"大不了就同归于尽，我若不好所有有关系的人都别想活"的架势来，这才终于让那些所谓的高位妃子安生了一些。当然，也幸好她碰上的是顾明渊这样治下严谨的王爷，否则即便她再色厉内荏，大概都是没用的。

就这样，在顾明渊不宠她，母亲家又卑微得不值一提的情况下，她竟一路将胎儿保到近八个月，还坐到了鹂妃的位置。对顾明渊，她不敢说爱得可以为他生，为他死，但至少在她陪在他身边伺候的时候，她尽了自己最大的所能讨他欢心。而现在，这个男人竟要她的命。

燕巧想，为什么，到底是为什么，想得头都痛了也没个所以然。最后，她决定去问问顾明渊，求求他，能不能别杀自己。

天蒙蒙亮的时候，燕巧站到了顾明渊出府上朝的必经之路，一身素服，头饰尽去，就那么默默站着。天不知何时下起了小雪，稀稀拉拉地落在她的头上，肩上，看起来更平添了几分可怜。

远处，一顶轿子伴着吱呀吱呀踩雪的声音渐渐近了。

小德子远远瞧见那边站着个女人，以为又是哪个想要飞上枝头变凤凰的主儿，所以示意身边的小奴才过去赶人。

那小太监噔噔跑过去，不耐烦地道："喂，你哪个房的？别站在这儿了，王爷经过闲杂人等都要回避！"

燕巧慢慢抬起头来，唬得那小太监一怔，后退两步跪在地上道："哎呀，奴才狗眼不识泰山，原来是鹂妃娘娘，奴才给您请安了。"

小德子这时也听见了动静，赶忙过来，打了个千儿道："鹂妃娘娘您万安，这大冷的天的，您怎么一个人站在这儿？伺候的奴才都去哪里了？待奴才晚上回来找管事婆子，把那些奴才都发卖了……"

"王爷呢？"燕巧木着脸，忽然开口打断了小德子的话，声音有点颤，带着一股寒气。

小德子看她精神不对，犹豫了一下才道："王爷正赶着时间要上朝呢，主子您有事吗？要不等王爷下了朝再说吧。"

"我有事情要马上找王爷，耽误不了太久的。"燕巧仍旧是木木的，大肚子在寒风雪花中挺得高高的，看起来像一座孤零零的丘峰。

小德子看看燕巧，又看看她的肚子，一时拿不准怎么办。

顾明渊低沉的声音在后面响起："小德子，怎么回事？"

小德子忙三步并作两步跑回去，守到轿子窗边，躬着身子，压低声音道："王爷，是鹂妃娘娘挡在路边，非要见您呢。"

顾明渊不悦道："这大早上的见我干什么？告诉她本王还有事要忙，晚上再去看她。"

"这——"小德子看看那边燕巧一动不动，大有就是不让路的架势，发愁道，"王爷，我看鹂妃娘娘神色有点不对劲，就是不肯走呢。她老人家有着身孕，奴才等也不敢强拉呀。"

轿子内，顾明渊重重地吐了一口气，忽地一下掀开轿帘，扑面而来的冷风吹得他眯了眯眼。他走出来，负手而立，缓步朝燕巧方向走了两步，上下打量了一下她，皱起眉道："看你的打扮成何体统，真是越来越没规矩了。"

燕巧也不辩解，扶着肚子，踏着雪，小心地挪过来，对顾明渊福身请安道："妾身给王爷请安。"

顾明渊盯了她的肚子片刻，终于还是抬抬手，缓了缓声音道："起吧。"

"谢王爷。"燕巧站起来，直勾勾地盯着他。

顾明渊瞧着她的样子，也的确有点不正常，语气不善道："是不是身子不适？怎么这样了？前几天不是还好好的。"

"哦……"燕巧呆呆地应了声，忽地又点点头道，"是呀，妾身这几天是不太舒服，似乎跟新换的安胎药有关。妾身想跟王爷求个恩典，能不能换回以前的安胎药？"

顾明渊的眼眸倏然眯紧，眼神都冷厉了，质问道："是谁跟你说安胎药换了？"顿了顿，又微微柔和了点神色道，"你怀着孩子，不要胡思乱想，先回去吧。"说着，就要转身上轿。

"王爷！"燕巧突然在后面尖声喊道，寂静的早上，她的声音听起来有些瘆人，"妾身在府外找了大夫，确定这药是给人换了的，请王爷下旨彻查，是谁如此胆大包天！"

"你竟敢私自出府寻医？你可知这是犯了忌讳的。"顾明渊的脸色阴沉了下来。

"知道。"燕巧全不怕地昂起头道，"请王爷治我内外私通之罪吧。不过毒害王府侧妃，其罪当诛，也希望王爷秉公处理，不要饶过那个大恶人！"

顾明渊静静地望着她，片刻之后，笑了开，却是冷淡，方才的那些关切、问候，都如同冬日里贴在冰上的碎碴子，极快地化掉了，让人几乎产生了一种错觉，那些情感是否真的出现过。

他说："如果换安胎药是本王的意思呢？"

燕巧巴掌大的脸在一瞬间变得惨白，她茫然地睁着双眼，看起来倒像个不知所措的孩子，整个雪地上变得死一般地沉寂。

也不知过了多久，她才终于再哆嗦着开口道："为什么呀，王爷？"随着这句话，眼泪不知不觉地流了下来。

顾明渊漆黑的视线在她的泪珠上短暂地停留了一下，随后转开脸，轻轻叹了口气道，"王府子嗣，是不能有你这样一个母亲的。"

"可是——可是我的孩子是您当初同意留下的呀！"燕巧哭了出来，身体微微一晃，虚弱的精神状态似乎撑不住那累赘的身体了。

小德子吓得一步上前，从后托住了燕巧，又指挥别的奴才，快点拿座儿来。

顾明渊慢慢走近，走到离燕巧身边一丈的地方，似是想说点什么安慰的话，但任何安慰在此时都是苍白无力的，于是，也不作无谓的抚慰了，只是道："顾王府子息薄弱，你生下这个男孩是立了功的，你的父母族人全都会因此受益。本王已经派人赶回涿县,赏赐你父亲千两黄金,在孩子平安降生后,我还可以赐你弟弟一个官位。你——还有什么别的要求吗?"

"王爷,我只有一个要求。"燕巧噙着泪,拒绝了奴才想要搀扶她坐下的动作,努力地,一点点跪到地上,仰头看着顾明渊,看着这个可以决定她命运的男人,哽咽着问,"我可以不死吗?我愿意放弃王子生母的身份,我不做侧妃了,我还像当初在进京路上那样,当您身边一个小丫鬟,行吗?"

顾明渊沉默着。

燕巧的身体颤抖起来,不知是冷的还是怕的,这段日子的锦衣玉食,却一直没养胖她,她的身子看起来还是瘦瘦的。

她深吸一口气,再次开口道:"那……我不留在王府了,行吗?待生产之后,您就将我逐出府,我保证,这辈子都不会出现在丰启国都了,可以吗,王爷?我保证,有生之年不会让世子找到我……"眼泪落在雪地上,初时那热度似想要融化了冰雪,可那漫天的寒冷很快便将她的眼泪也冻结了。她朝着顾明渊磕着头,嘴里一句一句地,不断地低声重复着:"请王爷恕罪,请王爷饶命……"

恕罪,饶命。其实,她到底做错了什么呢?不过是有了王爷的孩子,却因为她的出身,不配有这个孩子,所以便要抹杀了她生存的痕迹。

顾明渊从生下来就是高高在上的,并不会对奴才有什么多余的感情,但他毕竟不是嗜杀之人,他忽然不愿再看下去,猛地越过燕巧身边,对小德子等人怒喝道:"都傻站着干什么,还不快把她拉起来!"

小德子等人慌得呼啦一下围上去,七手八脚地硬托起燕巧,哀求道:"娘娘您就别再说了,王爷也有王爷的难处……"

顾明渊看也不看那闹哄哄的场景一眼,扭头大步回了轿子内,在放下帘子的一瞬,他看到燕巧被人抓住两只胳膊,身体拼命朝他前倾,嘴里发出撕心裂肺的大喊:"王爷!如果因为这个孩子我就一定要死,我为何要生他?!"

顾明渊猛地皱眉,眼看就要发怒,却又强自忍下了,只是再没了哄她的耐心,沉声道:"别想无谓的事了,好好生下孩子,你的家里本王会派人照看的。"说完,冷硬干脆地命令道:"起轿!"

小德子赶紧把燕巧脱手给身边人,自己三步并作两步跑回轿子旁,高声再一次重复道:"起轿!闲杂人等回避——"

八人抬的大轿就这样威威风风地越走越远,燕巧在后面拼命挣扎,凄厉地大喊,却只是徒劳无功,她的手用力往前伸着,想要够到那个遥不可及的男人,但是最后,手心

里只有一捧冰冷的空气。

她最后是被几个太监抬回清虹苑的，院子里的丫鬟奴仆听到外面的动静全都探出头来，燕巧经过灵儿的屋子时，正见到她的窗扇半开着，灵儿斜靠在暖炉前，好似正在缝着一个小小的东西……燕巧努力瞪大眼睛想要看清楚那小东西是什么，忽然，她想到了，整个人如遭雷劈，一动都不能动了。

那是一双小孩儿的虎头鞋，是缝给刚出生的婴孩的。

流珠注意到了她的视线，走过来嫌恶地看了她一眼，"啪"地放下了窗户。

燕巧怔怔的，脑海里一片空白，却分明有一幅拼图慢慢被拼凑完整了，所有的一切都被串了起来。顾明渊一早就打算好了一切，要给她的孩子另寻一个身份高贵的母亲。

她面如死灰，被送进自己房时，红蕊看到她的样子惨叫一声，扑上来便哭喊："主子，您怎么了？您这是怎么了？要不要给您请太医？来人哪，快去请太医，都愣着做什么！"她对几个太监吼道。

燕巧脸完全木的，也不知自己是冻僵了，还是心太冷了，她慢慢地启唇，说："不用请太医了。你们，都出去。"

"可是主子……"

"出去！"她再也控制不住，突然站起来，指着门口，双目通红地吼道，声音都沙哑得破了音。红蕊等人不敢再劝，低声说着是，一步步倒退出了门。

等到屋里终于只剩下自己了，燕巧才吃力地一点一点坐回床上，甚至，还很细心地拿了块毯子将自己裹住。

她真傻，实在是太傻了，她以为自己可以母凭子贵，让顾明渊接受她。但是没有，世间的一切情感对那个男人来说都是多余的，他，就是天底下第一自私之人。

想让她给徐灵儿生个便宜孩子？哪有那么容易……

昏暗的灯光下，燕巧的神情看着有些古怪，就那么偏着头，自言自语道："子息薄弱，子息薄弱……"她眼角闪着泪光，唇边却露出了悲伤的笑容。

我一定会让你付出代价的，顾明渊。

同一时间，珍妃的院子里，往日热闹喧嚣的堂屋近几日一直被阴霾的气氛笼罩着。

珍妃的奶娘捧着一碗安神茶，轻手轻脚地走进门，看到珍妃正披着一件衣服坐在窗边发呆，当即心疼地放下托盘，几步过去走到珍妃身边，抱怨道："主子您也太不注意自己身子了，这大冬天的，怎么能坐在窗子边呢？"

"妈妈你也忒小心了。这烧着满满一盆银丝炭呢，怎就冻着了？"说着，珍妃却咳嗽了两声。

秦妈妈又气又心疼，加快动作关上窗户，强拉起珍妃，将她带到屋里暖和的内室坐下，说道："您还说不冷，您看看，您这手都冰凉冰凉的。"秦妈妈弯下腰，两手捧着珍妃的手暖了一会儿，然后才将安神茶放到珍妃手心里，柔声道："捂捂手，趁热喝，啊……"

珍妃接过，低头小口小口喝起来，秦妈妈坐下，看看外面还没透亮的天，忍不住叹了口气说："主子您总这样睡不安生也不是个事儿呀。其实依老奴说，王妃都被送出府了，您与她之前的协议自然也就不算数了。没人能把哥儿从您身边带走的……"

"妈妈你想得太简单了。"不施粉黛，脸上带着淡淡愁容的珍妃，此时没有了平时盛气凌人、明艳逼人的模样，反而平添了一些烟火气，更像个普通的人妇了。她将头发往后顺了顺，情绪低落道，"皇家子弟，未来前途命运可不是看他待在哪里，而是看他记在谁名下，是否得王爷宠爱。文杰本来前途大好，我的外家虽不算十分显赫，但也并非全然拿不出手，都怪我画蛇添足，好好地让他去认王妃为母。这下可好，她……她出了那样骇人听闻的事，我儿岂不是要被她连累到死了！"说着，珍妃再也忍不住，趴在桌上哭了起来。

秦妈妈看得只觉得自己整颗心都揪在一起了，也跟着哭起来，起身从后半揽着珍妃道："别哭别哭，没事的，主子，按照习惯王爷今晚该到咱们房里了，您到时亲自下厨多做几个拿手的菜，想办法将王爷哄得高兴点，这记名一事不就这么过去了！"

"可以吗？"珍妃慢慢抬起头，泪眼蒙眬地望着秦妈妈，神情间都是踌躇。

"可以的可以的，一定可以的！"秦妈妈连连点头为珍妃打气道，"哪个男人不希望自己的孩子好？王妃可是顶着贪墨府里银钱的名声出府的，二少爷又是咱们府里现下出身最高的男丁，难道王爷能忍心他一辈子背负着嫡母的骂名吗？那根本与他无关的呀！"

珍妃的目光盯住桌子上彩金绣的大牡丹，看了许久，最后，慢慢点了点头。不论行不行，她都要试试。

晚上顾明渊果然到了珍妃的房里，只是神色淡淡的，并不十分高兴的样子，如果是平日的珍妃，她自然会为自己接下来要说的话掂量掂量，毕竟能坐到今日的侧妃之位，她所靠的也不仅仅是家族。

但是，关心则乱。她自己和她儿子的后半生命运，就如两座沉甸甸的大山一样压在她心头，让她根本无力去想别人的事情，揣测别人的心情，即使，那个别人是她的夫君。

"今日怎么想起来准备这么多的菜?"顾明渊进屋,一边顺着珍妃的动作解外套,一边注意到了桌上的菜肴,很给面子地半问半赞了一句。

而珍妃抱着他的衣服,在他身后微微停顿了一下,短暂的犹豫后,还是决定说。她扶着顾明渊坐下,亲手为男人斟满一杯酒,双手捧给他道:"王爷,请您满饮此杯,妾身还有事想要求您呢。"

烛光下,珍妃刻意打扮过的面庞几乎发着光,那一双眼睛更是要夺人心魄。但是顾明渊这一生实在见过太多美人了,再如何优秀的美女都不过蜻蜓点水一般,难以在他心底留下什么痕迹。

因而,他的视线几乎没有在珍妃的脸上停留多久,便被她的话吸引,甚或是说影响了。

男人端住酒杯的手在半空中顿住,面无表情地看了珍妃一眼,忽然将酒杯放下,自嘲一样地笑出了声,说:"真是巧了,最近怎么都来找本王'求一件事'呢?珍妃你还是先说你要求的事吧,大约等你说完了,本王就没心情喝这杯酒了。"

珍妃这时终于清楚意识到顾明渊心情不虞了,她有点退缩,慢慢站起身,看着顾明渊不说话。

顾明渊的嘴角扯出一个凉薄的弧度,目光看着手里的琉璃夜光杯,就那么把玩着,漫不经心道:"本王要你说,你又不说了?那将来可别怪本王不再给你开口的机会了。"

这一句话,却是将珍妃逼到了死角。箭在弦上,已不得不发,珍妃深吸一口气,豁出去跪下,她仰起头,万分可怜地对顾明渊万分可怜道:"王爷,当日妾身一时糊涂,竟将文杰认到了王妃名下,原本是想让他受到更好的教养,可谁知……谁知王妃竟是个……"她停住,皱着眉,仿佛太不堪难以继续说下去了,重重地吐了口气,接着道,"如今她的事都已尘埃落定,文杰却不该受她的连累,请王爷您下道恩旨,废除王妃当初将文杰认于自己名下的宗令吧……"

"都说完了?"顾明渊面容寡淡,语气平静。

"……都……都说完了。"珍妃怯怯道。

顾明渊突然一拍桌子,站起身怒喝道:"你放肆!王府宗谱你以为可以随你改来改去的吗?当初将文杰寄予梁氏名下,本王说过不允了,而你自作主张不理本王劝告,如今,岂是你说反悔就反悔的?"

"王爷!妾身——妾身知错了,如今您要怎么罚我都行,可是您要为文杰的前途着想啊……"珍妃惨叫一声,膝行几步过去,流着泪抱住了顾明渊的腿。

顾明渊径自推开她，低头看着跪在自己脚边，也是在自己枕边近十年的女子，眼中毫无感情地说："不要说了，有你这样一个反复无常的母亲，怕是才会影响文杰的前途！梁氏虽然犯错搬到庄子上去了，但毕竟是文杰名义上的母亲，从今天起就让他到小佛堂去住，为他母亲诵经祈福去吧！"说罢，抬脚大步离去。

"王爷——"珍妃哭着望向顾明渊远去的方向，拳头落向地面，弯下腰，原本挺直的脊背瞬间佝偻苍老了下去。

怎么会这样！她一步步地，拼命为文杰安排，可为什么会将她的儿子陷入越发艰难的境地？

小佛堂啊……进了那种地方，她的儿子还有什么指望，她还有什么指望？

顾明渊回到蔽词，才面色不善地坐下，就听到子荷禀报说邢将军求见。

邢向天今年还不到四十岁，正是年富力强的时候，以前是扎扎实实带兵作战出来的，家世虽平平了些，却娶了个身份挺高的夫人，弥补了这一劣势。如今正掌管着京师两万禁军，是顾明渊的心腹。

顾明渊只是微一思索，便对子荷说："传他进来吧。"

"是。"子荷轻声应了，开门引邢向天进来，为两个人都沏好茶才默不作声地出去。

邢向天的目光追随着子荷出门，眼神隐隐透着炙热，直到门都完全关上，什么都看不到了，这才意犹未尽地收回视线。而回过头来，正好见到顾明渊正挑眉瞅着自己。

那么一大把年纪的人了，竟不由得有点脸红，嘿嘿一笑，抬手摸摸自己的后脑勺。

顾明渊瞧着他的样子，也是摇头失笑，叹道："我知道你喜欢子荷。罢了，等到适合的时候我问问她的意思吧。"

"真的？"邢向天大喜，梗着脖子激动道，"若王爷真能促成这事，您就是我的再生父母哇！"

"别别，"顾明渊拿他没办法，无奈道，"以本王的年纪，还真没办法有你这么大一个儿子。"顿了顿，他又思索了一下，示意邢向天起来，继续说，"不过话说回来，你今年三十有八，子荷若本王没记错的话，应该是十六岁整。你们年纪的确差了些，若她不愿意，本王也不好强人所难。"

"末将懂得！"邢向天大着嗓门，坐下来连声答应，笑呵呵道，"您只要肯开这个口就行了。那句话叫什么来着，得之我幸不得有命？反正怎么着又死不了，对吧？哈哈哈！"

"什么乱七八糟的。是得之我幸，失之我命。'命'是命运的命。"顾明渊听得直

皱眉，对子荷是否愿意这门婚事更不抱希望了，怒其不争地教训道："早就和你说了，多读点书，多读点书，就你这样，难怪朝上那些阁老瞧不起你。"

邢向天憨笑几声，不吭声。

两个人又闲聊了几句，邢向天看着顾明渊心情仿佛好些了，才敢开口问："对了，王爷，末将见您进来那会儿似乎有心事呀，要不要和末将说解说解？"

顾明渊没有立即回答，邢向天虽是武将，却也有心思细腻的时候，见状赶忙补充道："当然，若是王爷有为难的地方就不要说了，末将也只是想为您排忧罢了。"

顾明渊看了他一眼，叹了口气，说："没什么不好说的，向天你也不是外人，本王只是一时不知该从何说起而已。"他执起杯子，喝了口茶，又放下道："前阵子你出京公干，许是不知道珍妃已经把他的儿子认到了梁氏名下。"

"梁氏……是否就是……"邢向天踟蹰着不敢往下说。绣心的事情早已在都城里传得风风雨雨。虽然没个明确的说法她到底犯了什么事，但一府主母犯错被贬，总归不光彩。

顾明渊想到坊间的物议，眉宇间也阴沉了不少，点点头道："对，就是前王妃梁绣心。她已经被本王打发到庄子上去了。"

邢向天识趣地没有多问，转而问道："既然这样，就让珍妃娘娘再把小世子认回来不就好了？反正小世子本来就是娘娘亲生，谁都不会说什么。"

"珍妃也想如此，只是本王不想让她如愿。"

"这是为何？"邢向天忍不住问。

顾明渊漆黑的眸子里闪着晦涩不明的光，低沉的声音好似从很远的地方传来，幽幽道："皇族里的争权夺利从来都是花招百出的，本王并不奇怪，可是珍妃太愚蠢，做得太过了。燕巧怀孕受封，她就急急忙忙把孩子认到梁氏名下，希望借此抬高孩子的身份；而梁氏才一出事，她又马上来求本王，要将孩子认回自己身边，行事张狂全无顾忌！她再这样下去，才会彻底毁了本王的儿子。所以，本王现在要压一压她，将他们母子暂时分开。等日后如果珍妃改好，便还让她带着文杰，若是……还这么愚昧下去，就只将她养起来，老实做个侧室就是。"

邢向天愁眉苦脸地想了一会儿，竟觉得顾明渊的处置方式是最好的，自己已经没什么可补充的了，所以站起身，心生拜服地一拱手道："王爷英明！末将是万万玩不来这些花花肠子的。"他语气极为诚恳，仿佛真心将"花花肠子"当作什么褒义词了。

顾明渊复又摇头，这次已经懒得再纠正他了，说道："好了，不说这些了，你专程求见本王应该是有正经事吧？说说。"

邢向天也收起了方才嬉皮笑脸的模样，左右警戒地看看，确认无人了才走上前，到顾明渊身边压低声音道:"回王爷的话,末将是特意来向您禀报,梁王府的两千精卫军末将已经盘点完毕登记在册了,不日找个地方将他们统一训练一番,便可供王爷差遣了。"

"哦?"顾明渊露出满意的笑容道,"邢将军你果然能干。坐到本王这里来,慢慢说,那些兵士都藏身何处,素质如何……"

烛光摇曳,两个人就这样一边谈一边聊到了深夜,顾明渊还破例喝了两壶酒,最后他拍着邢向天的肩膀喜道:"本王有你,当真如虎添翼!"

"王爷您谬赞了。"邢向天因酒意也红了脸。

顾明渊笑着摆摆手,不理会他的谦逊,看外面夜深了,正想着是让他早些回去还是干脆在此留宿,外面就传来了子荷的话:

"王爷,邢夫人派人来传话,问将军大概什么时辰回去,要不要派人来接?"

"这个婆娘,还催起我了——"邢向天正喝得畅快,一拍桌就想让她们回去,却被顾明渊拦住。

"哎,时辰也不早了,你还是快回去吧,免得嫂子记挂你。"邢向天夫人身份很高,是个被先皇重用的老将的独女,顾明渊见到她也会给面子说笑两句,因而并不为难邢向天,反而笑着劝他回家。

顾明渊亲自吩咐子荷给邢向天准备轿子,又将他送到了房门口。邢向天一再让他留步,拱着手道:"王爷您就别再送了,这不是折我的寿吗?"

"好,那我就不送了。"顾明渊的笑容略略收了些,望着夜空,出了口气道,"本王这段时间的心情一直不好,今天与你聊了聊,才总算开怀了些。"

"王爷您想和我聊天还不容易?末将改日一定再上门陪您把酒言欢!"邢向天豪气道。

顾明渊笑着用手按下他作揖的手,想了想道:"嗯,也好,王府最近也是多事之秋,是该好好去去这晦气。这样吧,再过半月就是除夕,到时大办一下,你带着家眷一起过来,我们好好热闹一番!"

"成!王爷,我到时一定准时过来!"邢向天笑着又对顾明渊一施礼,这才转身,略微摇晃着走了。临走时,还不忘硬拉上子荷,要她送自己一程。

子荷颇不放心地回头看了眼顾明渊,却见顾明渊对自己微微示意,子荷唯有垂下眼,默不作声地扶着邢向天出去,那稍稍弯曲的背影,一如这十年来恭顺的样子。

顾明渊瞧着她,微微皱了眉,心里思索着该如何向子荷说邢向天的事。虽然他对邢向天只说是问问,但两个人其实都清楚,官场里下属向上官讨要贴身侍女,也是一种别

样的示忠行为,他是一定要答应的。至于子荷的意见,其实倒不重要了。

只是,若子荷真坚决反对呢?

他回到书房,喝下另一个小丫头沏的解酒茶,下意识地就想到碟子旁边拿一颗梅子吃,不料才伸出手,就发现今日的碟子上并没有放那颗梅子。这时他才想起,自己的饮食起居这些年来一直由子荷独自打理,而解酒茶配梅子也是子荷这两年才开始试验的,看他喜欢才保留下来,底下的小丫头大约还没有学起。

顾明渊咽下嘴里的茶,收回拿梅子的手,转而捧起解酒茶,又品了一口,宽阔的脊背慢慢靠向座椅,闭目养神,舌头在嘴里慢慢滑过,体味着今天这不带梅子酸甜中和的清茶之香,其实茶味儿没有什么区别,就欠缺那么一颗果子。而子荷,就是他日常生活里的那颗果子。不由得,他叹了口气,即使再微小,也是个兢兢业业在自己身边近十年的人了。

他闭着眸,才想把杯子放回桌上,却觉得杯子被什么东西托住了。他睁开眼,一只白皙的手出现在视线里。顾明渊抬起头,对上的是子荷还微微喘着急气的面容,她脸颊因跑步而显得有点红,呼吸略微急促,见顾明渊看她,还有点不好意思地抿抿唇,拿着茶杯后退一步,抬手顺了顺自己的头发,小声道:"奴婢失仪了,请王爷恕罪。"

顾明渊摇摇头,示意无妨。

子荷一蹲身,举举茶杯,柔声道:"这茶王爷喝着不合嘴吗?奴婢再去给您泡一碗。"

也就这么点工夫,子荷竟就送了人回来了,只是为了给自己泡一杯合口的解酒茶。顾明渊并不是个笨人,眼前女子对自己的情愫其实十分了然。

他的眸色深了深,忽然开口,叫住了正往外倒退着走去的子荷:"等等。"

子荷有些讶异地停住,看向他。

顾明渊把玩着时常带在身边的一串白玉佛珠,仿佛漫不经心一般道:"你伺候本王也有不少年头了吧?"

子荷低下头,看不清神色,只听她说道:"是,王爷。奴婢八岁进的王府,九岁进了王爷的院子,有幸伺候您到如今。"

"九岁……哦,已经七年了。"顾明渊停下拨弄珠子的手,笑了笑,问,"你对自己的终身大事可有什么考虑?"

"奴婢没什么想法,只希望能一辈子伺候王爷。"

"哈哈哈!"顾明渊笑出了声,只是眸子里像是蒙了一层雾,笑意并不到眼底,"那怎么行呢?外人知道岂不说本王耽误了你?"顿了顿,他仿佛思索了一下,才说:

"既然你自己没有想法，本王少不得为你一想——邢向天将军为人豪爽，家庭简单，且对你有意，想娶你回家做如夫人，你觉得怎么样？"

子荷终于抬起了低了很久的头，深深地看向顾明渊，然后，清雅如荷花般浅笑，跪下，轻声道："奴婢觉得很好，谢王爷恩典，为奴婢如此费心。"

她答应得这样痛快，却让顾明渊忽然无法再说下去。

如果她装腔作势地来问一句：王爷觉得怎么样，王爷希望奴婢怎样就怎样。或者，她哭哭啼啼地跪下以这些年功劳相胁，求自己给个名分。顾明渊反倒不需要犹豫了。他这一生最讨厌的就是不知进退，不知身份的人。

但，子荷偏偏太能委曲求全。

顾明渊突然没了装腔作势的心情，合上眸，略微疲惫地挥挥手，说："罢了，这事以后再说，本王累了。"

"那奴婢伺候您梳洗吧？"子荷默不作声地将茶碗交给角门边的丫头，对顾明渊问。

顾明渊点点头。

待洗漱完了，顾明渊回到卧房，云罗正坐在床边等着他，蒙眬的烛光下明明冷淡的脸也变得柔和了许多。

顾明渊停下，伸手慢慢挥开子荷，子荷看了屋里两个人一眼，眼神一暗，沉默着躬身退下。

顾明渊一步步走近，许是喝了酒，也或许是刚刚见到一个女子对他的心意，他看着云罗等在床边的样子，就好像看到多年前，那还小的女孩在等他自己下朝回来，必须要与他说说话才肯睡觉似的。

那样依恋地，一心一意地对他。

心莫名地好像被什么东西触动了一下，他望着云罗的眼神就那么一点一点柔软下来，唇边也不自觉地露出了一点笑意。

如果这时云罗能稍微说句软话，或甚至就是什么都不说，别搭理顾明渊，也许两个人的今后都会不一样了。但是，她对他的厌恶已深入心底，就连他真情流露的神情都觉得难以忍受。

云罗噌地站起身，手下意识地掸掸衣服，像是要抖掉什么脏东西一样，嘴里冷硬地说："王爷是否需要我侍寝，若不需要的话我就先告退了。"那模样，竟似是恨不得现在就拔脚而去一样！

顾明渊还从未这样被一个女人当面嫌弃过，他看着云罗，方才那些淡淡的欢喜顿时

如潮水般退去，取而代之的是风雨欲来的阴沉，质问道："云罗，你就这么讨厌本王？讨厌得连一点表面功夫都不肯做？"

"意外吗？"云罗冷笑道，"早在你一手设计我去陷害姐姐的时候，就应该料到今天的情景了吧？"

"我一手设计？我陷害她？你当我是疯了还是傻了，把自己被背叛的事昭告天下？明明是梁氏不守妇道，我开恩不杀她简直枉生为人了，你还敢跟我说这些？"顾明渊越说越恨，那些曾经他不愿言说的，觉得难堪得恨不得一辈子埋在地底下的事，都被云罗一激之下给说出来了。他大跨步走过去，逼得云罗跌坐到了床上，抬起头面带震惊又强撑着掩藏惧意地盯着他。

顾明渊告诉自己，别可怜她，这个女人根本不值得他可怜。

"你记着，最好别再惹本王生气，否则我随时会反悔的。梁氏的命还在你手里呢，嗯？"他深吸一口气，又慢慢吐出，捏起云罗的下巴，漫不经心的语调就像在对待一个玩物。

云罗强忍着屈辱，眼眶红了，盯着他，不说话也不动。

两个人就这么僵持了片刻，顾明渊重重地吐了口气，放开她，坐到她身边，面容冷漠道："过几日就是除夕家宴，到时候你跟本王一起去参加。明天我会叫裁缝过来给你做两身新衣裳。"

"我为什么要去参加家宴？"云罗看起来在努力忍耐，倔强地昂着头，眼里闪着水光。

顾明渊却只是淡淡地看了她一眼，而后，用毫无感情色彩甚至还带着一点轻蔑的语气道："不为什么，就因为本王要。"

云罗别过头，紧抿着唇，眼睛盯着窗外无边广阔、自由自在的天地，一滴泪顺着眼角无声流下。

而此刻的顾明渊，已经一点哄她的欲望都没有了。两个人同床异梦，一夜无言。

转眼就是除夕，那一天，天还没亮的时候府里的女人们便早早起了，各屋各院灯火通明，挑衣服选妆容的声音不一而足。

清虹苑内，燕巧的屋子却显得有些安静。

燕巧坐在镶着金边的铜镜前，穿着一身红蕊挑选的大粉色吉服，脸上的表情僵硬而麻木，好像灵魂早已飞出了身体，此刻这里坐着的不过是一具空壳。

红蕊看着她这样有点害怕，努力镇定地给她上好妆，鼓足勇气，将燕巧的头往镜子方向对了对，轻声道："化好了，主子……您看多好看哪，您笑一笑，笑一笑……"

燕巧慢慢抬起眼皮，面无表情地斜了眼红蕊。红蕊的手哆嗦了一下，眉笔没拿住掉到了地上。她怕得急急退后几步，跪在地上使劲儿磕头道："奴婢该死，奴婢该死！"

"滚起来。"燕巧一展宽大的袖袍，缓缓站起身，脸上的表情变得高傲而冷淡地出了门。

后厨房内，婆子厨师们都在为两个时辰后的宴席紧张忙碌着。

"张家的，快来看看你的鱼，已经起水了！"

"刘旺！新柴呢？这些柴都受潮了！"

"苏婶子，燕窝咕嘟响了，现在下蜜枣吗？"

"下、下！要最好的金丝枣！"

这样的声音此起彼伏，忽然，厨房管事往外走时，一不留神撞到了前头迎面走过来的小太监，顿时两个人都跌倒了。那管事揉着屁股，当即就骂骂咧咧起来："哪来的不长眼的？没见这里都忙翻天了！瞎闯什么！"

"你……你……你混账！"太监尖厉的声音喊了起来。一边喊，那小太监一边一跃而起，狐假虎威地朝后头示意道："我们鹂妃娘娘大驾到了，你非但不接驾还出言不逊，不想活了吧？"

那管事定睛一看，前方穿着粉色华服，神情漠然的女人，可不是那位燕巧娘娘嘛！

管事惊得爬起来，跪在地上没命地朝燕巧磕头道："奴才该死！奴才不长眼！请娘娘恕罪，请娘娘恕罪！"就这么没命地不知磕了多少头，前面竟一直没动静，他慢慢地，跨踌地一点点抬起头，前面竟空无一人。刘管事赶紧一骨碌爬起来，大喊着："娘娘驾到！娘娘驾到！你们可千万别冲撞了！"边吼边满脸懊恼晦气地往里跑。

这厨房的地儿烟熏火燎的，向来没有主子光顾过，今儿这鹂妃娘娘怎么就来了呢？但愿她这个燕巧身份高了心胸也能大些，可别到王爷那儿去告自己一状。

就这么一路想着进去了，就看到满屋奴才已经跪了一地，只有燕巧正被贴身丫头扶着，在灶台边那些各色菜肴里挨个看着。

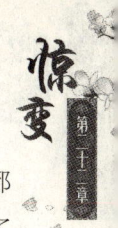

问这道菜是哪里的做法，都用哪些食材，那道菜是为谁准备的，是否所有主子都有。刘管事都上前赔着小心答了。最终，燕巧停在一口精致的大铜锅前头，往里瞧了瞧，正咕嘟咕嘟冒着白泡，闻一闻，散发着一股甜香。

她回过头朝刘管事问："这里头可是燕窝？"

"是的是的。"

他忙不迭地回答，赔着笑脸补充道："这道美食叫冰糖蜜枣燕窝羹，是用上好的血燕和金丝蜜枣熬制成的，口味甜香不腻，是女子滋补圣品，每次宴会只有高位的主子才有福气喝的。当然，等会儿开宴时您也一定有一份的……"

他说这话本来是想吹捧燕巧今时不同往日，已地位超然，却不知哪句惹着了她，竟招得燕巧大怒！

"混账！我贵为侧妃还怀着世子，想吃口燕窝难道还非得等着宴席开了才能有一份？你现在就给我盛一碗来！"

"娘娘，可是这汤火候还——"炖燕窝的婆子怯怯开口，想跟燕巧解释燕窝熬的时间还不够。只是话还没说完就被刘管事断然打断："娘娘要喝还不快点去盛，废话什么？"

那婆子只得快点给燕巧盛了，还特意挑了个上好的景德细白瓷碗，讨好地捧过去，叠声道："主子，小心烫啊——"

燕巧冷哼一声接过了，却是只抿了一点点就皱紧眉头道，"呸"的一声将碗放下，用力一甩宽大的袍袖，厉声斥责道："一点味道都没有，就跟涮锅水一样，是不是燕窝都被你们这些人吃了，再拿些烂叶银耳来糊弄主子？"

"娘娘明鉴！"那管事看都不敢看站在灶台边连连怒骂的燕巧，边磕头边哭丧着脸道，"有没有味道全看冰糖是否放到位提味儿了，可不是燕窝本身带甜哪！借奴才一百个胆子也不敢拿主子们的东西，娘娘您老人家一定明察呀！"

"闭嘴闭嘴，别号了，吵得我脑仁儿疼。"刚才还看着极为生气的燕巧，在短短时间内竟冷静下来，或者说不是冷静，而是冷淡，就跟刚到厨房外头时，不似真人般地冰冷无感情。她淡淡道："既是冰糖的缘故，还不赶紧加，难道在等我给你加不成？"

刘管事一骨碌爬起来，连声道："加，加，这就加！"一挥手便对身边下人吼开："还愣着做什么？没听到主子话吗？快拿冰糖来！"

等那婆子捧来糖罐，劈手夺过挖下好大一块糖放进去，回头正想再对燕巧奉承找补几句的时候，才发现燕巧不知何时已经出了门，那背影步步走远，全无停顿，好像……并不太介意他是否按她的指示加了糖一样。

刘管事没好气地将勺子扔给身边小杂役，抬起袖子擦擦头上的汗，低叹口气道："这是遭了什么无妄之灾呀……"

只不料，这一句话竟真一语中的。

外面冰天雪地，摄政王府的正厅堂内却是温暖得很，四周不知从哪里一直冒出淡淡清香的暖气，也不知是点了多少银丝炭。

穿着新衣，素点粉黛的小婢们，个个娇俏可人，训练有素地引着各位主子入席，坐到各人该坐的位子上去。左边都是顾明渊的家眷子侄，右边则是与顾明渊相熟的官员武将，有的也带了家眷过来。

云罗赫然坐在顾明渊下首第一位，向来与世无争却抚养着王府大少爷的静侧妃坐在第二位，燕巧因为怀着孩子竟一跃坐到了第三位！灵儿坐在第四，而最让人惊讶的是，孕有王府第二子嗣的珍妃，却排在了灵儿后面；再往后的妃子就都坐第二排了，其中不乏一些老牌侧妃都屈居在那里。

委屈坐在第二排的姚侧妃一看到这样的座次排序，当即就冷笑开了，阴阳怪气道："果然千好万好都不如肚皮好，看看，一个乡野村姑居然都坐到咱们前头去了。这会儿孩子还没生下来呢，若真生下了还得了？"

向来追随姚侧妃的席庶妃马上开口安慰道："姐姐您别多心，或许只是王爷体恤鹏妃姐姐产期将近，平日又没太多时间看她，这才将她往前挪了挪。您没见连珍妃姐姐都大度为她让位了吗？"说着，抬手用帕子捂住嘴就开始笑起来。

席庶妃的话表面听着温温柔柔，是好言平息纷争，实则话里暗藏讥讽。一方面点出了燕巧虽然怀孕却并不怎么受宠，摄政王很少召见；另一方面挑拨珍妃这个有子却被燕巧挤到后面去的侧妃去跟燕巧争斗。

"呵，有的人也别太得意，这女人生个孩子就如同在鬼门关走一遭，孩子生下固然满门荣华，但这富贵有没有福气享还是两回事！"珍妃果然中计，出言讽刺燕巧。

"那也比生了孩子却给他人做嫁衣裳好吧……"

"哈哈哈……"

不知哪个有意向燕巧示好的小妾出声道，引得周围一群女人笑作一团。

"谁！是谁说的！给我站出来！"珍妃气得脸都绿了，当即拍案而起。

而那些女人全都嘻嘻哈哈的，没人把珍妃的话当一回事。以前她借着自己有儿子，在府里从来都是横着走的，现在好好一个儿子被她愚蠢地送走了，在前王妃那个罪妃的名下，正是虎落平阳的时候，她们还不赶紧上去踩一脚以报昔日之仇？

也不知是谁第一个开头，那些女人七嘴八舌地"惋惜"开了：

"珍妃姐姐，您也是忒大度了，自己那么辛苦从鬼门关走一圈才生下的儿子，怎就献给……献给别人了呢？"女人不敢妄提王妃名字，干脆含混带过道，"您体恤别人膝下空虚，您自己不也就这么一个独子吗？"

"你怎么能理解珍妃姐姐博大的胸襟呢？"另一庶妃咯咯笑着说道，"珍妃姐姐素爱佛法，与世无争，对子嗣名位根本不关心，才不在意这些呢！"

"是吗？这么喜静还来参加什么宴会？回自己院子念佛好了呀！"

"你们……你们……"珍妃捂着胸口，站在那儿，颤抖着指着周围一个个以前谄媚地围在她身边的女人，愤怒得说不出话来，眼看就要晕过去了！

而在这一片闹哄哄的情景中，也算坐在风暴中心的燕巧却始终一脸淡漠，一语不发，仿佛周围这些人和事，都与她没有一点儿关系，完全游离在这王府之外。

静妃这些年一直被绣心和珍妃压制着，无奈为保儿子才退出权力争斗中心，如今眼看着自己也有出来一争的本事了，遂摆出了大姐的贤慧范儿，慈善地笑着对燕巧问：

"鹂妹妹你没事吧？可是身体不适，要不要传太医过来？我瞧着你脸色不太好一样。"

燕巧却冷冷地看了眼她，又看了看她身边六岁正是活泼好动年纪的儿子，目光阴冷得如同毒蛇芯子，并不回答。

静妃被她的视线弄得心里发寒，皱皱眉退远了些，搂着孩子再不与她搭话。

"吵什么？"大门口忽然传来男人低沉的声音，众妃回过头，只见顾明渊身着王爷常服，淡紫色衣裳将他整个人勾勒得贵气无比，威仪浑然天成，就这么大跨步走过来，直接到上座坐了，目光如不经意般扫了下身边第一个位置，看到自己想想看到的人才坐定了，不悦道，"当着客人的面也不知收敛，都该回去好好学学规矩了。"

几名到得早的外宾忙说无妨。

姚侧妃从第二排站出来，好似生怕顾明渊没注意到自己一样，福身柔柔道："王爷，我们几个并非在争吵，只是在夸奖珍妃妹妹为人大度豁达，珍妹妹还不好意思应呢，这才玩笑几句……"说着，捂着帕子笑了起来，精心点画过的眉眼带着一股媚意，直朝顾明渊瞟去。

"是吗？"顾明渊笑笑，并不相信，但当着宾客的面也不想深究，只是半真半假地说，"你们姐妹相处如此和睦，本王也就放心了，嗯？"说罢，警告似的朝那边一瞥。

众妃都老实了下来，只有刚才受尽奚落的珍妃无法忍耐，哭着从座位里跑出来，跪下对顾明渊道："王爷，求求您，就让文杰回到妾身身边吧，否则妾身真的没办法活了……"

"住嘴！"

"王爷！您也看到她们是怎么对臣妾了，再这样下去臣妾真的生不如死呀！"珍妃不理会顾明渊的警告，仍旧疯了一样哭喊，还意图朝顾明渊的方向爬过去。

从前，她是梁氏座下第一人，府里最受宠的侧妃，如今，她过的是什么日子？

顾明渊看着她的样子却忍无可忍，昔日那点念好全被眼下这个满脸泪水、狼狈不堪又胡搅蛮缠的女人破坏殆尽，他深深地吐出一口气，厌恶地对小德子道："珍妃不知礼仪，宴上无礼，现贬为庶妃，褫夺'珍'字封号，限其闭门思过，以儆效尤。"

"王爷！"珍妃惨叫一声，可立即就被小德子指挥着冲上来的小太监堵上嘴，拉下去了。一个个曾在府里威风一时的侧妃，就这样没落下去，饶是那些憎恨珍妃的人也不由得心有余悸，看向顾明渊的眼神都露出了畏惧，所有人都屏息凝神，不敢再言语。花园里一时静得呼吸可闻。只有云罗，环视着这一众方才还牙尖嘴利此刻都像哑了一样的女人，仿佛看完一场可笑的闹剧，事实上，她也真的低笑出声了，带着点难以忽视的轻视和不耻。顾明渊冷冷地望了她一眼，声音沉沉地说道："你笑什么？"

云罗摇摇头，收了笑容，看也不看顾明渊，无所谓一般道："没什么，我只是开心，这大过节的难道我不该笑吗？"

"哦？"顾明渊嘴角扯出一个弧度，却是阴寒，目光中含着淡淡的威胁道，"等本王赏赐庄子上一些东西，恐怕你就会更高兴了，嗯？"

"你——"云罗横眉怒目向顾明渊，那眼神仿若在盯着仇人，但只是恨恨地看着，终究没再敢顶撞，拿起桌上一杯酒，仰头喝下，又"啪"地将杯子用力放回，甚至可以说是摔回桌上。晶莹剔透的琉璃杯经不住这样的力道，杯底与杯身部"咔嚓"一下断裂，独留琉璃杯在桌上转着，洒出点点酒液。

众人都吓坏了，敢当众朝顾明渊摔杯子的，她云罗也算第一人了，所有人都以为顾明渊要发作，就连那个男人自己都觉得他忍不了她了。但是，顾明渊在久久地冷视后，终是移开了视线，对小德子淡淡道："开宴。"如此，竟是将云罗就这样轻轻放过了！

姚侧妃和席庶妃对视一眼，眸底都隐隐流出庆幸又饱受威胁的神色。她们庆幸和备受威胁的原因都只有一个，那就是顾明渊对云罗的宠爱和容忍都高得远超过她们的想象，幸好她们方才没有向她发难。但话说回来，除非她们甘心永远屈居于云罗之下，否则那一战迟早要来。

席庶妃给了姚侧妃一个从长计议的眼神后，就如平常一般恭顺地垂下头。

宴席开了，该到的重要宾客也陆续到了，一堂和乐，皆言笑晏晏，只是珍妃的位置在第一排，有个座位一直空着还挺显眼，有的来得晚又不清楚怎么回事的女眷不免往那边看了几次。小德子俯首向顾明渊请示道："王爷，是否要把萧庶妃的座儿撤了？"珍妃已经夺了封号，小德子向来谨慎，马上改口称她为萧妃。萧是珍妃未出阁时的姓氏。

顾明渊并没朝那个方向看，只是点点头算默认了小德子的话。不料两个人的对话被一直仔细关注着上面动静的静侧妃听到了，她马上站起身笑道："王爷，既然萧妹妹身体不适先走了，不如就叫姚姐姐来第一排陪我吧？正好文英也很久没见她姚姨娘了，是不是？"最后一句话，却是温温柔柔地对身边孩子说的。顾文英已经六岁，很懂母亲的意思了，当即便朗声道："我要姚姨娘，我要姚姨娘！"

顾明渊皱皱眉，目光几不可察地从静侧妃身上掠过，终是道："如此，便让姚氏来吧。"

姚氏惊喜地站起身，满面娇羞地朝顾明渊谢了恩，又对静侧妃蹲了个福礼，笑道："真是谢谢姐姐美意了。"这一声姐姐叫得万分诚恳，静侧妃满意地点了点头。

她在自己的院里闭门不出多年，如今有了出来一争天下的实力，却已不知这"天下"是何状况了，她急需一个位分匹配得上自己，能成为自己助力的女人结盟，而家世显赫却不甚得宠又无子的姚侧妃，无疑就是最好的人选。果然，这俩女人一坐到一起，就跟彼此有磁铁吸引着似的，隔着灵儿和燕巧就在那里说个不停。

"妹妹这身新衣裳可真漂亮，大约是上等蜀锦织就的吧？"静侧妃看着姚侧妃的衣裳赞美感叹道。

姚侧妃抚着自己的新簪子，不无自豪地答道："姐姐真有眼光，这正是我在西北做都督的大哥托人给我带来的，说快到年节了，该做两身像样的衣裳，以前那些银丝锦的该扔就扔了。"

"哎呀，有个都督兄弟真是好，若娘娘您的银丝锦都该扔了，我们穿的这些——岂不都成了破衣烂衫了？"一个小庶妃有心奉承，左右笑着道，马上引来一片恭维声。

眼见着姚侧妃一坐到前面来，浑身骨头好像都轻了，享受着众人的追捧，全不顾是自己才给了她脸面，静侧妃慢慢收了笑脸，摸着身边儿子的头道："果然千好万好不如娘家好，英哥儿的里衣不过才能分到些银丝锦的料子做，妹妹却都嫌弃银丝锦的外衫磨皮肤了，真是……啧啧。"

姚侧妃瞧着她装腔作势的样子，明显是不高兴了，心里也有点暗悔自己方才招摇了些，眼珠一转，忙用帕子捂着口咯咯笑着补救道："静姐姐说的这是哪里话，英哥儿是咱们王府长子，身份自然尊贵无比，这要是我的哥儿呀，肯定恨不得他天天吃最好的穿最好的，但姐姐可跟妹妹不一样，深知这带孩子要让他懂得节俭惜福、先苦后甜的理儿——哎，妹妹对姐姐真是打心眼里佩服着呢！"

一番话，说得静妃脸上露出了笑模样，谦逊道："哪有，妹妹可别这么赞我，说得我都要脸红了。"

姚侧妃再接再厉道："妹妹怎敢诳姐姐呢？论为人处世这府中的姐妹哪个又能比得上姐姐？依我看，英哥儿将来必成大器！"顿了顿，她又道："不过姐姐也别怪我多嘴，英哥儿毕竟还小，虽然要多多管束，但也不宜太过，穿个银丝锦当然也不算失礼，可毕竟配不上哥儿的身份。这样，今天我这个姚姨娘就大胆做一次主，把兄长送来的两匹蜀锦剩下的料子从里到外给英哥儿裁一身漂亮的新衣裳！姐姐觉得如何？"

"哎呀，这可怎么好意思？"静妃脸上笑成了一朵花，这次瞧着才是真高兴了。

姚氏心里虽然心疼，但也知道眼下还是哄好静妃最重要，于是打起精神跟她你来我往，终于让静妃欢欢喜喜地答应收衣服了。

顾明渊望着台下的女人在言笑晏晏间就已交了一次手，心里厌烦无比，但脸上也不太表露出来，只是轻轻转了两下佛珠，面无表情地别过了脸。

客席上忽然响起了一阵哄笑，原来是有人想灌邢将军酒，却被邢夫人指着鼻子骂回去了，总算稍稍压下了这边古怪的气氛，顾明渊微微笑了一下，举杯向所有人致意，朗声道："祝大家在未来一年都平安喜乐，顺顺利利。"

"多谢王爷！"花园里的人一齐站了起来，朝顾明渊举杯，仰头喝下。

酒过三巡，宴上的气氛都随意了些，很多女眷也开始串桌敬酒，主要的敬酒方向自是集中在顾明渊右手边第一排座位。

静侧妃是目前唯一带着男孩的侧妃，灵儿是顾明渊新宠，燕巧是新晋的有子妃子，因而这几人受到了热烈的追捧，而姚氏座位虽说处于劣势，但总算入府多年，是老牌妃子，很有几个手帕交，所以倒不显得寂寞。最后看下来，竟是只有云罗这个身份让人疑忌的郡主被所有人"敬而远之"了。云罗根本没兴趣和这些女人虚与委蛇，因而自斟自饮得也算舒适，却不料灵儿还能像什么都没有发生过一样，隔着静侧妃，若无其事地朝云罗敬酒道："姐姐，我敬您一杯。"

"姐姐？"云罗冷笑道，"我乃当今太后亲封的郡主，入着皇族宗谱的，当今皇帝或是王府贵女叫我一声妹妹姐姐还算恰如其分，你又算什么人？"

她这样赤裸裸的鄙视和厌恶，灵儿看起来竟毫不介意，连脸上的浅笑都没变，柔声柔气道："姐姐玩笑了，既然入了这摄政王府文庙便都是王爷的女人，还分什么郡主、平民呢？燕巧妹妹，你说是不是？"她偏头向燕巧笑道。

这话本来意在挑起纷争，可平日性格最暴躁的燕巧今天也不知怎么回事，只冷冷地看了她一眼，并不说话。灵儿见两个当事人云罗和燕巧都不搭理她，也不再说什么，笑

笑独饮了酒，转头又去跟别的女子说话了。

热菜一道道送上，俱是色香味俱全，云罗却一直在饮酒，几乎没怎么碰过吃的。

顾明渊暗暗皱眉，侧首朝小德子道："问问厨房，今天可准备了什么甜品，让他们送上来。"

"是。"小德子躬身答道。

厨房管事很快领着一众婢女悄无声息地进来，当那金灿灿的盖子掀开，露出的赫然是炖得清香四溢的五碗燕窝，每碗上头点缀着一颗金丝蜜枣，显得煞是好看。

云罗不经意间瞟过去，又很快移开视线，忽然空气中传来一阵燕窝里的味道，她敏感地皱皱眉，突然又转回头去，盯住了那燕窝。

顾明渊回头时正好看到云罗在盯着那燕窝看，远远在上面瞧着那白里透红的颜色也的确漂亮，遂心情较好地说了句："不错，赏。"

"怎么就只有五碗？"他再看过去时，明知故问地问了一句，随后对管事吩咐道，"今天来到这里的女客都是贵宾，每人都上一份！"

邢夫人忙带头站起来道："多谢王爷美意，不过妾身出身于武将堆子里，您给我个金窝头我也品不出味道的，倒不如让妾身随意吃些热菜还安心。"

有她带头，那些夫人们全都站起来推辞。顾明渊不好勉强，也满意邢夫人对他的尊敬，笑着将佛珠放到桌上道："既如此，你们就多吃些。"

"谢王爷——"女眷们齐声道。

五碗燕窝被捧上了桌，文英小孩儿气重，闻到那香甜的味道先闹着要吃，静侧妃宠爱地拿起法司朗勺舀了点，吹一吹，尝了不烫了才喂到英哥儿嘴里。姚氏看她们吃得香甜，有心讨好，忙吩咐丫鬟把自己那碗也端给英哥儿，静侧妃笑着对姚氏点头致意。

灵儿也捧起了碗，白皙的手指执着细细的勺子，在那碗里轻轻搅一下，又搅一下，燕巧就一直那么静静坐着，时不时看一眼，忽然，她开口道："灵妹妹怎么不吃？这么和来和去岂不是凉了，白费好东西。"她的语调冷硬，说的却是无关紧要的话。

灵儿没想到今天一直沉默的燕巧，会忽然跟自己说这个，当即愣了一下，还没等她出声应答，云罗竟抢在她前头沉声开口："你既说这是好东西，自己怎么不喝？"

燕巧左右看看，蓦地一声冷笑，端起碗也不用勺子，咕嘟嘟几口将燕窝灌了下去，然后挑衅地看向云罗。云罗早在她往下灌的时候，身体就微微一动，但燕巧喝得极快，没有丝毫犹豫，转眼就见了底。她深深地看了燕巧一眼，又看看周围那些全都戴着假面在笑的女人，不知在想什么，最终她坐回来，别过头，不再说话。

灵儿莫名觉得有些不对劲，狐疑的目光在两个人身上打了个转，一勺燕窝就举在嘴边,将碰到唇又没碰到的样子。燕巧直勾勾地盯着她的手,也不知到底在看什么,而云罗则背对着她,一言不发。

心里的古怪越发扩大,她抿抿唇,突然将那燕窝扔下,放到桌上道:"这闻着的确是香,等会儿吃饱了我可得好好品一品。"说着,吩咐丫鬟给自己夹了个桃仁饼。

燕巧死死瞪着她,那眼神倒像恨不得掰开她的口,将燕窝灌进去一样。

"燕窝要凉了。"她从牙缝里挤出这句话。灵儿漫不经心地笑笑道:"我喜欢喝凉的——要不,这碗先给姐姐?"她挑衅地朝燕巧一瞥。燕巧的胸膛剧烈地起伏着,谁都没想到她会忽然站起身,抓起盛燕窝的碗疯了一样朝灵儿嘴里灌!

"你给我喝!"

所有人都惊呆了。顾明渊用力一拍桌子,震怒道:"还不快把她拉开!"

"是!"几个奴才齐声道,哄地围了上去,有的拽灵儿,有的劝燕巧,但燕巧挺着大肚子,奴才们一时不敢硬拽,竟僵持住了!

却在这时,静侧妃发出一声惨叫:"文英!文英你怎么了?"

只见这王府的大世子,刚才还活蹦乱跳的男童,此刻无力地瘫倒在母亲的臂弯里,脸上惨白。

"王爷!王爷!文英好像中毒了!我们的孩子——您快救他呀!"静侧妃抱起儿子哭着,连滚带爬地跑出座位,朝着顾明渊的方向就冲过去,好像那里坐着能救她儿子的神。而顾明渊下意识坐直了身体,但是,静侧妃没有把孩子带到他身边,在距离他三步之远的地方,静侧妃慢慢滑倒在地,怀里抱着早已没了动静的孩子,后背抽搐着,一次次重复着:"救他,救他……"然后,再没了声息。

顾明渊几乎惊呆,一拍桌一步跃下,到了静侧妃身边,手在她鼻尖一探,已经没气了,收回手,闻一闻,竟有砒霜的味道。

"哈哈哈!报应!"燕巧站起身来,放声大笑。

顾明渊阴沉着脸简直能滴出墨液来,抬头望着燕巧的目光好似恨不得活剐了她,从牙缝里挤出一句话:"把她拿下!"

这会儿,就是再傻的人也明白发生了什么,看向燕巧的目光都充满震惊。那几个拉扯的奴才也不敢再留手,下了狠劲儿将燕巧扯开,摁跪在地上。

灵儿无力地瘫坐在地,抠着嗓子拼命往外吐,也不知是已经中毒还是吓的,脸色也苍白如纸。整个场面乱作一团,顾明渊突然到中央暴喝一声:"够了!都给本王安静!来人,封锁此处,不许出入!"

伴着他一声命令,平时难见踪迹但实际上无处不在的王府银衣卫,便从地上,天上，不知什么地方翻飞出来，手里亮了兵刃，虎视眈眈地盯住花园内。

顾明渊负手而立，眉宇间如千山暮雪一般令人望之生寒，他一步步走过去，直到走到燕巧身边，居高临下地盯着她，问："我待你恩重如山，你为何要这么做？"

"是。"燕巧笑笑，竟毫不畏惧地仰头答道。她的唇角流出一丝血迹，毒药也已经发作，"你让我怀了你的孩子，却不肯让我活，这算什么恩重如山？尊荣财富，娘家，我燕巧稀罕吗？要是我可以选的话……我宁可一生留在乡下，守着爹爹给的酒楼，就这么，一辈子……"

最后一句话，几乎无声，就那样破碎在风里，没有人听到。

她痴痴地看着顾明渊，看了很久很久，最后口中吐出一句带笑的话："王爷，永别了。"

她伸出手，徒劳地在空中抓了几下，似是想要触碰到顾明渊，但是，最终什么都没有，一如她这一生的命运。

他伸出手，她的命运就此天翻地覆；森森王府，锦绣浮华伴着惊险迷了她的路；她以为得到上苍眷顾，到最后不过命运作弄；高官厚禄，荣华侯府，其实都是南柯一梦，终归一抔黄土。

燕巧睁大了双眼，模糊间好似又回到了很久以前，那个她从小长大的酒楼，雅间里出现了一个神仙一样的人儿，小二忙不过来，爹爹在找人上酒，可就这时，楼下的小姐妹喊她去看最新款的头花、绢绳。她有些不舍地又往雅间里看了一眼，最终欢呼着朝小姐妹去了……那个男人留在了她的身后，她闺阁的梦里。如果，这是真的该多好，如果这才是真的该多好……燕巧闭上了眼，唇边浮起了一丝少女般的笑容。

顾明渊却没有过多的怜悯能分给这个从一开始就被他舍弃了的女人，他脑海里回忆着燕巧刚刚说过的话，忽然低呼一声："不好！"

"快！派人去看看二少爷和三小姐，马上把他们带过来！"

"是！"两名银衣卫应声抱拳，腾空而起。不过一刻钟的工夫，两名银衣卫就都回来了，其中一名抱着哭闹不止的顾文杰，另一个却是空手而来。

抱着文杰的银衣卫将孩子放到地上，一手紧拉着他，对顾明渊跪地行礼道："回王爷，奴才怀疑二少爷也中了毒，请王爷速派太医诊治。"他沙哑着声音道。

顾明渊一挥手示意准，目光转向另一名银衣卫，军士却是"扑通"一声双膝跪地道："奴才该死！三小姐……已经……去了。请王爷处罚！"说着，一个头"咚"的一声磕下去。

顾明渊踉跄着退后一步，幸好小德子扶住了他，他的目光沉沉地环视过园子里，到处都是哭声。他用手扶了扶头，直觉天上的日头晃眼得很，照得他头晕。

渐渐地，场上的嘈杂静了下来，都望向沉默着立在那儿的顾明渊。

"王爷……"子荷带着哭腔扶住了顾明渊的胳膊道，"您要保重身体呀，这个王府还要靠您呢。"

"本王没事，"顾明渊重重地吐出一口气，好似恢复了些冷静，问："太医到了吗？"

"回王爷，已经到了。"

顾明渊点点头，面无表情道："把所有中毒的人都抬过去。"

"喳！"银衣卫首领跪下道，几个人一人携起一个中毒的，不论死活都带走了。

云罗一直沉默着，这会儿忽然走出来，对顾明渊行了个半礼，淡淡道："王爷，这里没有我的事了，可否允许我先告退。"

她的目光自始至终没有落在场上那一片狼藉里，说话的语气没有了平日的针锋相对，反倒显出两分意兴阑珊，刻骨疲惫的感觉。顾明渊的瞳孔忽然剧烈一缩，漆黑的眼球紧紧盯着云罗，那眼神仿佛有实质一般，要将云罗上下分解了！

她的燕窝一口没动，她曾在灵儿动燕窝的时候出言阻止，从第一个中毒人出事开始到刚刚一言未发，她不肯看这里的人，神色像是在逃避，像是不忍……一个猜测浮上脑海，搅得顾明渊五脏六腑团成了一团，他咳嗽两声，几乎要咳出血来！

"王爷！"小德子哭着扶住顾明渊，顾明渊咳着，捂着自己的胸口，摆手示意自己没事。眼睛像鹰钩一样直直地盯着云罗，咬牙切齿道："谁都不准走！"

清虹苑距离出事地点最近，现在便被临时征用，太医院当值的李、陆、王三位太医都被带入了摄政王府，面对这场骇人听闻的下毒事件，一字不敢多说，一句不敢多问，战战兢兢地治着人，希望能保住自己一家老小。

所有人都在门外紧张地等待着最后结果，只有云罗被顾明渊强拉着进了一间厢房。

"你干什么？"云罗被他推到床上，摔得挺疼，揉着胳膊坐起身，却不看他，而是冷着脸道，"我要出去了。"

"你心虚了？"顾明渊笑，眸子里却是几乎要吞并一切的怒火。

云罗抬起头，直视着他道："我心虚什么？"

顾明渊狠狠掐住她的下巴，强迫她保持仰头的姿势，目光阴狠地说道，"你早知道那碗燕窝里有毒是不是？你故意不出声的是不是？"

他以为她会狡辩，死不承认，抑或会后悔，痛哭着认错。但他怎么也没料到，云罗

竟笑着反问："知道又如何呢？跟我有什么关系？"

那一瞬间，顾明渊简直控制不住想杀了她。

他的胸膛剧烈地起伏着，他的眼睛要望进那个女人的内心深处去，他一字一顿地问："我的儿子，你的姐妹，都与你没有关系？"

云罗慢慢垂下眼睑，片刻之后，清清楚楚地，又带着点遗憾一般叹道："是，与你有关的一切，都早与我无关了。"

"给本王老实待在这儿！"他恨恨撂下一句，转身就出了屋。屋门"砰"的一声从外关上，云罗隐隐听到他在吩咐侍卫："守好这里，不许任何人进出！"

"喳！"

屋内归于沉寂，云罗闭上眼，慢慢地，长长地出了一口气，再睁开眼睛的时候，眸底隐隐有水痕。她其实，也不过是觉得那甜品味道有古怪，但见燕巧淡定喝下，也就打消了疑虑。心肠再狠毒，又怎么忍心看到那么多人在自己面前死去？她不对顾明渊澄清自己，不过是想在他心上，再割下一道伤口罢了。

因为顾明渊，与她不共戴天。

云罗将头轻轻靠到床栏上，眼睛久久地盯着墙角袅袅升起的檀香炉子，一动不动，如雕像般发起呆来。

当漫长的一夜过去，事情已尘埃落定：顾明渊的子嗣，除顾文杰之外，全已故去，而顾文杰虽捡回一条命，却被太医断言以后身体必然孱弱，恐活不过三十岁。

在这场中毒事件里，受伤最轻的竟是灵儿，只是身体损耗了许多。太医私下告诉她，以后恐怕要好好休养才会有子嗣。虽说没有将话说死，但躲闪的视线已经让灵儿有了心理准备。

她独自在屋里发了好一会儿呆，想到自己在宫里时对未来的期盼，想到初入王府时的艰难屈辱，想到两个时辰前她已经坐到了王府妃子席上第一排，还想到了……云罗。

她觉得，自己不能倒下。没有孩子又如何？只要有地位，有宠爱，所有女人生的孩子都会是她的。

灵儿闭上眼，靠在床榻上，开口叫流珠进来道："你去吩咐太医，让他别乱说话。"

流珠虽不知两个人刚才在房里谈了什么，但是看着灵儿眼下难看的脸色，也不敢多问，低低应是，就要退出去。

灵儿却忽地叫住她，问："王爷那边怎么样了？"

流珠小声道:"回主子,王爷处置了好多人,连珍……萧氏都被王爷关起来了,看似已失了心智。"

"哦……好。"灵儿垂下眸子,一个念头在脑海里渐渐成形。

她撑着虚弱的身体到了顾文杰的房里,跪请顾明渊差走所有人,而后,对着那个男人恳求道:"不知王爷是否还记得以前答应过我的事?"

顾明渊看着她的样子却是冷笑道:"命都差点没了,居然还能记着这些,徐氏你真是好胆色。"

灵儿笑笑,对这诛心的话也不为自己分辩,只是安安静静地跪在那儿,说:"妾身的身体本就虚寒,这次再经过中毒,大约寿数也不会太久了。荣华富贵对臣妾来说已经不算什么了。妾身只是对文杰同病相怜罢了,我与他都是可怜人儿,如今他的母亲又疯了,若王爷不嫌弃臣妾粗笨,臣妾恳请抚养二公子,这一生不再要自己的孩子,好好将他带大。"

顾明渊盯了她好一会儿,累极地闭上眼,挥手道:"罢了,本王准了。"

丰启首都发生了这件百年难遇的骇人听闻大案,个中缘由当然不能为外人道,可是又不得不给宫里、顺天府一个交代。蔽词内,顾明渊拿着银衣卫送上的密函,看着,怔着,慢慢地,松了手,靠坐到身后宽大的太师椅上,仿佛一夕之间老了许多。

"发告示,说王府混入逆贼,几位侧妃和世子不幸遇难。王府内所有人服素食斋一月,为逝者祈福。"

"是。"暗处传来一声答应,然后"呼"的一声,一个人影飞出去了。

整个中院陷入一片死寂,明明青天白日的,却让人觉得有些阴森森。

当子荷端着碗枸杞鸡汤进门,看到的就是顾明渊疲惫难受的样子,她眼里一酸,几乎落下泪来,吸吸鼻子,缓步走过去将托盘放到桌上,俯下腰,在顾明渊耳边轻声道:"王爷,吃点东西吧,啊?不然身体受不了的……"

顾明渊不动,不说话,连眼睛都没有睁开。子荷忽然捂住嘴,"扑通"一声跪在地上,哭出声来,抱着顾明渊的双膝道:王爷,奴婢求您别这样了,奴婢知道您心里有气,您有火就冲奴婢发吧,千万别憋在心里……"

在这个人人自危,奴才们都有多远恨不得躲多远,连小德子都不见人了的时候,只有子荷傻乎乎地闯进来,跪在他的脚边对他说:有火就冲她发吧。

顾明渊睁开眼,看着脚下满脸是泪,柳叶眉不施粉黛依然清新可人的女子,莫名觉得心底某个地方软了一下。他张开手,缓缓地,缓缓地移动到了子荷的头顶上方,似是想要拍拍她,抚慰一下,但是,那只手最终没有落下去。他长叹一声,收回手,站起

身,从子荷身边迈过去。

子荷仓皇回头,对着顾明渊的背影喊了一声:"王爷!"带着哭腔。她有一种预感,刚才有一瞬间,她曾经无限接近了那个高高在上的男人的心。

顾明渊停下脚步,没回头,背对着她摆摆手道:"你的心意本王明白,过阵子吧,本王会想一想的……"然后,拔脚迈出了门。

子荷在屋内呆怔片刻,泪忽然汹涌落下,七年的守候哇……那个男人终于给了她一线希望。空荡荡的书房内,子荷闭上眼,噙着泪,头深深叩地,带着自己这一生最大的诚恳与感激道:"奴婢,多谢王爷恩典。"

从蔽词的书房到卧房,不过几步的距离,顾明渊不知不觉就走到了这里。

云罗已经被从清虹苑接回。没想到,在发生这么多事之后,他心烦了,想找人说说话了,还是希望到云罗的身边去。

顾明渊慢慢地走过去,几个银衣卫默不作声地朝他拱手行礼,顾明渊点点头,以眼神示意他们退下。然后,独自踏上台阶,一级一级,每一步都觉得用了很大的力气,身上的力气好像都快用尽了。

终于,他走到门外,伸出手,在空中停了停,然后才"吱呀"一声推开了门。云罗应声回头,顾明渊背光而立,模糊间只能看到一个高大的身形,却瞧不清神色。

云罗面无表情地又转过头,继续望着窗外发呆。

顾明渊走进去,到桌边坐下,桌布已经撤下繁复华丽的深紫,换成了素白。他摸着那丝绸的触感,心里涌上一点淡淡的哀伤,哦,是了,府里要办丧事了。

他抬头看向云罗,他知道那个狠心的女人大概不会有什么多余的同情心,还是忍不住道:"本王的孩子死了,都死了,只剩下文杰了。"

话一出口,他其实就有点后悔了,他在乞求那个女人的怜惜吗?他可是顾明渊哪,太难看了,这个姿态真是太难看了……

没等他重整起自己的威严,云罗一句话就将他的自尊和示弱通通踩在脚下。

她说:"哦?是吗?"那样漫不经心的语气。

屋内沉寂着,胸口里好像翻江倒海,顾明渊握住拳头,额头青筋暴跳,他喘着气站起身一步步逼近,看着她,声音透着危险地说道:"就这样?你没别的要和本王说了吗?"

云罗仰起头,毫不畏惧地对上他的视线,轻扯唇角笑开道:"王爷想让我说什么呢?种瓜得瓜种豆得豆,今日的果是你自己一手造成的——还有,如果您这次真清醒了,明白了,就把我放出府去吧,否则只怕下次轮到我来下毒了。"最后一句话,她微

妙地停顿了一下，好像在舌头上卷了卷，透出些嘲讽的笑音。

顾明渊的身体晃了晃，他一点一点握紧了拳，眼神阴狠暴戾得骇人。

他深深吸了一口气，又慢慢吐出，突然笑开道："你就这么想离开王府，跟本王划清界限吗？"看着云罗期盼坦然的目光，他恶意地呵了一声，一字一顿道，"好，本王偏让你走不出这里。从今天起，由你暂代治府一切事宜，管理后院上至嫔妃下至奴仆！"

"什么？"云罗站起身，怒道，"你疯了？你就不怕我对你其他的子嗣复仇？"

"随你。"顾明渊毫不在意地笑开道，"反正这王府本王是交与你了，你是替梁氏在做的。王府出了什么岔子，本王就命人打梁氏十板，出了人命，就由梁家人来抵。你好自为之吧。"说罢，拂袖离去。

他才一跨出门，就听到屋里乒乒一通响，仿佛云罗恨得将桌上所有东西都砸了。

顾明渊略略停住，笑开，却是苍凉狠绝——这样很好，很好，她一辈子都休想离开，陪他在这个腌臜血腥的地方，一起待到死。

这一年顾王府的冬天好像特别长，云罗搭着丫鬟的手，穿着绛紫色狐狸毛大氅，手里捧着一沓账册，走着走着忽地在花园停下，抬起头看着天上洋洋洒洒飘落的雪花发怔。

这么快，就又是一年了呀……这个王府都不一样了……

身边的丫头碰碰她的胳膊，低声道："主子，您看前头，灵侧妃来了。"

云罗转过脸，果然见到已经被赐封号为"灵"的徐氏，在流珠的搀扶下缓步走来。许是因为过年，也或许是因为她的身份已经不同了，今日的徐灵儿早已没了当初刚进府时畏畏缩缩小心翼翼的样子，她穿着一件接近大红色的玫红衣裳，外罩着黑色鹿绒大氅，头戴侧妃最高规格的发饰，昂首阔步地行过来。在她的身后还跟着两个奶妈，小心牵着一个包裹得严严实实的小孩子，想来就知道是顾王府唯一的男丁——顾文杰。

灵儿走近到她面前，美目在她手里的账本上打了个转，又自然地移开目光，然后笑着微微福身，说："妹妹给姐姐请安。"

云罗扯扯嘴角，将账本交给身边的丫头，淡淡道："我可担不起你一声姐姐。"

灵儿笑着自行起身，没再说什么，而是将眼睛转向周围这广阔的冰天雪地，如雕栏玉砌一般的王府内景，感叹道："又是新的一年了呀，明年应该会是好年景吧。"

"好与坏只在人心。看徐侧妃这春光满面的样子，便知明年对你来说一定是好年景了。"云罗讽刺道。

248

"借姐姐吉言吧。妹妹是个福薄的，若没有姐姐，我大概是没有今天的。"灵儿温婉一笑，回过头，蹲下顺手给文杰整理了下衣服领子，将他围得更密不透风。然后，才起身回头对云罗浅笑道，"祝姐姐新年快乐。时候不早了，王爷还在等我们，恕妹妹先行告退了。"说罢，略施一礼，轻移莲步离去。

云罗昂着头，与她擦身而过，昔日的姐妹，如今这摄政王府里两个有分量的女人，就此相背而行，越走越远，各自带着一支蜿蜒的队伍。

当灵儿赶到清辉堂的时候，所有有名位的侧妃庶妃都已经到齐了，灵儿一进去就在丫头的服侍下脱掉鹿绒大氅，笑着对顾明渊福身道："妾身该死，早上为了哄杰哥儿来晚了，请王爷恕罪。"

王爷摇摇头，淡看了眼文杰果然衣着整齐，精神挺好的样子，还赞了一句："无妨，你将孩子带得很好。"

穿着黄色妃子服的姚氏笑着打趣道："好了，王爷您和灵妹妹就别一个请罪一个无妨的了，既然姐妹们都到齐了，咱们便一起给王爷请个安，然后让王爷发彩头吧？"她四目往周围一看，马上有几个小妃子笑着跟着凑趣。

片刻之后，众妃整理好了仪容，灵儿很自然地走到队伍的最前一个，一甩宫帕，膝盖跪地，深深叩首道："臣妾徐氏，率众妃给王爷请安，祝王爷来年鹏云万里，一切顺利。"

在她之后，所有女人也随着她一起叩头，齐声道："祝王爷鹏云万里，一切顺利！"

"呱呱——"清亮的声音惊起外头枝丫上的几只乌鸦，扑棱棱地飞起，震落了不少的雪。

顾王府的后院，自此换了一番天地。

——第一卷 完——

意林品牌书系推荐

意林女生文学·《小小姐》品牌书系 中国女生文学第一品牌，纯正、阳光、向上，优质女孩必选文学读物

萌灵小说系列
《悠莉宠物店 I》	18.80
《悠莉宠物店 II》	18.80
《悠莉宠物店 III》	19.90
《悠莉宠物店 IV》	19.90
《封印之书·九尾狐》	19.80
《封印之书·独角兽》	19.80
《玛丽晴异闻录》	19.90
《薇妮天使旅行》	19.90

冒险励志系列
《迷藏·海之迷雾》	18.80
《花与梦旅人 I》	19.80
《花与梦旅人 II》	19.90
《萌侦探纪事 I》	18.80
《萌侦探纪事 II》	19.90
《萌侦探纪事 III》	19.90
《迷宫街物语》	19.90
《艾蜜儿宇航日记》	19.90

幸福蔷薇系列
《蔷薇少女馆 I》	18.80
《蔷薇少女馆 II》	18.80
《蔷薇少女馆 III》	19.90
《蔷薇少女馆 IV》	19.90
《蔷薇少女馆 V》	19.90

浪漫古风系列
《七寻记 I》	18.80
《七寻记 II》	19.90

果绿年华系列
《蝴蝶飞过旧时光》	19.80
《第一女执政官》	19.90
《风之少女琪琪格》	19.90
《霓裳小千金》	19.90
《两生花开时》	19.90

月舞流光系列
《前方江湖请绕行》	19.90
《三色堇骑士之歌》	19.90
《守望彼岸星海》	19.90

萌淑女驾到系列
《萌淑女驾到之美女训练营》	19.80
《萌淑女驾到之天使候补生》	19.80
《萌淑女驾到之人鱼的信奉》	19.90
《萌淑女驾到之天鹅公主成人礼》	19.90

星愿大陆系列
《星愿大陆①：天命巫女》	19.90
《星愿大陆②：白银蔷薇》	19.90
《星愿大陆③：幻月手杖》	19.90

浪漫星语系列
《处女座：完美年华初相见》	20.90
《天蝎座：假面黑桃 Q》	20.90
《双子座：闯进你的孤单星球》	20.90
《巨蟹座：追梦的水晶鞋》	20.90

最佳少女文学读本
《青春在歌唱（新版）》	16.80
《盛夏的幸福时光（新版）》	16.80
《遇见最美的年华》	18.80
《踮脚跳支圆舞曲》	18.80

淑女风尚馆·气质养成系列
《我要我的淑女范儿》	18.80
《优雅女孩的秘密》	18.80

小 MM 迷你爱藏本
《蝴蝶停在十六岁》	18.80
《焦糖玛奇朵天使咒》	18.80
《那一年，花开半夏》	18.80
《雨季微凉时》	18.80
《只穿一天公主裙》	18.80
《月色银蔷薇》	18.80

重磅作家系列
《薄荷香女孩》	19.80
《不说再见好吗（上）》	17.90
《不说再见好吗（下）》	17.90
《风走过树林》	17.90
《忆棠的夏天》	17.90

唯美新漫画系列
《钢琴小淑女（第一季）》	17.90
《钢琴小淑女（第二季）》	17.90
《钢琴小淑女（第三季）》	17.90
《七寻记·鎏金龙纹镯（漫画版）》	15.00
《天鹅座·鹅黄》	18.80
《天鹅座·柳青》	18.80
《小叶的幻想夜（第一季）》	15.00
《悠莉宠物店漫画版①》	15.00
《悠莉宠物店漫画版②》	15.00
《紫阳花之夏（第一季）》	15.00
《紫阳花之夏（第二季）》	15.00

绘色缤纷系列
《淑女绘·花的学校》	22.00
《淑女绘·童话诗人》	22.00

纯美小说系列
书名	价格
《少女果味杂志书①：甜心草莓号》	14.80
《少女果味杂志书②：蜜桃慕斯号》	14.80
《少女果味杂志书③：焦糖布丁号》	16.80
《少女果味杂志书④：香草海绵号》	16.80
《少女果味杂志书⑤：可可森林号》	18.80
《少女果味杂志书⑥：果果米苏号》	18.80
《少女果味杂志书⑦：香橙泡芙号》	18.80
《少女果味杂志书⑧：樱桃芝士号》	18.80

蝴蝶蓝系列
书名	价格
《蝴蝶蓝·千面桃花姬》	19.90

班花朵朵系列
书名	价格
《班花朵朵①·我是艺术生》	20.90
《班花朵朵②·电影初体验》	20.90

小MM四周年主题书
书名	价格
《现在是女生时代》	28.00

欢乐联萌系列
书名	价格
《养只萌呆镇镇宅①》	19.90
《养只萌呆镇镇宅②》	19.90

天使在身边系列
书名	价格
《路过心上的哈士奇》	20.90
《当心！浣熊出没》	20.90

《意林·轻小说》·轻文库品牌书系　引领校园小说阅读新潮流

绘梦古风系列
书名	价格
《公主驾到》	23.80
《花颜错》	23.80
《山寨世家》	23.80
《倾世迷迭书》	23.80
《凤九卿1》	23.80
《凤九卿2》	23.80
《美人千千泪西楼》	23.80
《郡主驾到·壹》	24.00
《郡主驾到·贰》	24.00

恋之水晶系列
书名	价格
《致淡玫瑰色的你》	22.80
《宁负流年不负君》	22.80
《世界第一的假面殿下》	25.00
《脱线萌星易容记》	25.00
《指尖花凉忆成殇》	22.00
《欢歌犹在意微醺》	22.00

书名	价格
《见习保镖呆呆兽》	25.00
《可可少女梦想纪》	25.00

奇幻仙境系列
书名	价格
《天命玄鸟·蜃世歌》	23.80
《玫瑰帝国·荆棘鸟之冠》	25.80
《玫瑰帝国·黑羽蝶之翼》	25.00
《彼渡少年与妖怪契约》	23.80
《神典·末夜公主》	23.80
《御灵骑士团·诺茵与彩狸》	23.80
《逆世界之瞳》	23.80

暗影迷踪系列
书名	价格
《终极推理事件簿》	22.80
《超级学园探案密码》	22.00

新炫武侠系列
书名	价格
《邻家武圣》	23.80

星光璀璨系列
书名	价格
《轻星球·仙女星云号》	19.80

《意林·小文学》品牌书系　阳光阅读·快乐写作

成长物语系列
书名	价格
《艾丽鲨半成年》	19.90
《换双翅膀飞翔》	19.90
《琥珀青春》	19.80

魅力悦读系列
书名	价格
《校园七日谈：隐形的录像带》	19.90

书名	价格
《塔罗谜案：消失的魔术师》	19.90

幻之星球系列
书名	价格
《地球假日①：寻找洛神》	19.90

意林青少年国际大奖小说系列（少年励志正能量丛书）　总统的选书标准，世界级童书大奖

国际大奖小说系列
书名	价格
《鲸武士》	22.90
《囧男孩日记》	19.90
《阿萨的心事》	14.90
《冬天的小木屋》	12.90
《河豚少年》	12.90
《林克的流浪之旅》	13.90
《墓地低语》	16.90

《铅十字架的秘密》	19.90	《所罗门王的宝藏》	16.90
《少女骑士变身记》	22.90	《汤姆·索亚历险记》	15.90
《雪橇犬之歌》	14.90	《小飞侠彼得潘》	16.90
《沼泽女孩》	25.90	**意林动物小说馆系列**	
一生必读的经典名著系列		《彩虹鸽》	12.90
《80天环游地球》《海蒂》	19.90	《黑骏马》	16.90
《吉卜林动物故事集》	16.90	《林间歌声》	13.90
《木偶奇遇记》	15.90	《灵犬莱西》	19.90
《青鸟》	15.90	《牧牛小马斯摩奇》	16.90
《森林王子》	12.90		

意林百年励志经典系列 只出版读与不读人生命运迥然有异的成功学精华

《意林百年励志经典——巴比伦富翁》	35.00	《意林百年励志经典——伟大的励志书》	38.00
《意林百年励志经典——命运之门》	35.00	《意林百年励志经典——我的人生思考》	35.00
《意林百年励志经典——穷理查智慧书》	35.00		

意林全世界最美的课文系列 中高考"提分阅读"丛书

《世界名校大"淘课"(第1卷)》	25.90	《世界语文·美国语文(第3卷)》	25.90
《世界名校大"淘课"(第2卷)》	25.90	《意林家教馆——孩子,你要学会担当》	24.80
《世界名校大"淘课"(第3卷)》	25.90	《意林家教馆——孩子,我无法对你不残酷》	24.80
《世界语文·英国语文(第1卷)》	25.90		
《世界语文·英国语文(第2卷)》	25.90	《意林家教馆系列——孩子,毅力就是坚持一小步》	25.90
《世界语文·德国语文(第1卷)》	25.90		
《世界语文·德国语文(第2卷)》	25.90	《意林家教馆系列——孩子,在父母眼里你最棒》	25.90
《世界语文·美国语文(第1卷)》	25.90		
《世界语文·美国语文(第2卷)》	25.90		

"郡主"经典姊妹篇《公主驾到》畅销持续中
少女变身倒霉公主,
开始华美少年云集的异世界探秘之旅!

21世纪的学生妹陆小鹿意外来到古代的**荒原大陆**,
获得了一个倒霉的身份——**肩负血海深仇的公主**。
陆小鹿本想偷偷消失,
但**兄长洛莲夏和腹黑男仙律**的出现,
燃起了她战斗下去的**信念**。
可惜,乱世之中,
"公主"的复国之路走得**奇异又艰辛**……

超值定价: 23.80元